他《ひ》人《と》事《ごと》

平山夢明

集英社文庫

他人事 Hitogoto 目次

目次・扉デザイン／木庭貴信（ＯＣＴＡＶＥ）
扉写真／細川葉子

他人事

Hitogoto

他《ひ》人《と》事《ごと》

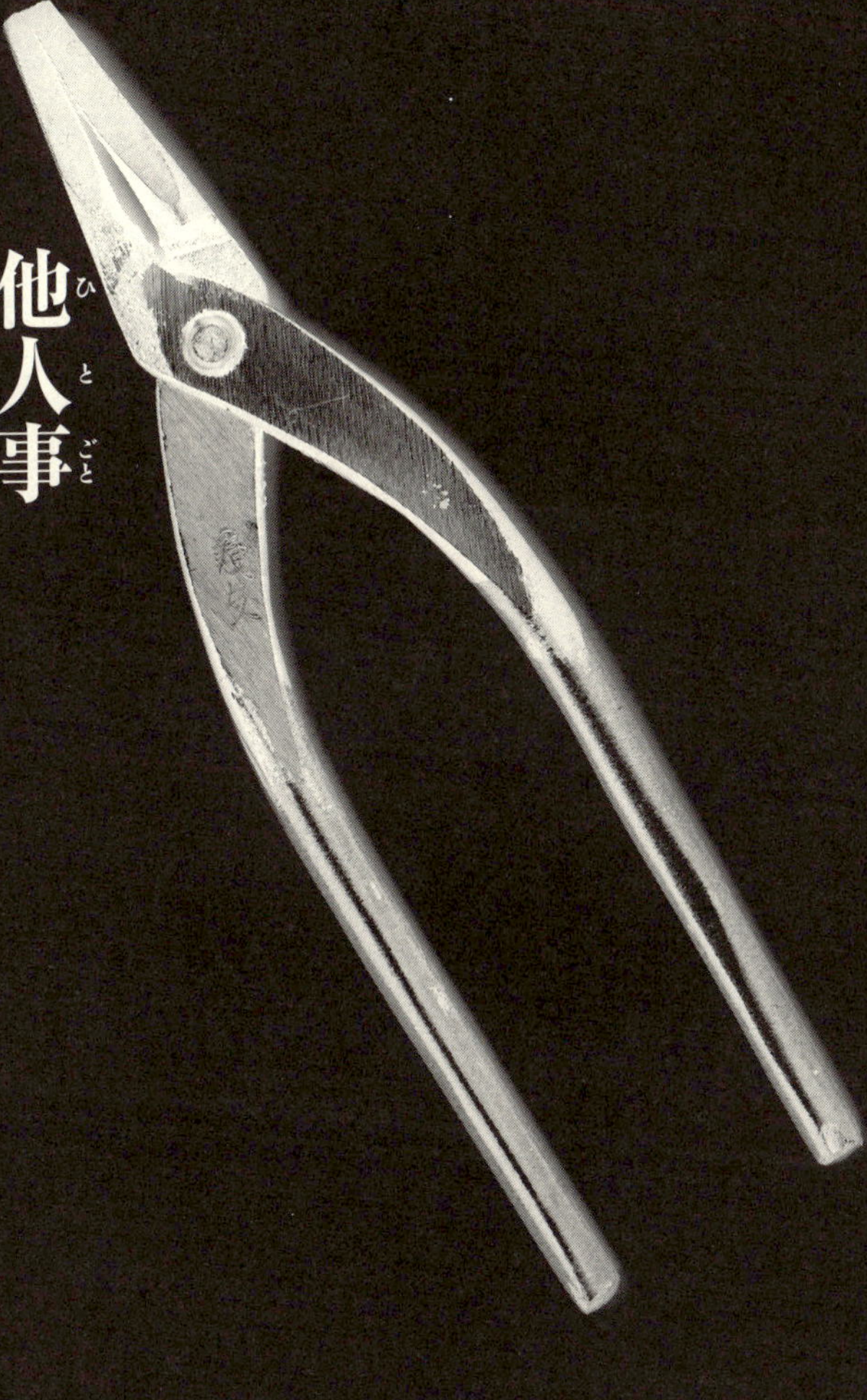

映画で見たことはあるが、まさか自分が崖《がけ》から転落し、逆さまの車内に閉じこめられるとは思わなかった。膝《ひざ》に触ると腐った桃のようにぐずぐずと指が埋まった。既に足の感覚は薄く、痛みよりもシートベルトで宙吊《ちゅうづ》りになった苦しさのほうが勝《まさ》っていた。フロントガラスは白く罅割《ひびわ》れ、朽ちたフェンスのようにボンネットの方へ倒れていた。天井は波打ち、カップホルダーから射出された私のマックシェイクと涼子のコーラの混ざった物がそこへ拡《ひろ》がり、高速の領収書と硬貨が散らばっていた。小物入れにあったはずの携帯電話は消えていた。首がだるく、動かすのが厄介だった。視界が霞《かす》んでいるのは血が目に入ったからだろう。こんな状態になっていても電気系統は生きているようで、タイヤの焦げた臭《にお》いをエアコンの生暖かい風が掻《か》き混ぜ、人がこんな目に遭ってるというのに、不感症気味の女がラジオで淡々と渋滞情報を伝えているのが奇妙だった。どこかでぽとりぽとりと水音がするが、幸いなことにガソリンの臭いはしなかった。燃料タンクは無事なようだ。

「だいじょうぶか」

粉薬を飲んだように自分の声がしゃがれて聞こえた。

涼子の返事はなかった。後部座席と運転席はへの字に大きく曲がった天井によって真ん中で遮《さえぎ》られていた。わずかに開いた筆箱ほどの隙間《すきま》からでは彼女の様子を知ることができなかった。

「だいじょうぶか？　俺は足を挟まれていて動けん」

うめき声……咳《せき》。

涼子のものに違いなかった。

「だ……大丈夫だと思う。でも、うまく動けない……でも」と不意にヒステリックな声になった。「亜美がいない！　亜美！　あみ！」

「本当か？　よく見てみろ！」

「だめ！　いない！　いないいないいない！　ああ！　いないいないいないぁぁああ！」

涼子のパニックが私にも伝染し、反射的に自分も声を張り上げていた。

すると突然、男の声がした。

『おい。大丈夫かい？』

思いがけぬ声にふたりとも一寸、口をつぐんだが、次の瞬間、大声で助けを求めていた。

砕け散った窓ガラスの隙間にグレーのズボンの裾《すそ》と泥にまみれた黒い革靴が現れた。

「すみません！　子供がいないんです」

『いや、いる。ここに。怪我《けが》をしてるよ』

男の声はくぐもっていて聞こえにくかった。

「お願いします！　助けてください！　お願いします」涼子が金切り声をあげた。

「お願いします！　救急車を呼んでください」私も声を合わせた。

男の靴が駆け足で車から離れていった。

「あみ！　あみ！」涼子は必死になって声をかけ続けた。「返事できる？　ママ、体が動かないの！　ねえ！　ユウイチさん、なにがあったの！　どうしてこんなことになっちゃったの！」

「崖から落ちたんだ」

「どうしてよ？」

「いきなり対向車がセンターラインを越えて来たんだ。避《よ》けなきゃ正面衝突で即死だ。そしたら運悪くガードレールを突き破って……」

「スピードの出し過ぎだったのよ。わたし、危ないなって思ってた」

そこへ弱々しい子供の〈――〉亜美の泣き声がした。

再び、涼子が狂ったように名を叫び始めるが、子はそれには応《こた》えず、ただ泣くだけだった。

「出れない？　ねえ、あなた出られないの？」

その声に私は再び、なんとか自由になろうとしたが、破砕したダッシュボードに挟まれた足はびくともしない。

「駄目だ。完全に脚が潰《つぶ》されていて……」

私と涼子を隔《へだ》てた隙間に血塗《ちまみ》れの指がちらちらと姿を現した。きれいに手入れされていた爪《つめ》のほとんどが剝《は》がれ、小判形の肉が露出していた。

「ずいぶん酷《ひど》いじゃないか……大丈夫か」

「ほんとうはあんまり……目が見えないの」

すると靴音が戻ってきた。先程の革靴とズボンの裾だ。

「すみません!! ど、どうでした？ 救急車……電話は繫《つな》がりましたか？」

『なんとかな。なんとか繫がった』

「ありがとうございます!! ああ、助かった。そこに子供が見えますか」

『女の子が倒れてる』

「すみません、具合をみてやって貰《もら》えないでしょうか。お願いします」

『誰が？』

「え？ ……あなたがですよ」

「お願いします！」涼子が叫ぶ。

男は何やら呟《つぶや》きながら、亜美の元へと向かった。

〈……やれやれ〉

　男はそう言った。

『元気がない』

　ヒュッと涼子が息を飲むのが聞こえた。「ああ、どうしよう、どうしよう……亜美と言います。声をかけてやってくれませんか？　意識はありますか？　あみ！」

『さあ……どうだろう』天気を訊《たず》ねられたような暢気《のんき》な声が返ってきた。『よくわからないな……俺は医者じゃないから……』

「お願い!!　声をかけるだけでいいの。手を取って安心させてあげて。お願い!!」涼子が取り縋《すが》るように言った。

『触るのは、どうかな。案外、汚れそうだ。その……正直、気持ちが悪いよ』

「そんな……。それなら、おかあさんはすぐ傍《そば》にいるから大丈夫だと言ってよ。ママもおじさんも元気だって……」

『それはどうだろう？　あんた血だらけじゃないか。それほど元気そうに見えないよ』

「嘘《うそ》でいいの。勇気づけるの」

　私も口を挟んだ。

「すぐに病院へ連れていくから、大丈夫だと、安心するように言ってくれないかな」

『あんたらは死にかけた子供に嘘をつけというのか』

「は？　何を言ってる。当たり前じゃないか」

『は？　何を言ってる。俺はこれから死にかけた子供に嘘をつかなきゃならないのか……』

「おねがい！　おねがいします！　なんでもいいからやってよ!!」

男は大きな溜息《ためいき》とともに車から離れた。

私たちは耳を澄ませ男の言葉を待った。しかし、何も聞こえてはこなかった。

足音が戻ってきた。

『やっぱり……自分たちで言えばいいだろう。俺はあんたらのリモコンじゃないんだ』

「リモコンじゃない……？　気は確かなの？　あんた！　もっと真剣にやんなさいよ！　ちくしょう」涼子が怒声をあげた。「子供が死にかけてるのよ！　わかんないの！　ちゃんとやんなさいよ！　男でしょう！　いくじなし！」

男は反論しなかった。突然、いなくなってしまったかのように咳払いも靴音もぱったりと消え、鳥の鳴き声や風になぶられる木々のざわめきだけが私たちを包んだ。

「もしもし……いるの！　あなたそこにいるんでしょう？」

沈黙に耐えられなくなった涼子が叫んだ。

『……だよ……いう……のが……』男の声が溜息とともに現れた。

「なに？　あなた何を言ってるの」

『やくざな女ってのがいるんだよな。いるんだよ。こういうやくざな女ってのが……』

男が車からだいぶ離れた場所にいるのがわかった。

「勘弁してやってくれ！　子供のことで気が立ってるんだ。わかるだろう？」

『どういう口なんだよ。見ず知らずの人間をいきなり怒鳴りつけるなんて狂ってるとしか思えない……少なくとも常識ある人間のすることじゃない。俺とは会ったこともないはずだ。それをあんな口を利くなんて。まともじゃないよ。あんたの女は。まるで……まるでズベ公みたいだ。男の躾《しつけ》もなっちゃいないんだ。昔、読んだマンガに出てくる不良にそっくりだ。そいつは高校生のくせに盛り場に入りびたりで……』

「そんなこと言ってる場合じゃないでしょう！」涼子が叫んだ。「いい加減にしてよ！」

再び沈黙。

〈ママぁ……〉苦しそうに呻《うめ》く声が聞こえた。

「あみぃ！」涼子が答えた。「ママは傍にいるよ。怖くないから！　怖くないからね」

『それほど近くはない……』男が呟いた。『距離にして十メートル……いや、九メートル弱、八メートル強、八メートル七十五センチと言えるかな。八・九五か……いずれにせよ近くはない。近くは』

〈いたいよ……おなかいたい……〉

亜美の声はかぼそく切なかった。

「とにかく子供の様子を見てやってくれ。お願いだ！」

『ん？　……あぁ……なんか出てるな……いろいろ。赤とか白とか……輪っかみたいなもの、紐《ひも》みたいなもの、管みたいなもの……』

私はその言葉に総毛《そうけ》だった。

「止血できませんか？　傷口を押さえるだけでいい。お願いだ！　お願いします！」語尾は自分でも悲鳴のように聞こえた。

『でも手が汚れてしまうかもしれない……手が汚れたらどうすればいいんだ。水場はずっと向こうだし……服に付いたら、すぐ洗わないと染みになる。洗う時にも、きっと他の洗い物とは区別しなければならないし、色落ちとかしたら、がっかりだよ。がっかりするよ、俺は……』

「くだらない人間！　本当にくだらない人間！　ちょっとでいいからあの子を連れてきたらどうなのよ」

すると男が歩き、戻ってくるなり後部座席に何かを投げ入れた。

「なにこれ？　あなた見える？」拾い上げた涼子が隙間からそれを差し出した。

爪のついた小さな……。

『あの娘《こ》の指だよ』男の声がした。

「いやよぉ」涼子はそう呟くと糸のように細い声で啜《すす》り泣き始めた。「ひどい男……人間じゃないわ」

『おいおい、馬鹿なことを言うな。あの娘の傍に落ちてたんじゃないか。少しでいいっていうから持ってきてやったのに……呆《あき》れた女だな。女王様気どりもいい加減にしてくれ。まいったな……疲れたよ』

「亜美は無事なのか？」

『知るか。厭《いや》だよ、あんたたちは面倒臭くて。ふたりして俺を悪者に仕立てようとしてる。うんざりだ』

「そんなことはない。誤解だ。私たちはただ助けて欲しいだけだ」

『あれこれ指図ばかり。あれをしろ。これをしろ。右を向け左を向け。そうじゃない！　こうだ！　なぜ俺があんたらの奴隷《どれい》にならなきゃならないんだ。どんな教育を受けてきたんだ、あんたたちは……』

「怒るのはもっともだが、あんたも冷静に考えてくれ。この状況で我々は自力で脱出できなければ、子供を救うことすらできない……そういう切羽《せっぱ》詰まったなかに我々はいるんだ」

『動けない動けないって、車で事故って子供を散らばすのがそんなに偉いことですか？　そんなに威張《いば》ることですか？　第一、あんたらが勝手に好きで落ちたんじゃないか。俺がおたくのハンドル握ってたわけじゃない』

「それはそうだ！　それはそうだが……。人の情としてどうなんだ？　助けてくれないか。試しに外側からこのドアを引いてくれないか？　そうすればもうあんたの手を煩《わずら》わせず、自分でなんとかできるかもしれない」

暫《しばら》くすると視野に男の靴が入ってきた。なんとか顔を見ようとしたがどこにでもあるようなグレーのズボンと白いワイシャツと上着の一部しか見えなかった。腹は出ていたが、ことさら太っているようでもない。腕を組んでいた。

『このドアなんだかあちこち凸凹《でこぼこ》している。指を切りそうだ……。怪我をするかもしれない』

「試してみて危なそうなら止《や》めてもいい」

『怪我したらどうする。その傷から破傷風になるかもしれん』

「そんな……ただドアを開けるだけじゃないか」

『しかし、確率は否定できない。そうなりゃ、あんたらは助かって万々歳《ばんばんざい》かもしれないが、こっちはひとりで一生難しい病気と闘っていかなくちゃならない。なんのために、そんなことを俺がしなくちゃならないんだ……』

「頼む！　補償はいくらでもする。子供の命が……いや、全員の命がかかっているんだ」

『ふん。礼は、いくらでもするか……金持ちなんだな、あんた。そんな感じだ。あんたの女もそんな感じだ。偉そうな金持ち臭《しゅう》がぷんぷんするぜ』

「嘘じゃない」私は時計を外《はず》すと男の足下に放り投げた。「ロレックスだ」

男の腕が伸び、時計を拾い上げた。

『壊れている……』

「では、これではどうだ」身を捩《よじ》り、どうにか財布を取り出すと窓から手を出し、男に向かって掲《かか》げた。無理な姿勢で肩に激痛が走った。

『金でなんでも解決か』

「いや、そうじゃない。単なる口約束ではないという証《あかし》だ。なかには私の免許証もある。身元がはっきりするだろう。これで私は逃げも隠れもできない」そこまで言うと急に腕の力が消えたようになって財布を落としてしまった。

男は考えているようだった。

『あの女に謝罪させろ。無礼な口を利きまして申し訳ありませんでした。今後一切、そのようなことは致しませんときちんと謝罪させれば考えてやらんでもない』

「なあ……君は本気でそんなことを言ってるわけじゃないだろう？　少し虫の居所が悪かっただけなんだ。そうだろう。子供の命が危ないんだ。些細《ささい》なことは全てが終わってからでも充分に話し合う時間を取れるじゃないか」

『いかにも札ビラで人を動かすのに慣れた人間の言いぐさだな。これも外車なんだろう？　なんていう車だろう？』

「時間を無駄にするのは止めようじゃないか！」

『時間は逃げやしない』

男は口笛を吹き始めた。

その時、涼子がけろけろと嗤《わら》った。

「なあ～んだ。そうだったんだ」それは気味が悪いほどあっけらかんとした口調だった。

「ユウイチさん無理よ。こいつなの。わたしたちを落とした車の男は。事故をもみ消したいの。だから助けっこないわ。この人殺し！　わたしたち全員が死ぬのを待ってるんでしょう」

『ばれたら仕方ない……』男は笑いを嚙《か》み殺した。『もっと早く気づくと思ったが……』

私も怒りに突き上げられたが、まだ残されていたささやかな理性が別の結論を呼び込んだ。

「待てよ。だがなぜだ。私は衝突したわけではないんだ。彼があの運転手なら、なぜわざわざ自分からこんなことをしに戻って来る必要がある？　衝突の証拠はどこにもないんだぞ」

「わからないの？　狂ってるのよ。こいつは狂ってるの。脳味噌《のうみそ》の底の底から狂ってるのよ。行動につじつまが合わなくても不思議じゃないわ」

「……違うよ。残念だが彼ではない。一瞬だがフロントガラス越しに見た相手はひとりではなかった。少なくとも助手席にもうひとり女がいた。彼はひとりだ」

「じゃあ、殺したんだわ。自分が事故を起こしたのを知られてしまったから、その女を殺してから降りてきたのよ」

『まともじゃないのはあんたのほうだよ。淫売《いんばい》さん……』

「待て、とにかく電話はかけてくれたんだ。あんたさっきそう言ったよな」

『ああ、かけたよ。俺の家《ウチ》にな。カミさん、帰りが遅いと、うるさいんだ』

〈あぁ～〉と消え入るような子供の溜息が響いた。

「あみぃ！　ママいるよ！　ママここにいるよ！」

『なにか言ってるようだ。口が動いている。パクパク、パクパク鯉《こい》に似ている』

「頼む！　様子を見てくれ！　頼む」

『そこの女王様は何と言うかな』

「おねがいします」涼子が呟いた。

『お願い致します。ご主人様、この豚《ぶた》淫売のために……だろう普通。……頭も下げて』

「おねがいします……ごしゅじんさま」

『言葉が足りないようだな』

「おねがいします……ご主人様。このぶたいんばいのために……」

口笛と共に足音が遠ざかった。「聖者の行進」だった。

『……ありがとうと言ってる……あ！　死んだ』

涼子が悲鳴をあげた。

「頼む！　電話をかけてきてくれないか。救急車を呼んでくれ。君は今、人の生命《いのち》を三人分、その手に摑《つか》んでいるんだ。慈悲の心で君のもっている素晴らしさを発揮し、我々だけでなく世間の人々をアッと言わせてくれ」

『遅れるとカミさんが気にするんだ』

「きっとわかってくれる。君のような素晴らしい男性を選んだ女性だ。きっと素晴らしい心の持ち主なんだろう。君のなかに眠る人間の善性を見せてくれ」

『ヒーローのようにか』

「そうだ！　まさに君はヒーローになるんだ。漫画やTVのような嘘っぱちな作り物ではない。本物のヒーローに……」

沈黙。乾いた嗤い。

『あんた馬鹿じゃないのか』

男の声は完全に私を見下していた。

『君はヒーローになるんだぁ……か。くだらん、もし町へ行くことがあれば脳の手術をしたほうがいいな』

「無駄よ……この人には何を言っても。自分たちで何とかするしかないわ……」

『もう冷たくなってる……子供は早いな……蟻《あり》も集まってきているし……』

「黙って！」涼子が叫んだ。「黙りなさい！」

『なあ、あんたよくこんな女と不倫する気になったな。他にもう少しまともな相手はいなかったのかい？』

「なにを言ってるんだ」

『隠さなくたってわかるよ。あの娘はあんたの子じゃない。あの女があんたのことをおじさんと呼んでいた。それともそこにいるのは父親をおじさんと呼ばせる類《たぐい》の女なのか？』

「あんたには関係ないわ」

『墓穴《ぼけつ》を掘ったな。あんたらの事故は天罰だ。助ければ神の御業《みわざ》の妨げになるだろう』

「おい、しっかりしろ。これは単なる事故だ」

『そうかな。天罰か事故か。罪人であるあんたの言葉だけじゃ信用できない……』

男はそこで言葉を句切ると、車体の強度を確かめるみたいに靴で周りを軽く蹴《け》りながら歩き回った。

「何をしてるんだ」

『ふふ。この車はまさに御業の象徴だ。偶然とはいえ素晴らしい仕掛けになってるぞ』

男は私の横に戻ってくると携帯電話を近くの地面に置いた。

『自分で警察へでもどこへでもかけてみるがいい……。但《ただ》し、あんたの御車《おくるま》は一片の木の根に辛うじて支えられている状態だ。バランスを崩せば、さらに崖下……そうだな、百メートルはあるな……へと再び二人仲良く落下する』

「携帯を渡してくれ。こんなことに何の意味があるんだ」

『俺は陽が暮れたら携帯をもってここを去る。日没は、もうすぐだ……』

確かに山並みを照らす陽は橙色《だいだいいろ》に染まりきっていた。

「後生だ。電話を……それを渡してくれ」

『あんた本当に甘ったるい世界を生きてきたんだな』

私は意を決してシートベルトを外した。車体が激しく軋《きし》みながら谷川の方に傾《かし》いだ。フロントガラスからの景色がさらに斜めに動いた。私は体を支えながら試しに携帯へと手を伸ばしたが、あと十五センチほど足りなかった。体をさらに捻《ひね》ろうとすると全体重が潰れた筋肉と骨にかかり、激痛が破裂した。奥歯から苦悶《くもん》の声が漏れた。

『情け無い男だ。ママは助けてくれないぞ』

「駄目だ。足が挟まっているんだ」

『そうか。それはいけないな』

「無理なんだ。これが精一杯だ」

『助けてやろう』

男は立ち去った。

その瞬間、私は閃光《せんこう》のようにある情景を思いだした。あのグレーの背広には見覚えがあったのだ。

訪れる者もまばらなドライブインのベンチで死んだような目を周囲に向けていた男。ここに到る途中、小休止のため立ち寄ったそこで涼子と亜美の横に座り、手洗いから戻ってきた私の姿を見ると卑屈な笑みを浮かべ、そそくさと離れたベンチに座り直した男。奴《やっ》はグレーの背広に革靴を履いていた。

「どうしたんだ？」

「知らないわ。突然、話しかけてきたのよ」

「馴《な》れ馴れしい奴だな。変質者じゃないか？」

「やめなさいよ。聞こえるわ」

私はふたりを急《せ》き立てるようにして外へ出た。建物を出る際、男がくれたというジュースを亜美の手から奪い、ゴミ箱に投げ捨てた。

思いの外《ほか》、大きな音がした。

「睨《にら》んでたわよ」

「文句があるならいつでも相手になってやるよ」

そんな会話をしたのだった……。

「涼子！　君は体が動くか。車が危ないんだ。落ちるかもしれん」

返事はなかった。

「りょうこ！　涼子」

彼女は呻き声すらあげていなかった。

『あ〜あ、首の脇《わき》が裂けてる……これは無理だろう』突然、男の声がした。『血溜《ちだ》まりってのは案外、薄汚いもんだ。ともあれ静かになって良かった。これでやっと男同士の話ができる』

「なあ、頼む。助けを呼んでくれ」

すると私の目の前に四角いものが投げ込まれた。コの字に曲げられた金属の棒に細かいギザのついた鉄の刃がついていた。

『金挽鋸《かなひきのこ》だ。骨ぐらいわけなくいける。使え。遠慮はいらない』

私はそれを手にした。ずっしりとした重さと鉄の冷たさが掌《て》に広がった。

「狂ってる……。あんたは狂ってる」

『人間の善性と勇気の証明をしたいんだろう。俺にはあまりにも晴れがましすぎる挑戦だ。あんたに譲るよ。先生様のお手本を見せてくれ』

私は奴の下劣さを更になじってやろうとしたが、時間の無駄だと諦《あきら》めた。コーデュロイ地のズボンに刃を当ててみた。左がいいか右がいいか……。第一、最後までやり通せるだろうか……。

ふと視線を感じ振り返ったが、男の靴があるだけだった。

「なあ、ドライブインでの件が気に障《さわ》っているなら謝る。悪気はなかったんだ。あんたも充分に仕返しをしたじゃないか」

『あんたはこうしてる間にも女と子供の時間を喰《く》い潰している、チックタックチックタック……』

「まさか本気じゃないだろう。それを、電話をこっちに手渡してくれないか」

『あんたこそ本気で言ってるんじゃないだろう』

「たかが電話一本のことじゃないか」

『御託《ごたく》が多いな。やらなきゃ目の前でこれを踏み潰すところを見せてやろうか？』

引き揚げられた革靴が携帯の上で一旦、静止した。

「いったい全体、何が目的なんだ！」

『ヒーローの誕生をみたいんだよ』男は後ろに回った。『……この女は駄目だ。痙攣《けいれん》してる。産卵後の鮭《さけ》のようだ』

私は意を決し、刃《やいば》を引いた。蒲団《ふとん》に刃を埋《うず》めたような感触と火傷《やけど》したような痛みが太《ふと》股《もも》に広がった。私は悲鳴をあげた。しかし、手は休めなかった。もう後戻りはできなかった。やりぬくか、やめるか。途中下車はできなかった。軟らかい氷を挽《ひ》くような音と共に糸屑《いとくず》のような肉が切り口から次から次へと盛り上がってきた。同時に大量の血の雨が顔に降り注いだ。

『ヒーローだ！　僕らの町のヒーローだ！』男はげらげら笑い始めた。『タラッタラッタラー!!　タラッタラッタラー!!』

「貴様、殺してやる！」

私は激痛に喰い縛った歯の隙間から呪《のろ》いの声をあげた。

『それは有り難いがあんたには不可能だ。それより一気に切り落とさないと失血で失神するぞ。そうなれば全滅だ。この山には熊も狸《たぬき》も多いからな。全員が三日後には、仲良く揃《そろ》って獣《けだもの》の尻《ケツ》から出てくるはめになるぞ』

血が黒い小便のように股間《こかん》に広がり、既に硬い骨に刃が触れているのが痛みでわかった。血でぬらつく手を何度も握り直し、私は喚《わめ》きながら刃を機関車の車輪のように動かしていった。殺す……この男を殺す。刃を動かし続けられたのは、ふたりを助けようという思いではなく、この男への殺意によってであった。

『早くしろ。失敗すればゼロだ。これは二進法的な戦いなんだ』

「貴様、殺してやる。絶対に逃げるなよ」

『逃げやしないが、あんたに殺すことはできないよ』

「どんなに抵抗しても絶対に殺す」

『抵抗なんかしないよ。神に誓う』

私には降りかかる血の雨と激痛で男の言葉遊びに付き合うことができなくなった。気も遠くなるような時間を経て、突然、刃の抵抗が失われた。足は一本で済んだ。左足を切り落とした時点で私は天井へと見事に落下した。車体が大きく揺れた。天井が滑り台のように持ち上がった。私は蛇のように這《は》い出ると携帯を掴んだ。瞬間、ズルリと何かが滑り地面が震えた。振り返ると車が黒い影となって、あちら側に転落していった。

山間《やまあい》に二度三度轟音《ごうおん》が響いた後、突然、静寂が戻った。

私は「涼子！」と叫びながら辺りを見回した。人がいた。

奴は目の前にいた。

ドライブインの男ではなかった。

見たこともない男だった。

顔は笑っているように見えたが既にその目は私を見てはいなかった。

見慣れた革靴は地面から二十センチほどのところで宙に浮き、男は細引《ほそびき》一本で櫟《くぬぎ》の木と自分の首を繋げ、ぶら下がっていた。

グレーのズボンには失禁した痕《あと》が大きく残っていた。

痛みは無かった。私は這うと亜美の傍に身を横たえた。

自分の身に降りかかったことに対し、なんの合理的な説明もつかなかった。

ただ現実に涼子も亜美も逝《い》ってしまった。

止血をする気にはなれなかった。

顔を上げると峠を登ってくるサイレンの音がしていた。

男が縊死《いし》する直前に連絡したのだろうか……もう、どうでも良かった。

私は亜美の手に触れながら夕焼けに染まる空を見上げ深呼吸をした。

山の静けさと大地の温《ぬく》もりが心地よかった。

無意味な死というものが、これほど静かで平穏だとは思いも寄らなかった。

倖解体

私の家には怪物がいる。階段をのぼった左奥の部屋にそれはいて、身長百八十七センチ、体重は百二十キロを優に超えているはずだ……。私と家内であれを造った。私から放たれた蛋白性遺伝子《たんぱくせいいでんし》が家内の胎内で結実し、肉体を得た奴《やつ》は十月十日《とつきとおか》を待たずして母の子宮を破って出た。思えば産まれ方からして我が儘《わがまま》な生き物だった。産院に付き添っていた義母から職場へ電話のあった夜のことは忘れない。錯乱気味にわめき立てるだけの義母では全く要領を得ず、代わりに出た看護師から妻の胎盤が剝離《はくり》していること、母胎内の子供は既に仮死状態であることを聞いた。

『胎盤早期剝離と言います。一刻も早く出さなければ赤ちゃんは死にます』

看護師の声は冷静というよりは他人事《ひとごと》の響きがあった。

「それでは出して下さい。そちらの仕事でしょう」

『……出せます。ですがひとつだけ問題があります。麻酔が打てません』

「なぜです」

『おかあさんに全身麻酔をかければ赤ちゃんにも影響が及びます。今の状態では赤ちゃんは窒息死します』

「それでは意味がない。あなたは婦長さん？　それとも平の看護師《ナース》？」

『ヒラです。でも、この仕事は既に十年しています。おとうさん、赤ちゃんを生かすためには麻酔がかけられません』

「それなら仕方ないでしょう。全てのお産が麻酔をするわけではありますまい」

『それはそうですが、奥さんは帝王切開しなければならないのです。上皮、真皮まではメスでも比較的容易に切開できますが、その先にある筋肉や子宮本体は外科《げ》鋏《かばさみ》でなければ切れません。人間に耐えられる痛みだとは考え難《にく》いのです』

鈍い音が聞こえた。卒倒した義母が診察室の床に軀《からだ》をぶつけた音だったという。

「つまり生きながら子宮を直接、鋏で切られるわけですね」

『そういうことになります』

「なにか痛みを和《やわ》らげる手立てはありませんか」

『あります。赤ちゃんをお諦《あきら》めになるのであれば全身麻酔を施しますので痛みはありません。即答できる問題でないことは重々、承知しておりますが、いずれにせよ早急に対処しなくてはならないものですから……』

私は相手を待たせつつ、煙草《たばこ》を一本吸い切るまで熟考し、「本人に訊《き》いてください」と告げ、電話を置いた。心配だが、どうすることもできない。なにしろニューヨークにいたのだ。

翌朝、義母から手術が無事に済んだこと、しかし、母子ともに絶対安静の状態が続いていることなどが、くどくどしく駐在先であるニューヨークのアパートの留守電に残されていた。

それが三十三年前。つくづくあの時のことが悔やまれる。風呂上がりなど、たまに覗《のぞ》く五十半ばの家内の皺腹《しわばら》には今も赤棟蛇《やまかがし》が取り付いたような赤黝《あかぐろ》い傷が陰毛から臍《へそ》へとのたくり、そこだけは歳《とし》を取らぬかのように艶《つや》めき忌々《いまいま》しい。

家内は筋膜をメスで切開する直前までは苦痛に耐えたそうだが、鋏が子宮壁に食い込み、多繊維質の肉を削るように少しずつ切り始めた途端、身の毛もよだつ絶叫と地の底から響くような唸《うな》り声を発するようになり、その夜、たまたま居合わせた妊産婦の一人は後日、よそへ転院していったという。馬鹿げたことに家内の子宮はその一回きりで全く使い物にならなくなってしまった。当時でも帝王切開は二度までとされていたのだが、鋏で切開された筋膜には二度目の膨張を迎える耐性が失われていた。こうして神はわざわざ我々に屑《くず》を残されたのである。

「それなら大抵の骨はいけますよ」革の前掛けをした刃物屋の主人が声をかけてきた。

「魚は勿論《もちろん》ですがね、鳥の頭ぐらいなら簡単に割れます。ただ刃先で捏《こ》ねるのは無理ですがね」

「もっと太い骨は無理かな」

店主は陳列棚を開け、紅いビロード地に並べられた包丁のなかから一番大きなものを取り出して見せた。柄の部分が手にフィットするようカーブしていた。

「これなら多少のものでも刃毀《はこぼ》れはありません。ダマスカス鋼を使ってますからね。もっとってことになりゃ少し値は張るけれど、ジルコニアセラミック製なんてのもあります。硬さはダイヤモンドの次ですからね。金属じゃないので錆《さ》びませんし。ただ、これはお取り寄せになりますから多少のお時間はいただかないと……」

私は返事をうやむやにして店を出た。買う気はなかった。ただこうして家に帰る前にはなんとなく刃物屋、工具屋巡りをするのが習慣になっていた。

一ヶ月ぶりに玄関を開ける。カズエが「おかえりなさい」と出てきた。顔の横、頰《ほお》の上あたりに髪を散らしている。また殴られた痣《あざ》があるのだ。

あまりに頻々《ひんぴん》なので「どうした」と訊《たず》ねるのもいやになった。

「カタログは」

「届いてます。テーブルにあります」

カズエはスリッパの音をさせて台所へと戻って行った。感情を出す女ではなかったが、さすがにあのカタログについては思うところがあるのだろう。

「……もう殺してしまおう」前回の帰宅時、そう宣言した。

カズエは夫婦茶碗《めおとぢゃわん》を掌《て》で撫《な》でつつ「そうですかぁ……」と応《こた》えた。

「もうおまえも俺も限界だ。殺《や》るなら、まだ体力の残っている今のうちだ。これ以上、俺もおまえも歳を取ってしまったら無理だ。そうなれば……地獄だ……」

カズエは、ほぅーっと気の抜けたような溜息《ためいき》をついた。

私たちはそれから少し黙っていた。

「でも、すごく力を出すわ。きっと……暴れるわ」

「そりゃ本人だって必死だ。死に物狂いでくるだろう。だから薬で寝かせておくことが肝心なんだ」

「今でもごはんに毒を入れてるだろうって調べるぐらいだから、上手《うま》くいくかしら」

「なんとか飲ませないと駄目だ。それだけは確実にしなければ俺たちの命に関わる」

「薬……くすり……くすり……なんだろう……どうしようかしら……」

カズエは染みの浮いた暗い天井を見上げた。

丁度、私たちの頭上に息子の部屋はあった。

「取り敢《あ》えず、俺とおまえの意思の確認だけしておく……〝殺す〟でいいな」

カズエは黙りこくっていた。

「どうした」

「あの子、私が寝込んだ時、アイスノン持ってきてくれたことがあったんです。まだ幼稚園の年中《ねんちゅう》さんなのに自分で椅子《いす》を持ってきて、それに上って冷凍庫を開けて……」

「そんな話……なんだ……そんなこと言って」

「買い物についてくるのが好きで、よく荷物を持ってくれました。夏になると西瓜を持ってくれました。これはぼくが食べるんだからって。まだ小学校の二年生なのに顔を真っ赤にして……手や腕に持ち運びの紐《ひも》が喰《く》い込んで真っ赤な跡がついて……」

「よせ！　なんだ、そんな話をして。もうその頃のあいつはいないんだ。とうに死んでしまったんだ。いいところはみんなどこかへ蒸発して、役に立たない成分だけが残ってしまった。今いるのは残り滓《かす》だ」

カズエはじくじくと顔を絞るようにして泣き始めた。

「いじめですよ……いじめが、あの子を変えてしまったんですよ。ひどい中学だった。それが高校になっても尾を引いてしまって……」

「新聞みたいなこと言うな。高校受験に失敗して公立を選択したのはあいつ自身じゃないか。そういう風にいつまでも人や周りのせいにするのが駄目だ。いじめられても合格する奴は合格する。悔しければそれをバネにすりゃいいんだ。いい学校行って、いい会社行って見返してやりゃいいんだ。そういう奴はいくらでもいる。いっそバネにするぐらい徹底的にいじめられれば良かった。そんな根性もなくて中途半端にやられて逃げ回るから、結局、バネにもならず、いじめられ損だ」

「お茶。なに飲みます」

「鉄観音、熱く。そのうちカタログが届くから目につかないところへ保管しておけ」

「カタログ？」

「死体を処理するのに使う包丁や解体用の道具だ。あれこれ買い込んでも物入りになるだけだから、ひとつで済むのを探しておいた。どうせ一度しか使わないからコストパフォーマンスを考えなくてはならない。もうあいつに金を使うのは沢山だ」

「包丁ならありますけど……」

湯飲みを揃《そろ》えたカズエが引き出しから取り出す。

「馬鹿！　息子をバラした包丁でこさえた飯が喰えるか！」

「ああ……それはそうね……それはそう」

カタログは薄い紙切れ一枚の代物だった。載っているのはたった二種類。

「チェンソーなの？」

「いや、ああいう風に刃がキャタピラー的回転はしない。本当の食肉解体用の電動鋸《のこぎり》だ。アメリカじゃ、宙吊《ちゆうづ》りにした冷凍牛なんかをこれで簡単に捌《さば》いてしまう」

刃長が二十センチの【五〇五‐Q型】は約三千五百グラム。刃長約四十センチの【八〇八－R型】は約四千百グラムの重さがあった。
「骨も切れるのかしら」
「毎分八千回の高速で刃が前後する。人間なんかわけないさ」
老眼鏡を手にしたカズエが紙面を覗き込んだ。
「用途……縦断ち、横断ち、斜め断ち、逆さ吊り落とし切りにと自由自在に使えます。
また背割り、胸割り、四分割は勿論のこと、脛骨《けいこつ》・臀骨《でんこつ》・背骨・肋骨《あばらぼね》の切り落とし、
更には枝肉《えだにく》のカットまで、ありとあらゆる切断が思いのまま。しかも、きれいな切り口
で、極めて簡単、便利で安全に行うことができます。あら……背割り、胸割りって、
何？　あの子を縦に切るなんて厭《いや》だわ」
「くだらんことを考えるな」
「十五万円……値段もいいわ」
「業務用だからだ。本来ならこいつで何百頭も牛を刻むんだから元は取り返せるんだ」
「それを一回こっきりで捨ててしまうのね」
「他にあれこれ材料を取り揃えなくてすむし、自分たちの仕事量を考えれば最良のコス
トパフォーマンスだ。あんなでかい図体《ずうたい》を年寄りふたりが手動でぎこぎこやるわけにい
かないからな」
「あたし……いいわ……高くない。あの子の為なら、これぐらいしてあげても」

カズエの目が、あっち向きとこっち向きとに、ゆっくりとずれ始めていた。

「あれ？　おまえ、ひんがら目になってきてるぞ。発作が出るんじゃないのか」

「いけない。夕方、叩《たた》かれたから薬飲むのを忘れてしまって……」

カズエは息子に側頭部を頻繁《ひんぱん》に殴打《おうだ》されたせいで痙攣《けいれん》発作を簡単に起こすようになっていた。医者から抗痙攣薬を処方されており、日に三度服用が義務づけられていた。

「飲みました」カズエは歯を見せて笑った。口の端に白い粉が付いている。

「とにかく、おまえは医者に行って眠れないと言うんだ。一軒だけじゃない、いろいろ行ってできるだけ薬を掻《か》き集めてこい」

耳を澄ますと二階から薄く音楽が流れてきていた。薄いだけで音の中身は外人の喚《わめ》き声が延々と垂れ流されるだけの錯乱したものだった。

「最近はどんな感じだ」

「変わらない。夜中にご飯を置いておくと朝か昼頃にトレーが部屋の外に出してあります。本人がネットで注文した品物が届くと部屋の前に置いておきます。風呂はいつ入ってるのか判《わか》りませんけど、先々週、使った様子がありました」

「便所は……」

「大きいのは二階のトイレで済ませてますけど……」

「まだペットボトルか……汚らしい男だ」

「もう癖なんですよ」

息子は引きこもり始めて半年ほどすると滅多に姿を見せなくなり、食事は自室で、風呂、洗面などは深夜、私や家内が寝てから済ますようになった。そして二階にもトイレはあるのだが、一旦、廊下に出なければならないことから、あろうことか奴は小便はペットボトルに溜《た》め、まとめて便所に流すか直接、庭に放って捨てるようになった。

「狂ってる」

「いじめですよ。いじめが……」

「もういい！」

「お茶。なににします」

「ジャスミン。熱く」

茶を啜《すす》りながら黙っていた。二階から男の叫び声とも金切り声ともしれぬ音が響いていた。ネットに携帯……。今では家にいても世間が流れ込んでくる。昔はこんなことはなかった。我々の若い頃は外は外、内は内の境がしっかりしていた。ところが今では家にいても外にいるのと同じことになってしまい、家庭が家庭の体《たい》を成さなくなってきている。ネットと携帯電話とゲーム。将来、歴史家が時代を振り返った時、原爆に次いで人類に害を為すテクノロジーとして、いずれかが槍玉《やりだま》にあげられることは間違いない。

「でも、よく考えると助かるわ。あの子がいなくなると」

「変な言い方するな」

「だって、なんだかんだ言っても物入りだもの……」

カズエは隣の衣装箪笥《いしようだんす》のある部屋から宅配便の箱を運んできた。なかには無修整のエロ本やバイブレーターなどの所謂《いわゆる》、〈大人のおもちゃ〉が詰まっていた。

「なんだこれは」

「三万円もするんです。困るわ。こういうの次から次へと……」カズエは黒いバイブレーターを取り出すとスイッチを入れた。それは振動し、円を描いてみせた。

「こんなものまで買って、金払ってやることないだろう」

「だって怒るし、それに宅配便屋さんも困るでしょう。あの人たちの責任じゃないんだから……。厭なのよ、玄関先で揉《も》めるの」

「だからって馬鹿！　こんなもの。俺が何の為に働いていると思ってるんだ！」

「だって仕方ないじゃない！　私ひとりじゃどうしようもないのよ！　私ひとりじゃ。いつもいつも、あなたは居ないし、私ひとり……。ひとりじゃできない……怖いわよ」

カズエは顔を覆った。痣の浮いた頰の横で駆動音を立てながらバイブが回る。

「もういい！　もう……そんな馬鹿も終わるんだ。終わらせるんだ」

カズエはスイッチを切り、死んだ蛇のようなそれを箱に放り込んだ。ちゃちな安っぽい音をさせてバイブが沈んだ時、私の頭のなかでゾッとする気づきが……。

「おい……」自分でも声が掠《かす》れているのがわかった。「それはいつからなんだ」

「何がですか」

「そういったモノを奴が買うようになったのは？」

「え？　結構、引きこもりの初めの頃から買うようにはなりましたけど言えなかったのよ。怒るに決まってるから……。叩くでしょう？　あなたも」

「いや、そういう意味じゃない」

「私も人間なのよ。それが夫にも殴られ、実の子供にも殴られ……辛《つら》いわ……」

「バイブだよ！」私は立ち上がった。「どうしてバイブが必要なんだ。奴は男だぞ」

カズエの顔に隠し事がばれたという怯《おび》え、後悔、緊張、諦めが次々に浮かんでは消えた。

「どういうことだ」過去の新聞記事やニュースのあれこれが私の脳裏を過《よぎ》っては胃の辺りを毟《むし》っていく。「知ってたんだな……」

「最近よ……。本当に最近なの。バイブは去年からなの」カズエは自分に言い聞かせるように何度も頷《うなず》いた。

「なんにんだ」

「え？」

「奴の部屋には今、何人いる？」

「ふたりよ。あの子と……女の子がひとり」

「いつからだ」私は声を絞り出す。胸が悪くなってきた。

「去年の暮からよ」

「なんてことだ」

「お茶。なににします？」

「いらん！」

「……怒ってる。怒ってるのね、あなた」カズエは立ち上がると台所の隅へと後退《あとじさ》った。顔色が蛍光灯を浴びて酷《ひど》く白い。「殴られるんだ。また殴られる……。あなたは私を殴る……力一杯。そして私はまた耳が、ぼわぁっとなる。そして骨がぎしぎしぎしぎし……。今日は二回目。薬を飲んだけれど。殴られてしまう。これから殴られる。今から殴られる」

　カズエは身を屈《かが》めるように妙な深呼吸を始めた。そこからは三十余年前には初夏の陽射しを跳ね返す潑剌《はつらつ》とした笑顔の娘であったことは微塵《みじん》も想像できない。あるのは抜け殻で、残り滓であった。また彼女の向こう側の壁にある鏡には絶望を目に浮かべた死人のような老人が座っていた。シャツの襟が痩《や》せさらばえた軀には不釣り合いに大きく、何かの嘴《くちばし》で首を挟まれているように見える。私が髪に手をあてると鏡の老人も同じことをした。

「なぜ隠していた」

「言いました、何度も。あなたが聞いて下さらなかったんです」

「馬鹿！　そんな大事なことを聞き逃すものか。おまえが隠してたんだ」

「言いました。前回も前々回も前々々回も」

「嘘《うそ》をつけ！　そんな馬鹿な話があるか」

「いつも、あなたは大事な話はお聞きにならないのよ。おわかりになったでしょう？」

私が思わず手をあげるとカズエはぎゃっと悲鳴をあげ、廊下のトイレに駆け込み、施錠してしまった。それからはいくら呼んでも叩いても応答しなくなった。

私はテーブルに戻った。腹を決めるのに小一時間ほどかかったが、階段を上り始めた。もしもの時の為に包丁を忘れなかった。玄関を入るとすぐ左に簡単な螺旋《らせん》状の木の階段を拵《こしら》えておいた。両側の壁は薄いアイボリーで値は張ったが、隣家との境が狭く、陽射しが乏しい為、壁紙だけは明るい物にしたかったのだ。今ではほとんどが爪《つめ》や刃物やバットなどで破られ、削られ、見る影もなくなっていた。階段の踏み板も、そこかしこがささくれ立ち、スリッパを通しても傷《いた》みがわかる。今、この家を手放したとしてもリフォームする余裕もない以上、現状渡しにする他なく、それでは建物の価値など無いも同然なので土地代に鼻糞を付けたようなものにしかならないだろう。あいつを始末してすらも我々の老後は暗澹《あんたん》たるものだろうが、それでもあいつを生かしておけば、いずれ私と家内を巻き込んでの野垂れ死には必至だ。それだけは何としても避けなければならなかった。

二階は空気が全く動いていない様子で、澱《よど》みと生ゴミの饐《す》えた臭《にお》いとほこり臭さが充満して身に染み込んでくるようだった。私は完全に上り切る前に、いつでも避難できる位置で立ち止まった。音楽は停まっていた。部屋からはテレビの音が聞こえていた。目の前のドアを見つめていると、今にもハンマーを手にした巨大な影が飛び出してきそうで、胃の腑《ふ》が居心地悪くざわめいた。〈コロシテヤルヨ、オヤジ〉十年前、飛び出してきたあいつはそう言って私の肩をハンマーで砕いたのだ。〈コロシテヤル、オマエナンカ、シネバイイ〉肩の骨は完全には元に戻らず、二度手術しなければならなかった。おかげで私は度々の入院を余儀なくされ、社内でのキャリアを失った。私の息子はあの時に死んだ。あいつが殺したのは私ではなく自分自身だったのだ。

何度か声をかけようとして、思い留《とど》まった。あいつは私が女性の拉致《らち》監禁の件に気づいたことを知らない。私はもう数年来、会うのはおろか二階に上がることすら無かったのだ。突然、部屋を訪れれば、あいつは何を思って錯乱するかしれない。私は気配を探るに留め、階下に戻った。下りがけに仔猫《こねこ》が鳴くような音を耳にした。限りなく幻聴に思えたが、それはいつまでも私の耳朶《じだ》にしみついて離れなかった。

翌日から一週間、また私は出張だった。朝起きるとトイレを一晩中占拠していたカズエは昨日のことなど忘れたかのようにさばさばとした表情で台所にいた。それにひきかえ私は昨夜は浴室で排尿しなければならなかった。

「お茶。なににします」

「鉄観音、熱く」私は新聞を読みながら口を開いた。

「今度、戻ってくるまでには道具が届くはずだ。念のために隠しておけ」

「女の子はどうするんですか」

私は黙っていた。

「警察ですか」

「馬鹿！　そんなことをしたら大騒ぎになる。おまえだってただでは済まんぞ」

「あたしは何もしてませんよ」

「犯人隠匿《いんとく》の罪だ。息子であろうが犯罪者を匿《かくま》い、さらに奴の監禁を助長した。共同正犯になれば、おまえも刑務所行きだ」

カズエが丸く口を開けた。

「厭だわ。私……。この歳で刑務所なんて知らないところに行くの」

「俺に考えがある、任せるんだ。とにかくお前はありったけの薬を集めろ。いいな」

カズエは頷いた。

「それと本当に生きてるんだろうな、その娘」

「生きてるでしょう。昨日、汚れた生理用品がゴミに出てたから……。買い置きしてるの」

「なんてことだ」私は旅行鞄《かばん》を摑《つか》むと出勤した。

一週間後、家まであと五分というところで不意に声をかけられた。三十前半の女が一礼し、妻の名を口にした。

「旦那《だんな》様ですか。私、スクールカウンセラーのオガタと申します。奥様からいろいろとご相談をいただきまして。息子さんの件でお会いしたのが始まりでしたけれど……」

「それはどうも」

「それで紹介先《リファー》の病院へ最近、お見えになられていないと連絡を受けまして」

「ああ、かなり順調に回復しましてね。今、知人の会社に勤めているんです」

「いえ。少し説明が必要かと思われますが。奥様には何度もご主人のご同席をお願いしたのですけれど、なかなかお忙しいようで。本来ならお家に伺うべきですが……」

「本来なら、きちんとアポイントを取るべきでしょうな。それでは」

私はなかば強引に振り切る形でその場を後にした。ああいった手合いの善意の押し売りは懲《こ》り懲《ご》りだ。順風満帆《じゆんぷうまんぱん》、世の中を性善説で渡りきれると信じ込んでいる奴らに我々の苦労や必死さなど理解できるはずもない。この時期に関わり合いになるのは最も避けるべき人種なのだ。

想像以上に【八〇八‐R型】は取り扱いやすい機械だった。

「ここの引き金を絞るだけで作動する。そこにあるドラム式の延長コードを使えば家中、どこにでも持ち運びができるはずだ」

三日前に届いていたという機械は既に包みは開けられ、テーブルの上に置かれていた。

「マシーンって感じだわ」薬の詰まった袋を手にしたカズエも満足そうに頷いた。「それで、どこでばらばらにするんですか」

「風呂場だ。作業は明るいうち。近所には自分たちで浴室の壁を張り替えるとでも言っておこう。薬は？」

「あっちこっちで随分、貰《もら》ったわ。でも、お風呂に慣れるのに時間がかかるわね。あれこれ思い出しちゃいそう」

「そんなことぐらい我慢しなくてどうする。薬を飲み物にありったけ混ぜて持っていけ」

「飲むかしら」

「何とか飲ませろ。俺は三日しか休みを取ってないんだ。今晩、やらなければ全部済む頃には有休が終わってしまう」

「女の子は？」

「可哀想だが、あいつに殺されたことにする」

「え？」

「彼女にも同じ物を騙《だま》して飲ませるんだ」

カズエはへなへなとその場に座り込んだ。

「人殺しね……人殺しだわ……」

「そうだ。そうだよ。俺たちはこれから人殺しになるんだ。自分たちが楽して暮らせるように実の息子を殺し、見ず知らずの他人様《ひと》の娘さんも殺して、その上で幸せに暮らそうというんだ。いいじゃないか、それで。みんな多かれ少なかれそんな風に人を踏みつけにして生きてるんだ。そうやって生きてる奴のほうが幸せそうに生きてる」

「狂ってるわ……あなた」

「やらないなら、俺はこの場で出て行く。おまえもこの家も捨てる……」

カズエはじっと手元を見つめた挙げ句「……ちょうだい」とだけ呟《つぶや》いた。

「なに？」

「部屋よ。あの子の部屋。あれを頂戴《ちょうだい》。あそこが一番、日当たりがいいんだもの。お花とかいろいろ飾りたいの。そしたら我慢できる。あの子がいなくなったらあそこを私に頂戴」

私はカズエの手を取ると、わかったと伝えた。

夜十時になり、カズエが二階へ飲み物を運んで行った。

二時間後、様子を窺《うかが》いに行ったカズエが空のグラスを持ち帰ってきた。

「飲んだんだな」

「いつもはこんなことないのよ。不思議だわ」

私は用意したロープを手に立ち上がった。

「大丈夫？」

「あれだけ飲めば死んだも同然だ。やつが寝入っているのを確認したら中に入る。俺が合図したら上がってこい」

カズエは神妙な顔で頷いた。

階段の軋《きし》みが大きく聞こえる。ドアの前に立つと改めて家の荒廃が思われた。廊下の板は滅茶苦茶だし、ドアの壁にはカズエのものであろう血痕《けっこん》が付着していた。髪の一部もついている。私は腹立たしい気持ちに襲われ、ドアを叩いた。

返事はなかった。

ただ耳を澄ますと細い糸のような啜り泣きが聞こえてきた。

「おい！　いるのか？　私だ！　話がある！　出てきなさい」

息子の声は聞こえなかった。但《ただ》し、啜り泣きはさらに大きくなっていた。私はドアに体当たりを喰らわせた。もともと安普請《やすぶしん》であるから四度も体当たりすると錠のシリンダーを留めている金枠《かなわく》が弾《はじ》け飛んだ。このドアを開けるまでに、どれほど辛酸を舐《な》めたことか。

ギーッ。ノブを強く押すと軋みながらドアが開いた。なかは埃《ほこり》と異臭の巣窟《そうくつ》だった。あちこちに蜘蛛《くも》の巣らしきものがかかり、ゴミで室内は溢《あふ》れ返っていた。奥にある机のスタンドが灯っており、その前に長髪の人影が突っ伏していた。その反対側の隅に手錠で二段ベッドの柱に繋がれた半裸の女がいた。口には猿ぐつわがはめられ、目は恐怖に見開かれている。私が進むと女はくぐもった声で悲鳴をあげ、暴れ出した。

「大丈夫……大丈夫だ」そう女に言いながら私はロープを持ち直し、机の前の息子の軀に手を伸ばした。

と、その瞬間、息子の軀から光る物が出ているのに気づいた。

とっくに錆《さ》びついたナイフの柄だった。

触れた息子の軀は服の上からも硬く、バランスを失ったそれは音を立てて椅子から床に転がった。見知った顔ではなかった。いや、確かに息子に違いないが、顔は干涸《ひから》びたオレンジのように萎《しぼ》み、眼窩《がんか》には暗い穴があるだけだった。

息子はとうにミイラ化していた。

〈ブッコロシテヤルヨ、オヤジ……〉

背後から息子の懐かしく、昏《くら》い声が聞こえた。

女の金切り声とエンジン音に振り向くと、カズエが【八〇八‐R型】を私に向かって振り下ろすところだった。

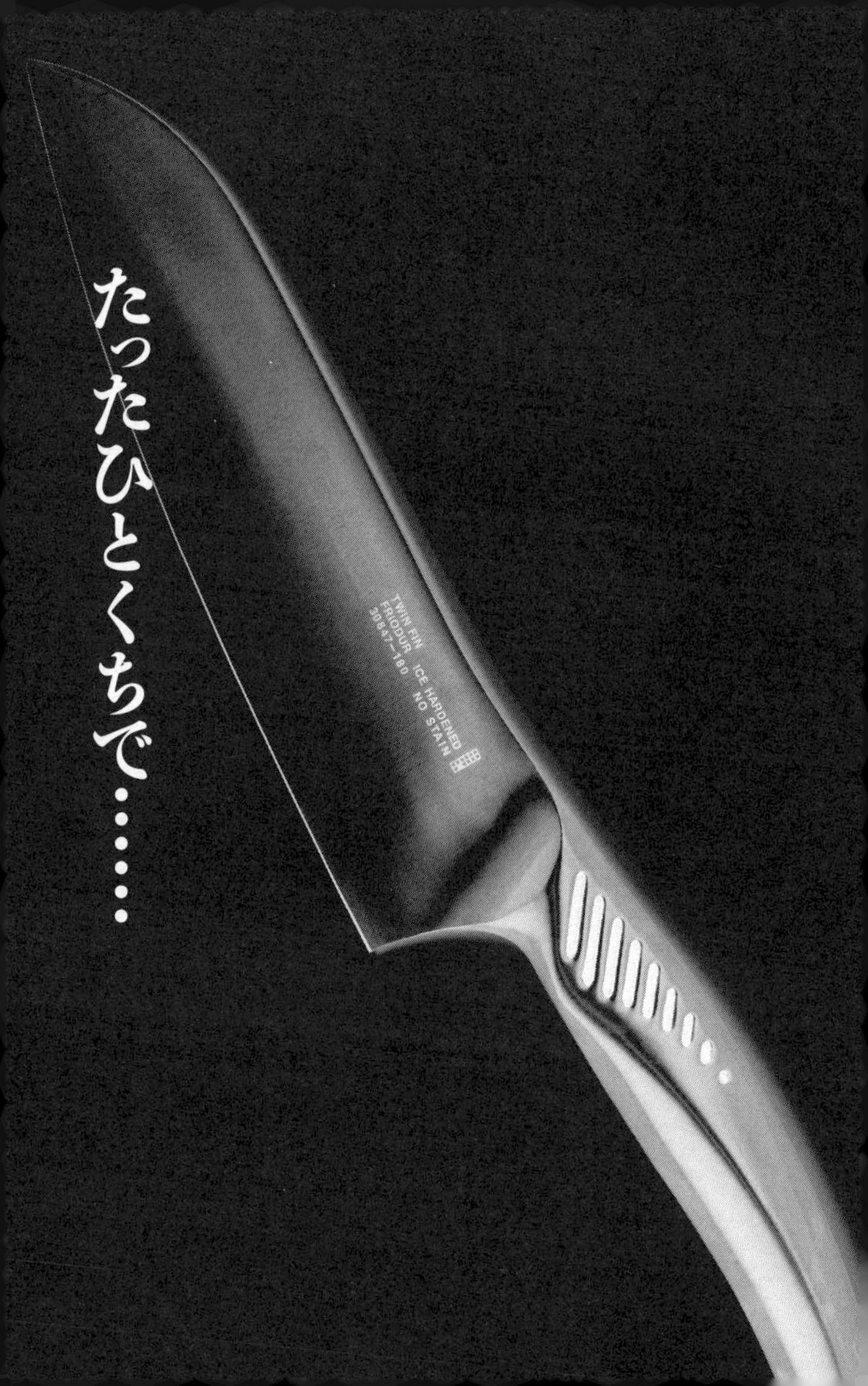
たったひとくちで……
TWIN FIN ICE HARDENED
FRIODUR NO STAIN
30847-180

「さきほど娘さんを誘拐させて戴《いただ》きました」

あの日の夕方、男はドアを開けたわたしにそう呟《つぶや》いた。

「え？　あなたどなた？　なにを仰《おっしゃ》ってるの？」

「何度も言いません。これが最後です。傾聴するのです……私はあなたの娘さんを誘拐、い、したのです」

男というよりは老人といった感じの相手は微《かす》かに笑みを浮かべていた。

「嘘《うそ》でしょう」

男は首を緩やかに振り、持参した大きなトランクと一緒に玄関のなかに進むとドアを閉めた。

「本当です」男が手を差し出した。「今日、学校は運動会の代休だったんですね」

男は〈カオリ〉と娘の名を刺繍《ししゅう》したハンカチを持っていた。昼過ぎ、まぎれもなく友だちのところへ遊びに行くという彼女に持たせたものだった。

「どうしようと言うんです。カオリを返して下さい」

思わず声がうわずり、悲鳴に近くなった。

するとｊ男がそれを制するように手を挙げた。

「大きな声は危険です。私が捕まれば永遠に娘さんはあなたたちの元には戻りません」

わたしはその場にへたりこんでしまった。

「立ちましょう、奥さん。そんなことをしていても娘さんのためにはならない」

「どうすればいいんです。お金なのね」

「一円も……」馬鹿げたことを耳にしたという風に男は首を振った。「協力するのです」

「なにをすればいいの……」

「まずは立つこと」

わたしが立ち上がると男は先に立ってトランクを転がしながら部屋の奥へと進んだ。

「なるほど、さすがに有名人の家は違いますな」

男はリビングの中央に立つと３ＬＤＫの部屋を見回し、感慨深げにいった。

「見かけだけです。しょせんはマンションだし、そんなには儲《もう》かっていないんです」

「そうでしょうか……」

男はキッチンに入ると引き出しを開け、包丁を手に取り、切れ味を試すかのように刃に親指を当てた。

「道具もプロ並み。予想どおりです。いちいちが素晴らしい」

男は少し上気したような顔でわたしを見つめた。

そこには一抹の怒りのようなものが浮かんでいるのをわたしは感じとった。

「材料は充分でしょうかな」

男は冷蔵庫の前に立った。

「GE社製。何リットルですか？」

「さあ……詳しくは。主人が買い求めたものですから」

「六百……いや、七百はありそうです」

男は両開きのドアを開け、なかを覗《のぞ》き込むと上から冷蔵室、冷凍室、チルド室、野菜室と順々に確認していった。

「カオリはどこにいるんですか？」

「ご主人は御自分でも料理をされますな」

「お願い！　あの子に手を出さないで！　不妊治療を続けてやっと授かった子なんです！」

男は溜息《ためいき》をついた。

「奥様、私は紳士的に物事を進めようとしているのです。他にもいろいろと取るべき手段はございました。例えばあそこにある椅子《いす》にあなたを縛りつけ、膝《ひざ》の皿にドリルで細かく穴を開けて暇を潰《つぶ》すこともできましょうし、鼻を削《そ》ぐことも、舌を鋏《はさみ》で切り取ることもできたのです」

「そんなことさせないわよ！」

「そうでしょうか？　そうすれば娘さんは確実に帰ってくるし、しなければ永遠に帰ってこないと判《わか》っていても、しませんか？」

わたしはリビングと和室の段差に腰掛けると泣き始めた。

「選択です。私は、私の指示に従ってくれる限り、乱暴なことはしないし、娘さんは必ず返すと約束致します。但《ただ》し、ひとつでも裏切ればおしまいです。全ては奥様ご自身の選択によっているのです」

「こんなこと……絶対、警察に捕まるわ」

「そうでしょうな。しかし、たとえそうなっても私は決して娘さんがどこにいるのかを教えない。果たして警察は娘さんを無事に保護できるでしょうか……」

「ひどい……どうしてこんなことをするのよ」

男は冷蔵庫から離れるとわたしの前にやってきた。

「ご主人のためにもう一度、おいしい料理を作ってみたいのです」

その頃、わたしの夫は料理評論家として売り出し中で新聞、テレビ、講演と様々なメディアから引っ張りだこになっていた。

「私の願いはただそれだけ……それだけなのです」

男はそうくり返し、俯《うつむ》いた。

「主人があなたのお店かお仕事のことで何か気に障《さわ》ることを言ったの？」

「それはご主人にお訊《たず》ねください」

男はキッチンに戻ると冷蔵庫の内部を調べ始めた。そしてわかったというように頷《うなず》くと立ち上がった。

「買い物に行きましょう」


スーパーでわたしに買い物カゴを持たせると男はジャガイモに人参《にんじん》、玉葱《たまねぎ》など次々に入れていった。

「あら、こんにちは」

生鮮コーナーを回った時、不意に声をかけられた。

娘の同級生の母親だった。

「どうも」

男はわたしより先に頭を下げて挨拶《あいさつ》をした。

「おじいちゃま？」

「あ、ええ」

わたしは曖昧《あいまい》な笑みを浮かべながら相手の顔を見つめた。

目の隅で男がわたしを凝視しているのがわかった。唇には笑みが貼《は》り付いていたが目は蜥蜴《とかげ》のようだった。

「なに？　いやだ、化粧濃いかしら？」

彼女が小声で笑うと男が「はっは」と乾いた笑い声をたてた。

「あ、そうだわ。昼頃、カオリちゃんがサキちゃんの家に行くところを見たんで」

男が息を吸い込むのがわかった。

「うちの子が一緒にゲームしようってサキちゃんちに行ったんだけど、カオリちゃんいなかったって」

「ええ。ちょっと具合が悪くなっちゃったんで途中で帰ってきたの」

「あらそう……でも、自転車はサキちゃんちのマンションの駐輪場にあったそうよ」

一瞬、わたしのなかで何かが崩れた。

わっと声をあげてその場でうずくまってしまいたい。そんな衝動が全身を摑《つか》み、わたしを振り回そうとした。そんなことをすれば娘は絶対に帰ってこない。でも限界だった。これ以上は耐えられそうになかった。

「あの、奥さん、孫はたまたま通りかかった私が車で送り届けたんです。お腹が痛いと言い出したものですから自転車はその場に置いておかせました。もちろん、後で取りに行くつもりでした」

男がわたしと彼女の間に割り込むような形で入ってくると「さようなら」と告げ、冷凍コーナーへとわたしを連れて行った。

「次に知り合いが来ても無視するか、簡単に挨拶するだけにしなさい」

男の唇が震えていた。

冷房が効いているにもかかわらず額にびっしりと汗を浮かべていた。


「座ってなさい」

男はそう指示するとキッチンに入り、コック帽にコックコートという姿に着替え、トランクのなかから圧力鍋《なべ》、包丁などの料理道具と調味料一式を取り出し、準備に取りかかった。

わたしはキッチンから見通せる場所に置かれた椅子に座らされていた。

男がキッチンに居ることを除けば、何ひとつ変わった様子はなかった。

対角線上にある大型テレビ、隅の観葉植物の鉢植え、和室の床の間の違い棚にはカオリが折った鶴《つる》が載っている。全ては昨日……いえ、今朝の情景のままだった。

なにも知らぬ人間が見たら、売れっ子料理評論家の妻がコックのケータリングサービスを頼んだとしか思えないはずだった。

暫《しばら》くするとジャージャーと肉をフライパンで焼く音が聞こえてきた。

男の手つきは実に滑《なめ》らかで明らかにプロの料理人を思わせた。

不意の訪問から既に五時間が過ぎようとしていた。

なんとか夫に連絡が取りたかった。

昨日地方から戻ったばかりの夫は今日は終日、都内で打ち合わせをしたり、取材を受けているはずだった。

夫とは学生時代、アルバイト先のコンビニで知り合った。

当時、彼はフリーターだったがはっきりいって第一印象は良くなかった。

ぼんやりとしていて全体的に暗いものを感じたのだ。

オーナーの知り合いらしいということだったが詳しいことはわからなかった。

バイトは半年ほどで辞めた。

再会したのは数年後、わたしが食品業界紙の編集者としてインタビューに出かけた時、彼も取材先の料理研究家の助手として来ていたのであった。

向こうから声をかけられるまでわたしは彼があのバイト先で見た彼と同一人物だとは思わなかった。それほど彼は印象がガラリと変わっていたのである。バイト先ではぽちゃぽちゃと鈍重に感じられた体型もスリムになり、髪も短く切り、すっかりあか抜けていた。

正直、彼が予想以上にハンサムだったことに驚きもした。

彼は名刺を見てすぐにわたしと気がついたようだった。

わたしには当時、付き合っていた人がいたが彼の熱烈なアプローチに根負けし、交際を始め、ほどなく結婚した。

それと前後してバブル景気が到来し、師匠の仕事をサポートする形で彼もマスコミに登場するようになり、その独特の感性と味覚の鋭さで他を圧倒するようになっていった。

『わたしの舌は人間を知っている』という彼自身のキャッチフレーズもあって、流行に乗り、いまでは押しも押されもせぬグルメ評論家としての地位を築いたといえる。

彼の人気のひとつは歯に衣《きぬ》着せぬ物言いであり、いかに名料理人といわれる人のものでもおかしいと思えば舌鋒《ぜっぽう》鋭く糾弾した。

その為に休業を余儀なくされた名店も出たが、その多くが長年、老舗《しにせ》の看板に胡座《あぐら》をかいての経営だったこともあって世間一般は彼を支持した。

しかし、だからといって敵がいなくなったわけではなかった。

彼の辛口批評に晒《さら》された料理店、レストラン、そこの経営者のみならず料理人たち、さらには彼に仕事の場を奪われた同業者……こうした人たちの恨みや憎しみと彼の名声は常に背中合わせだった。

今までにも脅迫文めいたものや無言電話を含むいたずら電話などがかかってくることはあった。無論、誰もが見られる電話帳などに掲載しているわけはないけれど、業界に少しでもかかわりのある人であれば、うちの住所と電話番号を入手するのはわけのないことだといえた。

それにしてもこうして娘を人質に取ってまで乗り込んでくる男が現実にいようとは想像もしていなかった。

料理人のなかには仕事イコール人生という人が少なくなかった。それは業界紙に勤めていた自身の経験からも夫の話からも充分に承知していたし、ゆえにそうした部分を否定された彼らの怒りがどれほど激しいものか想像すると、時には背筋の寒くなることもあった。

でも、それはあくまでも料理というルールに則《のっと》った部分で争うべきものと思っていた。男のしていることは完全にルールから逸脱していたし、また料理人としての将来も自ら捨てることになる。

それともたった一度でいいから夫に「うまい」と言わせれば満足なのだろうか。そのひと言さえ聞ければ今までのキャリアと今後の貴重な人生の時間を捨ててもいいと……。

わたしにはわからなかった。

気がつくと部屋はすっかり暗くなり、キッチンには明かりが点《つ》いていた。

「さて後は煮込むだけです……」

男はそう呟くとキッチンを出て、わたしの前に椅子を置き、座った。

「ねえ。こんなやり方しかなかったの？」

わたしは訊ねた。

男はその問いを意外だというように眉《まゆ》をあげ、暫《しば》し、考え込んだ。

わたしは立ち上がると照明のスイッチを入れた。

「人がいるのに暗いのは逆に怪しまれるわ……」

「この方法しか残されていないのです……」

男の目には睨《にら》みつけるような光が宿っていた。

「こんな状況で食べさせられたものを〈おいしい〉なんていう人はいないわ。それにたとえそういったとしてもそれを真に受けるなんて莫迦《ばか》げてるわ」

男は黙っていた。

部屋にまた沈黙が訪れた。が、わたしは男が笑っているのに気づいた。

「なにがおかしいの」

「彼は旨《うま》いとはいわんでしょうな。いったらそれこそ怪物です」

「だってそれが望みなんでしょう？　あなた、主人に自分の料理をけなされたからこんな卑怯《ひきょう》な仕返しを思いついたんでしょう？」

男は聞こえなかったかのように窓に目を向けた。

「私は中学を卒業するかしないかで料理人の世界に入りました。今と違って厳しい時代でした。よく包丁の背で殴られたりしたものです。やがて修業時代に知り合った娘さんと所帯を持ち、ようやく独立して店を持ちましたが、客足は鈍くて食うや食わずの苦しい日が続きました。明日はどうしよう、明後日《あさって》はどうしよう……。寝床に潜ってからもそんな不安ばかりがよぎりました。そんな時に思いついたのがシチュー丼でした。デミグラスソースを濃いめにし、ざっくりとしたバラ肉を煮るのです。ぼろぼろにほどけてきたやつを御飯にザブリとかける。これが近くの学生に大当たりをしましてな。私と女房は大喜びしたものでした。これで全てうまくいく、単純にそう思ったのです……」

圧力鍋から蒸気の漏れる音が響いてきた。それとともに室内にシチューの甘い香りが満ちてきた。

「シチューは私にとって幸せのシンボルでした。それが突然、終わってしまった」

男はわたしを真っ正面から見つめた。

「娘が殺されたのです。大切な大切なひと粒種《つぶだね》でした。犯人はうちによく通っていた中学生でした。あどけない顔をしていた。絞殺した上で犯したのです。よくもあのような恐ろしいことを……」

遠くでサイレンが鳴っていた。もしかして娘が偶然にも救出されたのではないかという期待とは裏腹にそれは遠ざかり、やがて聞こえなくなった。

「妻は生き甲斐《がい》を失い、墓石のようになってしまいましたが、それでも私には生きぬく必要があったのです。私にはあんな子供に人生を台無しにされて堪《たま》るかという妙な意地があったのです。私は店を移転するとまた新たな土地で開業しました。正直、その頃が本当に地獄でした」

男は小さく溜息をついた。

何の感情もわかなかった。ただ人の娘を誘拐し、自分の娘が死んだことに嘆息しているこの奇妙な生き物を不思議に感ずるだけだった。

「十年……十年、地獄が続きました。そしてやっとどうにかこうにか夫婦ふたりだけなら食っていけるだけの店になったのです」

男はそこで沈黙した。

「そういう事情があったということは理解できるけれど、主人はなにも悪気があってお宅のお店のことを腐《くさ》したわけじゃないと思うんです」

わたしの言葉に男は顔を上げると薄く笑った。

「あなたはなにもおわかりでないようだ」男は立ち上がり、キッチンへ戻った。

そしてシチューの入った皿を手に戻ってきた。「旦那《だんな》様にも食べて戴きますが、その前に是非、奥様にもご賞味戴かなくては……」

テーブルに置かれた皿からはありきたりのシチューの香りがしていた。

インスタント臭さ……夫が最も嫌悪するものが立ち昇っていた。

「どうぞ」

男の言葉にわたしはスプーンを手に取るとまずひとくち、シチューを口に運んだ。ありきたりの味。何の新味も感じられなかった。男が料理人としては二流であるとそのシチューは証明していた。

次にフォークを取り、サイコロ状に煮込まれた肉を試した。

パサパサとした妙に臭みのある肉だった。一見、高級そうに見せかけ実は粗悪品を扱う肉問屋のものに近かった。わたしは内心、溜息をついていた。これでは夫が納得するはずもない。まさか娘が人質に取られているのに罵倒《ばとう》するはずはないが、過去に放ったであろう前言を快く撤回すると果たして彼は言ってくれるだろうか……。ふとそんな不安が頭をよぎった。

わたしは二切れほど口にしただけでフォークを置いてしまった。

「お口に合いませんか？」

「食欲が湧《わ》かないわ」

男が残念そうな顔をした時、チャイムが鳴った。

「主人よ」立ち上がろうとするわたしに男が呟いた。

「自然に振る舞って下さい。お嬢ちゃまのことをお忘れなきよう……」

ドアを開けるとそこには夫の顔があった。こみ上げる涙を堪《こら》え、わたしは奥へと先に進んだ。

「どうしたんだ……」リビングに踏み込んだ夫の声が途切れた。

テーブルには既にシチューが用意され、男がぼんやりと突っ立っていた。

「誰だ！　君は？」

わたしと男の両方へ視線を巡らし、一瞬にして異変を察知した夫は男に摑みかかろうとした。

「お嬢ちゃまを殺す気なら存分に為《な》さいませ」

「なに？　どういうことだ？　カオリはどこにいる？」

振り返った夫にわたしは男が娘を誘拐していることを告げた。

「何が目的なんだ！　俺は貴様なんぞ知らんぞ！」

男の目が針のように鋭く光った。

「御説はもう沢山です。お嬢ちゃまの命が大切ならば、お座りになって、それを召し上がって下さい、先生」

男の柔らかだが毅然《きぜん》とした口調に夫は腰掛けることを選択したようだった。

わたしも向かいの席に戻った。

「それを最後まで、すっかりと平らげて下さい。それがお嬢ちゃまを返す唯一の条件となります」

男はキッチンに戻るとコップに水を汲《く》んで飲み干した。

「あの人の店に行ったの？」

「見たこともない！　カオリは無事なんだろうな？」

「あの人はそう言ってる。嘘をついているようには見えない……」

夫はスプーンでシチューを啜《すす》り、「うっ」と顔をしかめた。

男は腕を組んだまままそんな反応を楽しむかのように眺めていた。

次いで夫はフォークで肉を取ると、口に運んだ。

何かがその瞬間に起きた。

たったひとくち肉を口に運んだだけで夫は〈破裂〉した。

獣のような怒声をあげるとテーブルをひっくり返し、キッチンにいる男を引きずり出すと猛烈に殴りつけ始めた。

「やめて！　カオリが！　カオリが！」

全く無抵抗のまま殴り続けられる男を見て、夫がこのまま殺してしまうんじゃないかと怖れたわたしは彼の腕を押さえようとした。

「よくも！　よくも娘を殺しやがって！　よくも、よくも」夫は泣いていた。

「え？　どういうこと？　何を言ってるのよ、あなた」

「ちくしょう！　ちくしょう！」

わたしは電話に駆け寄り通報した。冷静に考えれば適切な行為とは言えないけれど、失神しかけている男を殴らせ続けておくわけにはいかなかった。

「ぐぶっ」男は夥《おびただ》しく吐血した。「私の娘も同様でした！」殴りつけてくる拳《こぶし》を避《よ》けながら、男はわたしに向かって叫んだ。血塗《ちまみ》れの口からシャンパンのように泡が溢《あふ》れていた。「私の娘もあいつに食われたのです！　あの犯人に！　それを忘れるな！　忘れるなよ！」男は突然、糸を断たれたように床に倒れ、動かなくなった。目は開いたままだった。

〈……主人が殺してしまった〉

わたしは絶叫し、意識を失った。


カオリはアパートの一室に監禁されていた。男のトランクのなかに住所を書いたメモが残されていたのだ。酷《むご》いことにカオリは臀部《でんぶ》の肉を鋭利な刃物でえぐり取られていた。そのせいで歩行に障害が残ってしまった。

警察は圧力鍋に残されていた肉片をDNA鑑定に回し、その結果、総重量は若干減少しているものの、カオリの肉に違いないと断定、それを知った時、わたしは嘔吐《おうと》した。

カオリはあの男が彼女の肉をえぐる時、泣きながら謝っていたと証言した。

「すみません……すみませんって」

男はキッチンで水を飲んでいたとき、持参していた毒物を服用したにちがいない。警察が駆けつけた時には既に死亡していた。

夫の男への暴行はなぜか不起訴になった。男の身元はいまだ不明で、事件は大々的に報じられ、ますます夫への注目が高まった。

最近では犯罪被害者の心のケアをテーマに講演を頼まれることも増えたと聞く。

わたしは深刻な拒食症に陥ったが、現在は徐々にではあるが回復に向かっている。

こうして家族三人で穏やかな陽射しの下、川岸の土手を散歩していると事件が遠い昔のことのように感じられる。

娘は杖《つえ》を突きながら夫に手を貸して貰っている。

彼女はきっと大丈夫だとわたしは思う。

わたしはどうだろう……わたしにはひとつだけ刺さったまま抜けない、棘《とげ》のようなものがある。

それは深夜、夫の寝顔を見つめる時や、娘が部屋に行き、ふと夫婦だけの時間が訪れた瞬間に喉元《のどもと》まで駆け上がる。

〈棘〉

いつかきっと、わたしはそれを口にするだろう。後先を顧《かえり》みなくて済む日が来たら。

「ねえ、どうしてあの時、たったひとくちで、ひとくちだけで気づいたの？　あれがカオリの肉だって……」

おふくろと歯車

『ヒロ君……』

携帯から聞こえるチャコの声はゾッとするほど変だった。

『もう遅いから……叱《しか》られるから』

時刻は午後十時、早くはない。早くはないが男が彼女とケータイするのをどうかな？と思い直すほど遅い時間じゃないし、そんなことよりチャコの声の方が俺にはひっかかった。

『……大丈夫、ヒロ君。……痛いよ』

携帯は切れた。

すぐに俺は何度も掛け直したがチャコはそれきり出なかった。もう一度、声を聞けば落ち着いたかもしれないのに、出るのは〈こちらは……留守番電話サービスセンターです〉という、あの日本一間の抜けた声の女。あの不感症女がしれっと俺たちを邪魔していたんだ。

俺はおふくろの財布と自分の財布を摑《つか》むとそのまま飛び出した。後で振り返っても、この時の俺はドンピシャだった。おふくろの財布には十万入ってたんだ。たぶん宗主《そうしゅ》さんに持ってく金だ。俺の授業料だってきつきつなのに、なんであの婆《ばばあ》は宗主さんには何百万も貢《みつ》ぎやがるのか気が知れなかった。俺は電車に飛び乗るとチャコの駅まで気が気でなかった。なにしろ奴《やつ》は〈痛い〉と言ったんだ。ただの痛いじゃない。〈大丈夫……〉と言ったあとの〈痛い〉だ。これは死ぬほどの〈痛い〉を意味してないか？

おまけにチャコが今、二人っきりで暮らしているオヤジは本当のオヤジじゃない。本当のおふくろが再々婚した野郎だし、彫り師だし、百二十キロぐらい体重があって、何教なのか知らないが頭のてっぺんに髪を固めていて、それが角のように見える。んで俺は奴を（もちろん陰で）ゴメスと呼んでいた。DVDで観た『ウルトラQ』に登場する奴だ。ゴメスは小さなリトラに殺《や》られた。

チャコのおふくろは歳下《としした》の（と言ったって三十過ぎだよ）旅回り役者《ドサ》とふたりで逃げた。

ゴメスは「家族は父親のサンドバッグです」と甲高い声で公言するような奴だし、その一点だけ有言実行の人だった。転校してきたチャコは二日目に頬《ほお》を腫《は》らし、三日目に腕に大きな痣《あざ》を作り、五日目には片足を引きずり、七日目には眼帯をかけてきた。担任は虐待児インターハイがあれば優勝候補になれそうなチャコを透明人間のように無視し続けた。クラスの奴も同じだった。チャコは来て間がなかったし、なにしろ暗かった。当たり前だ。毎日、飯を喰《く》うよりも拳骨《げんこつ》を喰らってる奴がスカッと爽《さわ》やかコカ－コーラでいられるはずがない。俺にはわかる。死んだオヤジがそうだったからだ。幸いなことにオヤジは大手運送会社のトラックが轢《ひ》き殺してくれたおかげで、奴が二度生まれ変わっても稼げないほどの賠償金と大学までの学費が保証されたんで一件落着したんだが、チャコは虐待ＩＮＧ《進行形》。家が安全地帯でない奴ってのは陸地を探せないカモメみたいなもんだ。始終、ホバリングしてるために何をするにもヘトヘトなのさ。それが他の幸せカモメたちには鬱陶《うっとう》しく映るんだな。チャコは知らず知らずのうちにクラスメイトの〈いじめリスト〉招待枠に記載されようとしていた。

　チャコの住む貧乏人のケーキみたいな細いマンションは繁華街の隅にあった。一階は朝鮮料理屋で二階三階が雀荘《ジャンそう》とヘルスと行政書士の事務所、四階がゴメスの彫り屋で五階が大きなニス塗りの板に苗字が書いてある組。六階がチャコのいる部屋で、七、八、九階には上がったことがないし、集合ポストにも名前は書いてなかった。

　部屋のドアは開いていた。入るとすぐメロンを落とすような音がした。

　リビングの床でチャコが顔を真っ赤にして首を絞められていた。馬乗りになっているのはゴメス。俺は反射的に体当たりしていた。勝つとか負けるとか考えなかった。が、思った以上にゴメスの体は厚く固かった。俺は壁に当たったテニスボールのようにピアノの脚元に弾《はじ》き返された。目を開けると俺の頸《くび》を掴んだゴメスが上目遣いに睨《にら》んでいた。顔面でダイナマイトが破裂したような衝撃と、わさびをチューブごと一気飲みしたような激痛と目眩《めまい》が同時に起きた。鼻からお湯が噴き出た。血だった。ゴメスは一瞬で弾き飛ばされた俺の頭を摑んで頭突《ずつ》きを入れたんだ。

プロだ。俺はもうそれだけで戦闘意欲が失せていた。顔に落ちた原爆級の痛みに耐えつつ愛と正義のために闘うには精神力が足りなかった。と、腹が捻《ね》じ切られそうになった。ゴメスの拳《こぶし》が俺の胃をシャツの上から摑み、潰《つぶ》しにかかっていた。俺は叫びながら莫迦《ばか》みたいに体を振った。

ゴメスはニヤニヤしていた。……なんてことだ、こんなことでも奴は半分も力を使っていない。と、そこにチャコが何か言いながら駆け込んだ。鋏《はさみ》を摑んでいるのが見えた。ドンと衝撃があり、一瞬、ゴメスの動きが停まった。が、次の瞬間、薙《な》ぎ払われ、チャコはクッションみたいに軽く部屋の端に吹き飛んだ。ゴメスは俺を離した。床に倒れた俺は、反吐《へど》を吐いて転がった。

チャコと目が合った。こんな時なのに奴は微笑《ほほえ》んだ。そこへ唐突にゴメスの足がチャコの後頭部を踏みにじった。貝殻を潰したような音がするとチャコの瞳《ひとみ》から俺がいなくなった。ブラウン管が砂嵐《すなあらし》になったように、あるいは突然、モニターがブルーバックになったように、俺へ向けられていたチャコの目は俺を観なくなった。

俺は立ち上がるとゴメスに組み付いた。うまく奴の足に両手を絡《から》めた。奴は地響きを立ててひっくり返った。チャコは俯《うつぶ》せになったまま、ぴくりとも動かない。俺は逃げだそうと立ち上がった。が、頭を摑まれ、そのまま壁に叩《たた》き付けられた。濡《ぬ》れたタオルをぶつけたような音が顔でした時、昔、おふくろが蠅《はえ》を潰したシーンが甦《よみがえ》った。そのあとはよくわからない。たぶん、そっからは俺の体じゃなくなってゴメスの玩具《おもちゃ》になったからだろう……。

気がつくと俺は揺すられていた。廊下の暗い天井があって、人影があった。殴られる、と反射的に身を丸めた俺にそれはシーッと指を立てた。チャコだった。

「ヒロ君、逃げよ」

ごたごた訊《き》かない。それだけで充分だった。俺はチャコとともに飛び出した。

「鼻から新幹線が出てないか、見てくれ」

「そんなに拡《ひろ》がってないよ」

「もうガッツ石松だよ。ぺっちゃんこだろ」

俺たちは通りに出てタクシーを拾うと適当なところまで運んで貰《もら》った。本当はチャコが海を見たいというので茅ヶ崎《ちがさき》まで行って貰いたかったが、バックミラー越しにチラ見する運転手の目が不快で、途中で降りることにした。

で、今は、やっすい中華ファミレスに座っている。小便をしに行くと血でこねたハンバーグパテみたいな奴が顔をぬっと突き出したので「うわっ！」と叫ぶと、相手もびびって鏡の中からこちらを見返していた。小便は黒かった。血が混じってんだと思うと怖くなった。

「顔、痛そうだね」チャコは言ったが、奴の顔色だって真っ青だった。唇までが紫色。

「熱っぽいんだ。痛みは少ない。さっき唇に触ったら隣の部屋のノブを弄《いじ》ってるような感じだった。今なら引きちぎれるかもしれない」

「いやだよ。そんなの」チャコは俺の手を握った。俺たちは並んで座っていたから、彼女の体が触れそうな位置にあった。不細工で無愛想なウェイトレスが舌打ちしてコーヒーを置いていった。俺たちのラブラブ度が気にいらなかったんだ。安いからコーヒーにしたんだが、持っただけでゲンナリして置いた。今の俺の口には熔岩《ようがん》と一緒だ。過酷すぎる。俺たちは二時間ほど溜息《ためいき》をついたり、目を閉じたり、手を握り合ったりした後、ファミレスを出て、またタクシーを拾った。ラブホが見えたので停めて貰い、歩いて戻り、そのまま泊まることにした。俺にしてもチャコにしてもガタイがいいので高校生には見えにくい。半年前に野球部を辞めていて良かった。うちは坊主なんだ。

ホテルでは水みたいな湯を張り、中に入った。

先に俺が入り、次にチャコが入った。

タオルを巻いて出てきたチャコの胸の間に蜥蜴《とかげ》がいた。ゴメスが彫ったんだ。丁度、胸の膨らみを跨《また》ぐようなところにそれはあるので、ちょっと見には天井から落ちたそれが止まっているようにも見える。

高校ではチャコはそれを必死に隠していた。俺がそれを知ったのは、体育の授業で忘れ物を取りに教室に戻ると、チャコが俺の財布を机から引き出そうとしていたのを偶然見つけたからだった。

「いつもそういうことしてるのかい?」と訊《たず》ねるとチャコは強く首を振った。「じゃ、返して」手を出すとチャコは黙って差し出した。そしてシャツのボタンを自分から外《はず》したんだ。ふたつまで外したところで止めさせた。大きめのブラカップから食パンみたいに白くて柔らかそうな肌が溢《あふ》れていた。が、それより俺は〈蜥蜴〉に釘《くぎ》付けだった。彼女が窮屈そうに屈《かが》んでいる時、目に触れていた。誰にも言わないことを条件に俺は蜥蜴を間近で見つめさせて貰った。ゴメスは刺青《いれずみ》でもプロだった。まるで転写されているように見え、俺はもっと生きているようにできないかと反射的に〈蜥蜴〉を舐《な》めてしまった。舌を離すと薄黒い背中が濡れ光り、今にも動きそうに見えた。その時から俺とチャコは高校生らしく非不純異性交遊で付き合うようになった。

「なんだか体がすごく怠《だる》いの……」ベッドに戻ってきたチャコは物憂げに呟《つぶや》いた。チャコの体は冷たかった。首の後ろ、ゴメスが踏んだ辺りを探ると骨が普通でない感じがした。

「痛くないのか」

「大丈夫」

　俺はその言葉を信じて目を閉じた。腫れた顔面は鼓動の度に演奏中の木琴みたいに脈打った。俺はなかなか眠れず、それはチャコも同じようだった。お互いに何度も何度も寝返りを打ち、溜息をついていた。


　翌朝まだ暗いうちに俺たちはラブホを後にした。駅まで歩き、始発を待って電車に乗った。チャコが見たいという海に行くつもりだった。電車のなかで俺はチャコから何かが滲《し》み出しているのに気づいた。最初はシートが汚れているのかと思ったが、電車を二度ほど乗り継いでも染みはついてきた。

「なんだか手が変なの」窓の景色を眺めていると、チャコが手を開いたり閉じたりをくり返した。そう言えば俺も指先の感じが今朝から妙な具合だった。何かしっくりしないのだ。その感覚は時間が経つにつれ強まった。「なんだか変だわ……冷えたお餅《もち》になっていくような感じがする」

　医者に行くべきだろうかと俺は思った。俺の顔はどす黝《ぐろ》く変色し、腫れはまだ引いたとは言い難い状況だった。医者に行くのは悪い選択ではないような気がした。俺はチャコに任すことにした。チャコの顔色も灰色がかっていた。

「海を見て考える……」

その言葉に従い、俺たちは海岸沿いの駅で降りると砂浜に向かった。まだ七時を過ぎたばかりだというのに夏を報《しら》せる陽射しが髪を灼《や》き始めた。俺たちは砂の上に直《じか》に座ると波を見つめた。オタマジャクシのようにサーファーが湧《わ》いていた。彼らがひょろひょろと波を滑る遙《はる》か向こうをタンカーが通り、その手前を漁船が行ったり来たりした。朝は犬を連れて歩く人も多く、学生がぷらぷらと横切ったりもした。

コンビニへ、パン二個とジュースを買いに行ったが食べられなかった。

「味がしないよ」俺が吐き出すとチャコも頷《うなず》いた。

「お腹減らないね」横になるとチャコが体を預けてきた。すると先程から何となく気になっていた匂《にお》いの元がわかった。チャコからは潮の香りを掻《か》き消すほど強烈な花の匂いがしていた。

「これからどうするかなぁ」

「私は施設かな。もうあんな家、帰りたくないし……」

「あと六万ある」俺は財布を覗《のぞ》き込んだ。「二、三日はぶらぶらできるよ」

「あ、そうなんだ」チャコは淋《さび》しそうに頷いた。

俺たちは夕方まで砂浜で寝っ転がっていた。他にもすることがあるような気がしたけれど、チャコを腹枕《まくら》したり、チャコに膝《ひざ》枕して貰ったりしていると他のことはみんなどうでもいいことになっていった。ふと夕焼けに手をかざすと先が紫になっていた。まるで死人の指だった。右人差し指に触れると爪《つめ》はグラグラし、はらりと取れた。痛みは感じなかった。

〈なんだこれ……〉体の深い場所から気味の悪い気配が駆け上がってきた。

「どうしたの？」俺がしげしげと手のひらを見ているのでチャコが声をかけてきた。

「いや、何でもない」

「あのね、ヒロ君……もっと早く言わなくちゃいけなかったんだけど」

「なんだ」

チャコは身を起こすとシャツのボタンを外し始めた。

「おい……」と、言いかけた俺を手で制するとチャコは隙間《すきま》から肌を見せた。あの白い肌は消えていた。あるのは薄緑色のゴムのような皮だった。

「手、貸して」

俺が手を伸ばすとチャコは自分の手を添えてシャツのなかに導いた。汗ではないもっとべとついた感触があり、肉の裂け目とともに触れた。俺が指で裂け目を探っている間、チャコはずっと目を閉じていた。指先は血膿《ちうみ》で濡れていた。

「元は怪我《けが》だったの。あいつに深く抉《えぐ》られたのよ。もう血も出てないでしょう」

「病院に行かなくちゃ」

俺の言葉にチャコはゆっくり首を振った。

「元は怪我よ。いまは何でもないの」

「どういうこと」

「死んでるみたいなの。腐ってもいるし」

俺はチャコを見つめた。電車のシートに滲みていたものの正体が呑《の》み込めた。

「もう白目も濁りが出てるでしょう。さっきコンパクトを見たのよ」

それは実際のところそうだった。昼を回った辺りからチャコの目は老人のように黒目の境がぼやけ、全体が蒸した目玉焼きのように濁っていた。

「臭《にお》いもするはずだわ。さっきから蠅がすごいもの」

「おまえが死んでるなら、俺も死んでるみたいだ。おまえ以上にひどくやられたからな」

俺は変色した指先を見せた。

チャコは始め驚いたように見つめ、やがて微笑んだ。

「ヒロ君と一緒なら嬉《うれ》しいな。でも、ごめんね。こんなことに巻き込んで……」

「俺、もううんざりしてたんだ。オヤジやおふくろ、その仲間を見てると、生きるのに本当うんざりしてた。だから丁度いいきっかけだった。いいんだよ。一緒に腐ろうぜ。あと六万あるんだ。人間っぽく使ってから、どこか人のいないところに行ってくたばろう……」

「うん」チャコが肩に頭を預けてきた。耳からごぷりと血水が垂れたが俺は気にしなかった。

　俺たちは陽が完全に沈むのを待って立ち上がった。タクシーに乗ったが一キロもいかないうちに降ろされた。臭いが原因だった。俺たちは近くのファミレスで休もうとしたが、同じ理由で断られてしまった。

「私、無理にごはんとか食べなくてもいいよ。どうせ、あと三日ぐらいで跡形も無くなるような気がするから……」街灯の少ない通りを歩いているとチャコが呟いた。

「莫迦。だから、いまのうちに人間ぽいことをしておかないと後で後悔しても遅いだろう。デートには食事が付き物じゃないか」

「でも……」俯《うつむ》いてぶつぶつ呟いているチャコから目を逸《そ》らすとラーメンの屋台が目に入った。

「あった！」俺はチャコの手を引いた。それは予想外に冷たく頼りなかった。

　運のいいことにラーメンはとんこつだった。暖簾《のれん》に〈本格〉と謳《うた》ってあるだけあって、臭いも強烈でオヤジは俺たちに何の文句も言わなかった。

　ふたりで並をひとつずつ頼んだ。

「凄《すご》い顔だね。お兄さん。喧嘩《けんか》？」俺の顔を見たオヤジはひと言だけ、そういうと後は全くの無言になった。俺たちは出された丼《どんぶり》を抱えると啜《すす》り始めた。盛大な湯気が出ているにも拘《かか》わらず、熱いとは感じなかった。オヤジは小型テレビでナイター中継を見始めた。

暫《しば》くすると足下に何か落ちるので目を遣《や》ると、チャコの足下に食べた麵《めん》が腹の穴から出て散らばり、シャツの一部が汚れていた。俺が見つめているのに気づくとチャコが困った顔をした。俺はさりげなく金を支払うとチャコを連れて屋台から離れた。

「悪かったな、無理に喰わせて」

「もう胃とか穴の奥も溶けてるんだね、きっと」

街灯の少ない道を進むと児童公園があった。

「ちょっと洗ってくる」隅に公衆便所を見つけたチャコはそう言うと身障者個室に入っていった。

俺はブランコに乗り、とりあえず揺れた。満月が浮かんでいた。遠くからテレビの声が流れてくる。マンションがあって、その部屋のひとつひとつに明かりが灯っていた。

その時、チャコの悲鳴が聞こえた。駆け込むと洗面台の前でチャコが震えていた。

「どうした？」チャコの視線の先を見ると血膿に混じって裸の鼠《ねずみ》のようなものが落ちていた。「大丈夫か」

チャコは床にへたり込んでしまった。大きくスカートが捲《めく》れ、太股《ふともも》が露《あら》わになった。

すると太股から膝下にかけて赤い筋がいくつも伝っているのがはっきりした。

俺はチャコの筋の付いた太股と裸の鼠を交互に見返した。

鼠ではなかった。それには小さいながらも人間の指と目鼻がついていた。

胎児だった。

チャコは突然、立ち上がりそれを踏み付け始めた。

「やめろ！」俺はチャコに抱きついた。あまりに強く腕を締め上げたせいで肩の骨が厭《いや》な音を立ててずれた。チャコは全く気にせず胎児をスニーカーで潰し、やがて手で顔を覆うと静かに泣き始めた。

俺はトイレットペーパーを三重にして巻くと少しずつ掬《すく》って便器に放った。見つかったら大事《おおごと》になると思った。潰された顔から驚いたように眼球が飛び出していた。四度掬うと胎児は跡形もなくなった。流そうと俺がボタンに手を伸ばすと、いきなりチャコが流すボタンを叩いた。勢い良く、胎児は吸い込まれていった。

「……これが私が殺された理由なの。あの日、私、あいつに堕《お》ろしに行くのを知られて」チャコの目に涙が浮かび、そしてこぼれた。「俺の子を殺す気だなって……産むわけないよね、狂ってるよ、あいつ」

「もういいよ。わかったよ」手を伸ばして引き寄せるとチャコは赤ん坊のように泣きじゃくった。泣く度に彼女の髪が床に散らばり、落ちていった。

その後、俺たちはタクシーを乗り継ぎ、ダム湖の近くで降りた。以前、この辺りに放置されたような材木小屋があったのを俺は憶《おぼ》えていた。

朝陽が昇ってくるとチャコの様子が想像以上に無惨なものになっているのを知り、早めに避難してきて良かったと思った。

既に頭髪のあらかたは抜け、皮膚が破れ障子のように浮いていた。全体が膿み腐れていたが臓器汁が腹の穴から絶えず排出し続けるおかげで巨人のように膨らむことだけはないように思われた。左目は午前中のうちに干涸《ひから》びた茸《きのこ》のように眼窩《がんか》の奥に引っ込んだ。

チャコは崩壊していく我が身を眺め、「怖い怖い」と怯《おび》えた。

「きっと俺も行くから……」

そう言って腐れた証拠の指先を見せると一旦は大人しくなるが、また思い出したように「怖い怖い」と震えだした。赤ん坊のようにしがみついてくるチャコをなだめながら、ふと俺は自分の指を見て愕然《がくぜん》とした。爪の剝《は》がれた跡を修復するかのように根元にうっすらと白い甘皮が張っていた。

「やっぱり、ヒロ君は死んでないんだ」チャコがポツリと呟いた。「いいな」

「いや、こんなの関係ない。俺は死ぬよ」

「ありがとう。でもいいよ、無理しなくて」

「いや、死ぬから。絶対」

チャコはそれきり黙ってしまった。

明け方、チャコは立ち上がろうとして崩れた。文字通り〈崩れた〉。濡れた泥を叩き付けたような音がしたので見るとチャコがばらけていた。脚が離れ、腕の片方が転がっていた。チャコは目を大きく開いたまま、自分の周りに散らばった手足を見つめた。

「怖いよ……。ヒロ君」

俺は言葉が出なかった。ただチャコの胴体を引き寄せると抱き締めた。それは思ったよりも重くなく、中身のない木のような感じがした。

「俺も死ぬから」チャコの耳元で囁《ささや》いた。

「わたし、死ぬのはいいの。怖いのはそういうことじゃなくて……。あいつと同じとこに行くのが怖い。わたし、あいつを殺したの。わたしがこういう風になったのはきっとあいつの呪《のろ》いだと思う。ヒロ君、わたし、壁にあんたを叩き付けているあいつの首筋を鋏で思い切り抉ってやったの。簡単だった。あいつは驚いた顔をして振り向くと何か呪《じゅ》文《もん》のようなものを唱えて、無理矢理わたしにキスしてきたのよ。あいつは死んだ、それは確かなの」チャコは小屋の天井を見つめ、熱に浮かされたように捲《まく》し立てた。「あいつと同じ地獄に行くのは厭なの……。それは厭だ」

俺は頷いた。

「ヒロ君。それは厭だよ。ヒロ君と別れて、あいつのいるところへ行くのは厭。それだけは怖い。怖いよ」

夕方までチャコは同じことをくり返し続けたが、口をきく間隔は次第に開いていった。

「ヒロ君……ヒロ君」胴体に左腕だけになったチャコはゆっくりと目を開いた。

既に陽が暮れてから相当経っていた。

「もう行くね」

「チャコ……」

「ヒロ君は後でおじいさんになってからゆっくり来てね。私が迎えに行くから……自分から死なないでね。そんなことをしたら私とは別のところへ行かされちゃうからね」

チャコの体が小刻みに震え始めた。

「あいつとは別のところに行けるって夢の中で女の人が言ってくれたの……」

「そっか」俺は頷いた。

「ヒロ君、いろいろありがとう」

そう言い終えるとチャコの体がすうっと軽くなった。

「チャコ……」

チャコはもう何も言わなくなった。胸の蜥蜴が色褪《いろあ》せていた。

俺は明け方まで泣きながらチャコを抱くと、小屋の裏に千切《ちぎ》れた手足と一緒に埋めた。

まだ三万円残っていた。ダムから身を投げてみようかと思ったが、「一緒のところに行けない」と言うチャコの言葉が甦り、タクシーを拾うとそのまま家に帰った。

案の定、家ではおふくろが大騒ぎしていた。

「あんたなにやってたの！」

俺は眠りたかった。現実ってやつが生々しい重力となって俺を消耗させた。

「後で話すよ」

俺がうるさそうに部屋に入ろうとすると、おふくろは喚《わめ》きながら追いすがってきた。

「あんた、おかあさんの財布盗んだでしょう。また悪いことばかりして！」

俺は足を止めた。

「もっともっと神様にお頼みしなけりゃならない魂なのよ。あんたは一体何を考えてるのよ！　もっと真剣になんなさい!!」

俺は黙って部屋に入ると窓を開けた。一瞬、チャコの匂いが鼻をかすめたような気がした。そして、もう自分は何を見ても二度とあの蜥蜴をみつけたときのように鮮やかさを感じることは永遠にないのだと悟った。

仔猫と天然ガス

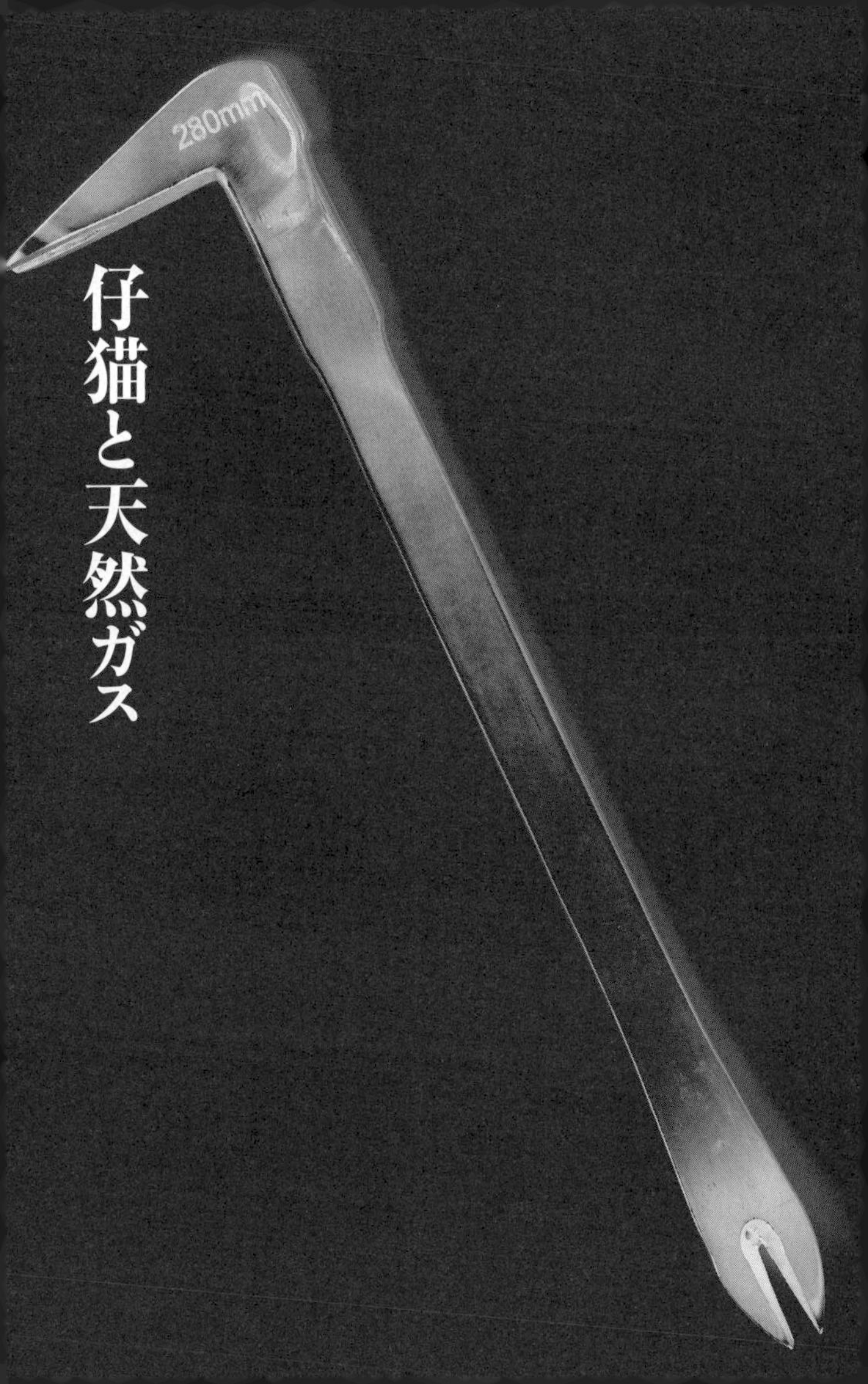

「こんなにびしょびしょでしょう……」

その女は腕のなかの仔猫《こねこ》を壊れ物を見せるように近づけた。

「ええ……でも」

シズエは曖昧《あいまい》に頷《うなず》きながら「それじゃ」と猫を受け取ることをまだためらっていた。

「どうなの？」

女は意味あり気にシズエの顔を覗《のぞ》き込んだ。シズエは何か自分が品定めされているような気になった。

「このままじゃ死んでしまうわ」

女の背後では午後から降り出した雨が激しくアスファルトを叩《たた》いていた。郊外の住宅地。同じような建物に住みながら誰もが必死になって自分だけの〈違い〉を門柱の形や表札、ポストの色に出そうと躍起になっている地域。皆がそこそこに自分は中流からの脱出組だと思い、ピクニックテーブルふたつ並べただけで歩くこともままならないような芝生の代償に、朝六時に家を出ることを選択する幸せに浸っていた。休日だというのに町が死んだように静かなのは雨のせいばかりではない、平日の通勤で亭主の多くが疲弊し切っていて外出する余裕がないのだった。休日、この一角はサナトリウム並みにひっそりとする。

「あなたの家の前にいたのよ」

女はもう一度、呟《つぶや》いた。私はこんなに優しいのよ、雨に濡《ぬ》れて死にかけている猫を見ると居ても立ってもいられない心の持ち主なの……なのに何故あなたはそれができないの？　あなたには優しさがないの？　女は全身で粗探《あらさが》しをしていた。

確かにその仔猫は箱に入れられてシズエの家の前の歩道に置かれていた。雨が降ってきた時にもそのことは気になっていた。一度、覗いたとき運良くイチョウの木の下にあったので見に行くまでもないと思っていたのだ。

女は道路の向かいに住んでいた。六十前だろうか、ひとり暮らしのシズエを変人扱いしたいようで、道で会っても手で触れられるほどの距離まで近づかなければ挨拶《あいさつ》をしても返してはこなかったし、ゴミ集積場のカラス避《よ》けネットの中が一杯だとシズエのゴミ容器を抜き出して自分のを突っこむところを何度か見かけもした。

それでもシズエは気にしなかった。どんな場所にも自分の価値観から外《はず》れるものや自分と同じ〈色〉でないものを排除したがる〈カラス〉はいるものだ。ただ中古ではあるけれど、やっと買った家で静かに暮らしていきたいだけだった。なぜならシズエは疲れ果てていたし、四十半ばという年齢でありながらそこまで疲弊しきった彼女の人生は振り返るのも困難なほど複雑なものであった。

「あなた犬か何か飼ってらっしゃるの？　それとも飼う予定なの？」

「いえ」

「ならいいじゃない。お寂しいでしょう？　ひとりは……」

女はひとりという台詞《せりふ》に力を込めた。彼女はよくシズエの家を覗いていた。その為、シズエはリビングのカーテンを薄いレースから厚い二枚重ねにしなければならず、晴れた日など窓を開けて過ごしたかったシズエの願いを遠ざけた。

「大きくなれば用心にもなるわよ、きっと。あなた足があれだし」

女はいじわるそうにシズエの足に視線を送った。

シズエは右足の膝《ひざ》から下が欠損していた。しかし、家で歩行するだけなら杖《つえ》はいらないし、外出先でも義足と気取《けど》られることはまずなかった。シズエが義足を外すのは入浴時と夜、ベッドに入る時だけだった。

「でも、わたしは生き物の世話ができるほど……」

「大丈夫よ、手があれば。エサの缶を開けて餌鉢《えさばち》に突っこめば勝手に食べるんだから」

シズエは黙り込んでしまった。それなら何故自分の家で飼わないのだろうか？　女の家も先頃、定年退職した亭主がひとりいるだけだ。他に生き物を飼っている様子はない。

「お宅では……」とシズエが言いかけると道路の向こうでクラクションが鳴った。女の亭主が戻ってきたのだ。

「いかなくちゃ。うち動物は駄目なの。主人がアレルギーを起こすのよ、ごめんなさい」

女は仔猫を床に置くと乱暴に尻《しり》を叩いた。と、驚いた仔猫は部屋の奥へと駆け出した。

「あっ」と声をあげる間もなく、女は車に向かってなにか喚《わめ》きながら戻っていく。女が躯《からだ》で押さえていたドアが閉まった。

シズエは室内を振り返った。どこかに隠れてしまったのか仔猫の姿は見えなかった。

彼女は溜息《ためいき》をつくと台所でミルクを温め、ステンレスの小皿に注いでからリビングに戻った。

猫はどうやって呼ぶのだったかしら。犬なら口笛だけれど……。シズエは仕方なく物陰になっていそうな場所をミルク皿片手に探して回った。リビングのカーテンの下、テレビ台の裏、ソファの陰を見て回ったが鳴き声ひとつ聞こえなかった。義足と接している脚の断端《だんたん》部が硬く痺《しび》れるように感じられてきた。女の相手をしているあいだずっと冷たい風に当たっていたからだった。

仕方なくシズエはリビングの奥のドアを開けるとバスルームへ通ずる短い廊下に出た。廊下の片側は小さな収納スペースになっていた。

「ねこちゃん……」驚かせないように声をかけた、すると〈にゃーん〉と声がした。

声はシズエの背後から聞こえた。

……やっぱり、リビングにいたのね。

シズエが戻ると「おばさん」と声がした。

見るとふたりの青年が玄関から入ってきていた。ふたりとも顔は知っていた。道で会えば挨拶程度の言葉を交わすこともあった。笑顔の爽《さわ》やかなスポーツマンタイプの青年たちだった。

「おばさん、こんばんは」右側の青年が再び、口を開いた。彼は顔に引き攣《つ》れのある子だった。噂《うわさ》では小学生の頃の自転車事故の痕《あと》だということだった。確か今年、東大に入学したはずだった。

「こんばんは」と口に出そうとした時、仔猫の声が聞こえた。隣の青年が腕のなかのものを大事そうに撫《な》でていた。

「おばさんの猫ですか?」彼はそう口を開いた。彼は歯科医の息子でやはり今春、志望の歯学部のある大学に進んだはずだった。

「違うの。預かったのよ。捨て猫で可哀想だって持ってきた人がいたものだから……」

するとと青年たちはにやにやと顔を見合わせて笑った。

「その人おかしいなぁ、可哀想だと思うんなら自分で飼えばいいじゃないですか」

「本当だ……。それ嘘《うそ》でしょ、おばさん」

シズエはさっきから無意識に緊張が高まるのに戸惑っていた。それは目の前でにこやかに笑うふたりから伝わってくるもので、導火線に火をつけたのにこそっとも音を立てず沈黙してしまった花火を懐《ふところ》にしまった時の感じに近かった。

「嘘じゃないわ」声が掠《かす》れていた。シズエはミルク皿を足下に置いた。

すると青年の腕のなかから仔猫が身をよじって飛び降り、皿に突進すると音をたてて白い液体を舐《な》め始めた。

「はは、けだものだ」

「やはり、けだものだねぇ」ふたりは声を出して笑った。

シズエは笑えなかった。歯科医の息子が着ている白いTシャツには奇妙な文字が躍っていた。〈天然ガスで自殺はできません〉毒々しい赤が暗い室内でも目に付いた。ふたりは笑った後、動かなくなった。但《ただ》し、顔には笑顔の名残りが貼《は》り付いており、それがゆっくり蒸発するように消えていくまでにはかなりの時間がかかった。

室内には仔猫がたてるピチャピチャという音だけが響いた。

笑顔が消えると代わりに無関心な〈他人の顔〉がふたりに浮かんだ。それは満員電車や行列、書店内を見て回る時などに人が見せる顔だった。

「ところで、あなたたち何か御用？」

沈黙に耐えきれずシズエが口を開くと〈ふわぁ〉と引き攣れのほうが大きな音をさせてあくびをし、両手を宙に突き出して伸びをした。太い腕に血管が浮き出し、彼が力を入れているのがわかった。「ああ……くそっ」顔が真っ赤になるまで息を吐き切った引き攣れがぶんっと両腕を下ろすのを天然ガスが微笑《ほほえ》みつつ眺めていた。

「ねえ、聞こえてる？　ふたりともなんの用なの？」

そこには靴の中に小石が入ったまま歩かされているような奇妙なやりとりを終わらせたいというシズエの気持ちがあった。

「うふわぁ」引き攣れはあくびに次いで首をグキグキと回し始め、両手の指と指を合わせるとシズエに掌《てのひら》を向けて伸ばした。小枝を踏むような音が指の関節で次々と爆《は》ぜた。

「ちょっと、ふざけるのもいい加減にしなさい！　用がないなら出て行って！」大きな声が出せたことで勇気づいた。「なにか用なら言いなさい！」シズエは自分が思いの外、大きな声が出せたことで勇気づいた。

するとシズエ天然ガスが床にぱたんと座りこみ、両足を広げると軀を前に倒して柔軟体操を始めた。

「用はあるよ」

引き攣れが天然ガスに目をやりながら呟いた。

「なによ」

「エキプロしたいんだよ」

「なんですって？」

「プロレスゲーだよ。知らないの？　ゲレロとかリーガルとかでるやつだよ」

「あなたたち、本気なの？」

ふたりは当たり前だとでもいわんばかりに何度も頷いてみせた。

この子たちはおかしいんじゃないかと思った次の瞬間、言葉が口から飛び出していた。

「じょうだんじゃないわよ！　なんで私があんたたちに家を貸さなきゃならないの？　おかしいんじゃない？　突然、入ってきてプロレスをさせてくださいって……そんなの、ハイどうぞっていう人いないでしょう。出てってよ」

「俺たちリアルファイトに憧《あこが》れてるんですよ」

引き攣れの言葉に天然ガスが頷き、次に彼が軀を海老反《えびぞ》りに曲げてブリッジの形になるとその上に引き攣れが乗った。

うっふ、うっふ、うっふ……上になった引き攣れが跳《は》ねる度に二人分の体重を爪先《つまさき》と仰《の》け反《ぞ》った額で支えている天然ガスが変な音をたてた。

「ふざけないでよ」シズエは壁にかけた電話に向かった。こんな馬鹿げたことに付き合ってはいられなかった。今日は温かい食事を終えたら早めにベッドに潜り、今週の間ずっと読み通していたミステリーを読み終えるつもりだった。結末がとても楽しみな上質なミステリーだったのだ。

受話器に手を伸ばしかけた時、手に風が当たった。次の瞬間、壁の電話は派手な音と煙をあげてバラバラになった。と同時に床で恐ろしく重い震動がした。飾り棚のブロンズ像が転がり、揺れていた。シズエの父が娘に似ているからという理由で買い求めた少女の座像だった。

「イェーイ」引き攣れと立ち上がった天然ガスが互いに手と手を合わせ、パチンと音をたてた。

「なんてこと……」シズエは軀が震えた。顔はにこやかだが、今、目の前にいるのはまぎれもなく狂った人間だと悟ったからであった。

「反則だよ、それは。リセットしちゃうよ」天然ガスの代わりに柔軟体操を始めた引き攣れが呟いた。

「いい加減にして、こんなところでプロレスなんかしないで。あなたたちの家でしたらいいじゃない……好きなだけ」声が哀調を帯びた。憐《あわ》れみや慈悲を請うつもりなどなかった、しかし、軀が勝手にそう反応していた。

「勘違いしてるよ、おばさん」床で股《また》を開いていた引き攣れが顔を上げた。

「そうだよ」天然ガスも頷いた。「俺たちはただプロレスがしたいんじゃなくて、おばさんとしたいんだよ。俺たちの相手はあんたなんだ」

シズエは自分の耳を疑い、混乱した。

……この子たちはいま何と言ったの？　わたしとプロレスがしたい？

あまりに馬鹿げていて噴き出しそうになった。

「おばさんは猫と、俺たちはふたりでタッグを組むから……いい？」

……何の為に？　そんなことに何の利益があるの？

「ちょっと待ちなさい。あなたたち、おかしいわよ。言ってることがわからない……」

その言葉を無視して天然ガスは台所へ行くと食器棚のあちこちを開き、皿やサラダボウルなどの容器を取りだしてはナイフで叩いて音を確かめた。何度めかのボウルがカーンと乾いた音をさせると満足げに頷いた。

「この音どう？」

「む？　いいんじゃない」天然ガスの言葉に引き攣れが答える。

シズエは足下に散らばった電話の破片に目をやった。倒れているブロンズの座像は高さ三十センチ強、拭《ふ》き掃除の際に持ち上げたりするが、ずっしり重くシズエは両手を使って床に上げ下げしていた。これをあんなところから投げつけてくるなんて……。同じようにブリッジをしている引き攣れと視線が合った。

彼はシズエに向かい、逆さまに充血した顔で歯を剝《む》き出し、ニッと笑って見せた。顔の前で組んだ両腕にも太い血管が葉脈のように浮き出ていた。

天然ガスが台所からボウルとナイフをもって引き攣れの元に戻った。

「ルールはセントラルスタイル。でも、セメントマッチだからギブや待ったはなしだからそのつもりでね。それと凶器攻撃とか卑怯《ひきよう》な真似《まね》をしたら即、ペナルティで相手の好きな体勢からのリスタートになるから注意して。一応、このリビング全域をリングとし、選手交代はタッチで行うものとします」

ふたりはシズエと対角線になるよう壁の反対側へ移動すると天然ガスが説明口調で声をあげた。

「赤ぁこぉーなぁ、ひゃくはちじゅっぱうんどっ！　フェニックスひょぉどー！　あっおこぉーなぁー、ひゃくぱうんどぉぉ！　おばっさぁ～ん！」

引き攣れが見えない観客に向かってアピールするように両手を宙に掲げ、その場で一回転してみせた。「負けねえぞ！　ごるぁ！」引き攣れがシズエに向かって芝居がかった声ですごんだ。

シズエもテレビなどで何度かレスラーが対戦相手に向かいこうしたデモンストレーション的威嚇《いかく》を行うのを見たことはあった。そのいずれもがこれから命懸けの死闘を行うといった宣言であるにもかかわらず、どこかお約束事的なユーモアが感じられたのに対し、今はただ心底、ゾッとするだけだった。

カーンとボウルが鳴った。

「ちょっと待ちなさい」シズエは小走りに近づいてくる引き攣れを制しようと両手を突き出した。

と、掌の直前で引き攣れの軀が一瞬、沈み、消えた。と次の瞬間、シズエは右脇腹《わきばら》を鉄の腕で掬《すく》われるような衝撃を受け後方に吹っ飛んだ。壁に背が潰《つぶ》され、床に叩き付けられた時、不自然についた肘《ひじ》が厭《いや》な音をたてた。頭が異常なスピードで上下したために首がガクッと鳴るのが聞こえた。目の前が一瞬で真っ暗になった。

「出ましたシャイニング・ショルダータックル！」天然ガスの声が遠くで響いた。

次いで、ぐいと腕が引かれると関節にノミを差し込まれたような激痛が走った。ねじ伏せられる格好になり、鼻と顎《あご》が床にくっついた。

「うららら」

背中で声がすると同時に腕が真ん中でボギンと鳴り、突然、力が入らなくなった。カッと全身が灼《や》け、シズエは叫びながら全身を暴れさせた。と軀が自由になった。ぼやけた視線のなか、目の前に引き攣れが立ち、自分を見下ろしていた。

「まって！　まってよ！」倒れたまま叫ぶ自分の顔をぺたぺたと叩くものがあった。見ると挙げたはずの手の甲がぶらんと垂れ下がっていた。右肘が逆に折られていた。関節の辺りが見たこともないほど大きく膨らみ、真っ赤に内出血していた。

「なめんなよ！　おらぁ！」掛け声とともに引き攣れが折れた手の甲を思い切り蹴り上げた。

「ぐぎぃ」反射的に悲鳴が口から迸《ほとばし》り、手は千切《ちぎ》れたと思った。が、だらんと一回転しかけ、また自分に当たっただけだった。

「や……やめ……」シズエは体を起こし残った左手で〈待った〉の姿勢を取り、引き攣れを制しようとした。

引き攣れはそれを無視してシズエを踏み付けようと足をあげたが空中で止め、少し後《あと》退《じさ》ってから、両手でこいこいとアピールを始めた。

「立てコノヤロー！　来いコノヤロー！」

ぐったりしていると引き攣れが外れた関節を踏み付けた。

「うーぐぅむぐぅぅ」

「来いコノヤロー！　立てタテタテタテ！　コノヤロー！」

シズエが呻《うめ》くと足を外し、引き攣れは叫び、起きようとするまで踏んでは外《はず》し、踏んでは外しをくりかえした。シズエは床から自分を引き剝《は》がすような努力をして身を起こした。涙で曇った室内に大きな変化はなかった。昨日と同じ部屋……昨日、私はしあわせだった。穏やかに静かに過ごしていた。二十四時間後、その同じ場所で腕の関節を砕かれ、血反吐《ちへど》を吐くとは思いもよらなかった。

シズエは心から昨日に戻りたいと願った。船に乗っているようにぐらぐら揺れる足を取りまとめ、なんとか立ち上がると引き攣れが彼女の軀に覆い被《かぶ》さってきた。中腰の姿勢を取らされたと感じた瞬間、軀がふわっと浮き、そして大型プレス機に首から突っこんだような衝撃に驚いた。気がつくと床に大の字に倒れていた。石が口の中に詰まっていたので慌てて吐き出すと血に濡れた白いものがこぼれた。歯だった。見ると引き攣れは既に壁に下がっており、天然ガスと交代していた。天然ガスは黒地に赤い縁取りのあるマスクを被っていた。

天然ガスは引き攣れのようにシズエに立てとは言わず、さっと彼女を裏返し、伸びた健康な足を摑《つか》むとひょいひょいと軀を捻《ひね》って自らも倒れた。

足裏に火箸《ひばし》を突っこまれたような激痛にシズエは悲鳴をあげた。

天然ガスは再び立ち上がると、今度はシズエの無事な腕を摑んだ。

「あ……そっちはダメ」シズエの声が響くが、天然ガスは全く気にする様子もなく、彼女に対し直角に倒れ込み、彼女の肘を膝でがっしりと挟む。そしてそのまま腰を浮かせ気味にすると腕を関節とは逆の方向へ、一気にへし曲げた。「うおっうおっうおっ」シズエの軀が魚のように跳ね、口から血泡が噴きこぼれた。今や不自然な形で軀の下になっている折れた腕のことも気にならないほどの激痛が皮膚と筋肉、骨のあいだを駆け回る。全身が居ても立ってもいられないほど熱くなり、それは骨の弾性領域の限界まで続き、やがてベニヤを踏み抜いたような厭な音と共に関節周辺で脆性《ぜいせい》破壊が起こるまで続いた。シズエは自分が巨大なメガホンになったように叫んだ。叫んで叫んで叫び尽くしたが痛みは消えなかった。

「おばさん、苦しんでおります苦しんでおります」マスク越しにアナウンスするように暢気《のんき》な天然ガスの声が聞こえた。

　全身が痙攣《けいれん》を起こした。が、次いで軀を引き裂くような痛みが始まった。

天然ガスが折れた腕を引き抜こうとしていた。両足で彼女の顔と脇腹をふんばりにして、腕を捻《ねじ》りながら引いていた。骨という主体を失ったそこは引かれるだけでビチビチと何かが千切れる音を体内でさせた。

「ああ！　すごい！　やるの？　やれるの？　取っちゃうのぉ？」興奮した引き攣れがマサイ族のように何度もジャンプし、叫ぶ。

「ぐぅおお……」天然ガスが渾身《こんしん》の力を込めて踏ん張り、更に捻った。

　シズエは自分の掌《て》が思いもかけぬほど離れたところで揺れているのを見た。……腕があんなに伸びている。もう感覚はなかった。不思議なことに天然ガスが捻るたびに掌が閉じたり開いたりしていた。いきなり猛烈な吐き気が胃から喉元《のどもと》へと駆け上がった。水を吸い込む排水口に似た音とともにシズエの口から吐瀉物《としゃぶつ》が噴きだし、それは歯を剝きだしにして力んでいる天然ガスの顔面を直撃した。

「うげぇぇ」天然ガスは熱湯を浴びたかのようにシズエを離すと床の上を転げ回った。

「すげぇ！　おばさんの毒霧攻撃！」引き攣れが手を叩いて爆笑した。

　シズエにはもうどうでもいいことだった。

「きたねえなぁ」天然ガスは立ち上がると汚れたマスクを拭《ぬぐ》うものを探そうとし、そこでもう一度、シズエの吐いたものを踏み付け、滑った。油断していた彼はもろに仰向《あおむ》けになり、その後頭部をシズエのチタン合金内蔵の義足のヒンジ部に叩き付けた。鈍い音と共に天然ガスが「うーん」と呻き、そのまま痙攣した。

「あ！　大丈夫か？」引き攣れが天然ガスに駆け寄り、しっかりしろと声をかけていた。シズエがふと目をやると内出血と腫《は》れで倍以上太くなった右腕の指を仔猫が舐めに来ていた。

「いってぇー」天然ガスがゆっくり半身を起こした。「なんか絶対《ぜってー》、おかしい」彼は手をつきながら立ち上がり、ふらふらしながらシズエのスカートを乱暴に捲《めく》りあげた。

「なんだこれ？」

義足を見つけたふたりが声を揃《そろ》えた。

「反則ジャンかよ。こんな凶器ぃ！」天然ガスが義足の足首を摑み、無理矢理引き抜くと、シズエを滅茶苦茶に殴り始めた。

二十分後、ようやく殴ることに疲れた天然ガスがシズエの髪や皮膚、潰れた頭蓋《ずがい》の破片が貼り付いた義足を放り出した。床には人間の形をした肉の泡が衣服に包まれてあった。

「フォールする？」引き攣れが胸を大きく上下させている天然ガスに訊ねた。

「こんなのに？　厭だよ。気持ち悪い」天然ガスはマスクを脱ぐと汗みどろの顔をTシヤツの袖《そで》で拭った。

ふたりは並んでシズエの遺体に放尿すると部屋の電気を消し、外に出ようとした。

「俺たち勝ったよな」

「ドローでしょ」天然ガスの問いに引き攣れが答えた。

「なんだよ、厳しいな」

見ると仔猫がシズエの傍らに座っていた。

「おいで」引き攣れが呼ぶと仔猫はつっつっつっと駆け寄り、手の中に収まった。

「どうするの？　それ」

「うん……飼うかもしんない」

引き攣れの腕のなかでみゃーんと仔猫がひと声、鳴いた。

定年忌

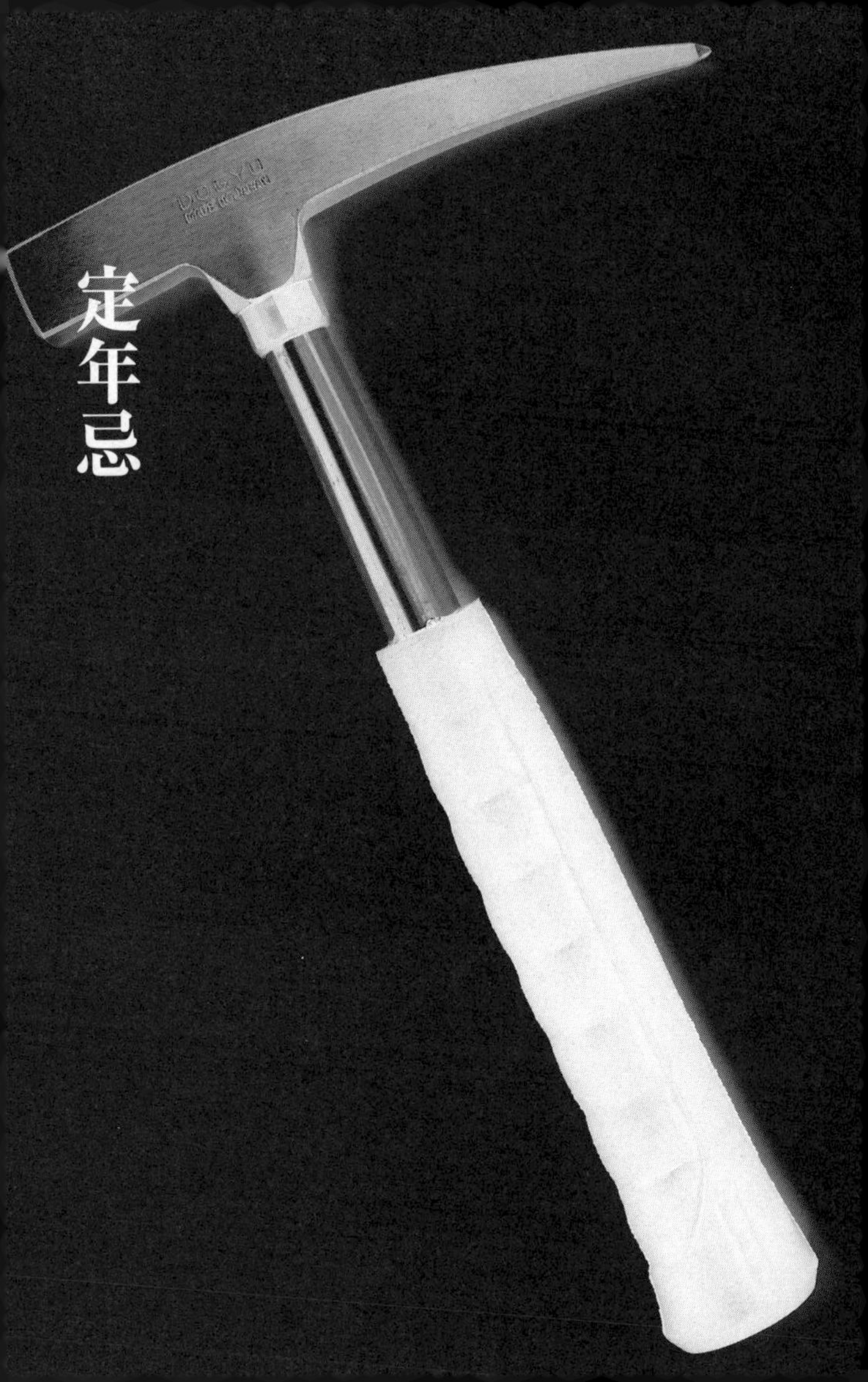

「……永きにわたり当社の発展に尽力されたことに感謝すると共に今後の活躍を祈念致します。まぁ、第二の人生の晴れ舞台に向かって頑張ってください」

「ありがとう。今後も我が国の経済情勢は依然として厳しいものであろうが、みんな誇りをもって頑張っていって欲しい」

かつての部下だった専務から声をかけられ、女子社員からうやうやしく捧《ささ》げられた花束を受け取ったイノヤマは、居並ぶ課員たちへ向き直ると片手に辞令、片手に花束を大きく掲げた。

すると一斉に拍手が起こり、みな笑顔で彼を見守っていた。

イノヤマは部下たち三十人ほど、ひとりひとりへと視線を送りつつ頷《うなず》いた。

こちらが不安を覚えるような視線は見あたらなかった。

よかった。やはり杞憂《きゆう》に過ぎなかったのだ。会社にとってモーレツ社員ではあったが部下に非道な真似《まね》をした憶《おぼ》えのないイノヤマは、定年と同時に定年忌を迎えるこの日に、巷《ちまた》で噂《うわさ》されるところの〈保障サービス〉を雇わなかった。サービスは高額であるうえに一度きりで終わってしまう。帰宅するためだけに数十万も浪費するほど豊かではなかったし、警備員が五、六人、ボディーガード然として彼の前後を占めるのは、いかにもよそよそしく、かつての同僚や部下たちに対して失礼だし、俗物的とも取られかねないとおもったからだった。実際、彼らの想い出の中に残る自分の最後の姿を美しいものにしたいという気持ちがある。

こうして眺めてみると、新入社員は別として、自分が陰になり日向になりして育て上げた男たちの顔がずらりと並んでいた。学校を出たてで右も左もわからないような彼らをイノヤマは必死になって企業戦士に仕立て上げることだけに粉骨砕身してきた。満員電車に乗ることすら覚束《おぼつか》なかったような彼らが、今では年商一兆円を誇る商社の一翼を担う存在になれたのは自分のような会社バカがいたからだ、とイノヤマはおもった。

彼らのひとりひとりがイノヤマの視線を受けると満足げに頷き、またはまぶしいものを見たかのように目をしばたたかせた。

「ありがとう……」

拍手が終わると、イノヤマはもう一度、そう呟《つぶや》いた。

「じゃ、これでいいね。さあ、みな、仕事に戻るんだ」

全員が動き出した。その時、腕時計をチラっと見たついでにこちらに向けた専務の視線が気になった。憐《あわ》れみが滲《にじ》んでいた。

イノヤマはさっと目を外《はず》した専務をそれ以上追うことはせず、最終的な私物の整理に取りかかることにした。自分の机のふたつほど手前にさしかかった時、男子社員がいきなり立ち上がり、前を塞《ふさ》がれた形のイノヤマはその背中に強くぶつかった。眼鏡がズレ、顔を打った衝撃で鼻の奥がツンとした。

「おい！」反射的にイノヤマは声を上げた。

男は二年前、資材課から回ってきた男だった。確か半年ほど前、長男が産まれたというのでトイザらスのおもちゃ券を渡したことがある。

男は黙って立っていた。トベというこの男は呼べばすぐニコニコやってくるのでニコべというあだ名があった。ニコベは死んだような目でイノヤマを見つめていた。

「あぶないよ」イノヤマは語尾が自然と優しくなるのがわかった。こいつは俺の知っているニコベじゃない。だいたい人間は少しでも見知った人間とそうでない人間とでは向ける眼差《まなざ》しが自ずと変わってくるものだ。

ニコベの目にイノヤマは自分の存在を感じられずにいた。

すると突然、背中をボンと押され、イノヤマは倒れそうになった。

振り向くとイノヤマが立っていたところの机に若い男が座ろうとして椅子《いす》を乱暴に引き出した。脚に付いた鉄のボールがイノヤマの左くるぶしに厭《いや》というほどぶつかった。

「あ！　あっ！」イノヤマは金槌《かなづち》で足首を叩《たた》かれたような激痛にその場で屈《かが》み込んだ。

すると床に突いた手の上を椅子が轢《ひ》き、ごりごり音をたてた。「うわっ！」見上げると当の若い男は暢気《のんき》に電話を肩に挟んで営業を始めていた。イノヤマは何とか手を引き抜いたが、腫《は》れ上がり、皮がめくれ、既に血が滲み始めていた。「おい！　君！」立ち上がったイノヤマは怒りのあまり若い男の肩に手をかけた。「危ないじゃないか！」

男は振りむきもせずメモを取りつつ、電話口の相手と話をしていた。

「おい！　貴様！」思わずイノヤマが肩を摑《つか》んだ。が、男はまだ無視していたので彼はなおも揺さぶった。すると受話器が男の肩から外れ、机の上に音を立てて落下した。音は大きく、ハッと我に返った途端、既に周囲の注目が自分に集まっていたことにイノヤマは気が付いた。

「あ、すみません。なんか回線の調子が悪いみたいで。はい。すぐ折り返しますから」

男は笑顔で電話を切るとゾッとするような無表情に変わってイノヤマに向き直った。今や、室内に話し声は聞かれなかった。イノヤマは三十名の刺すような視線を満身に感じていた。

「せっかく、大人しく帰してやろうと思ったのによ」

「だから言ったろ。イノはだめだって。こいつ、全部自分でブチ壊しちまうんだから」

「無駄よ。無駄ね。人間としても無駄」

部屋のあちこちから怒りを滲ませた声が響いた。

「なんだ……なんだ君たち」イノヤマが最後まで言い終わらないうちに若い男が手を出

した。身体の真ん中で爆発した苦い痛みが、そこに胃があることを教えた。そこをそんなに強く殴られたのは二十歳の時、新宿の居酒屋でチンピラを相手にしたとき以来だった。

「おいおい。キレるのが早いよ」誰かが失笑した。

「この糞ジジイ、マジむかつく。殺してぇ」

苦い液が口の中に逆流した。腰を屈めたイノヤマは自分の拳《こぶし》をみた。皺《しわ》の寄った手に紫色の血管がだらしなく浮いていた。力の絶対値では勝てないと悟った。

「まあ、待て。話し合おう」……の〈う〉をいい終わらないうちに頭突きが顔面に炸裂《さくれつ》した。眼球が眼窩《がんか》に押し込まれ耳鳴りがした。眼鏡が吹き飛び、仰《あお》のけに転んだ拍子に腰骨が体の中でぼくっと変な音を立てた。息が止まった。少し尿も漏れてしまっていた。イノヤマは手を挙げた。「おい！　待て！　待ってくれ！　まてぇ」……の〈え〉をいい終わらないうちに口元に蹴《け》りが飛び込んだ。前歯に入れた差し歯がロケットのように飛び出していくのが見えた。

「ひぇぇ」イノヤマは女のような声をあげ、部屋の隅に身を寄せた。

若い男はそんなイノヤマを見ると床に唾《つば》を吐いた。代わりに別の社員が目の前に立ちはだかる。

「あんた、俺が息子の運動会に出るっていったら鼻で笑ってくれたよな」

「そうだったでしょうか」

その四十がらみの社員は以前、ダム建築資材の受注契約を目前にして突然、休暇を申請してきたのだった。

「ふん。そらとぼけてやがる。あんたは鼻で笑った後に心臓麻痺《まひ》で倒れるフリをしたんだよ。〈あぁ～。驚いた。死ぬかとおもった。冗談はよせ〉ってな。俺は憶えてるぜ。あれ、やってみろよ」

「なんですか？」

すると社員は耳に手を当て、中腰になった。

「聞っこえましぇ～ん」

あちこちから失笑とどよめきが起きた。嗤《わら》っているのは主に女子社員であり、顔をしかめ、忌々しそうに歯を剝《む》きだしているのは男性社員だった。

〈あれだあれだ〉

〈俺もやられた〉

「あの日、うちの息子は徒競走で二等だったんだよ。パパが応援に来なかったから一等になれなかったんだと」

「そ、そんな……」イノヤマは曲がった眼鏡を手に立ち上がった。

「今じゃ、引きこもりに家庭内暴力だよ。カウンセラーには必要な時に父親の援助が無かったって責められて大変だよ。つまり、あの運動会なんだよ。全ての始まりは！」

男が拳を振り上げるとその手を後ろから摑んだ者があった。

「待て。俺もある」

イノヤマが呆気《あっけ》に取られていると専務が中に入ってきた。

「こいつのおかげでウチのカミさんは子供を死なせたんだ」

室内が大きくどよめいた。

「わたしはなにも」

「何もしてないっていうのか。じゃあ、あの時、俺に賀曽利《かそり》物産のアサツキのクレームを押しつけたのは誰なんだ」

「あの件では賀曽利物産が君を指名してきたんだよ」

「あの日、臨月だった妻はいまにも産まれそうな状態だったんだ。なのに貴様は〈すぐに済むから〉と俺に小学生用ズックのクレーム処理に行かせた」

「それは納入担当が君だったから……。返品や再加工の場合、中国側との折衝のこともあるだろうと思ったんだ」

専務はイノヤマに近づくと爪先《つまさき》をジリリと踏み付けた。

「何を言いやがる。四課のカヤマや二課のフルサトだって良かったはずだ。もともと課を横断して組んだプロジェクトだったんだからな。それを貴様はよりによって処理に俺を選んだ。自分の課で処理して点数稼ぎをしたかったからだ」

汚らしいやつだ！　誰かが叫んだ。イノヤマを取り巻く輪は先程の朝礼のときよりも狭くなっていた。目の前の顔にはいずれもどす黝《ぐろ》い怒りが浮いて見え、いまにも中身が割れて〈暴力〉という抑圧されていた本能が飛び出しそうに見えた。

……これが定年なんだ。イノヤマは自分の読みの甘さを悔やんだ。昨日まで忠実で友好的だった彼らの姿は今日の、このためのカモフラージュだったのだと気づいた。

「俺が薄暗い倉庫で靴底のひび割れを点検している間に女房は破水し、慌ててタクシーを呼んだんだが病院に着いたときには既に子供は死んでいた。女の子だったよ」

専務は昨日の出来事ででもあるかのように声を詰まらせた。

「だけど、あのとき奥さんにはお義母《かあ》さんが付き添っているという話じゃ」

「おふくろさんは目が不自由なんだ！　表に出てタクシーを摑まえられるわけがないだろ！　繋《つな》がらなくても電話を掛け続けるしかなかったんだよ。真夜中に破水した娘の悲鳴を聞きながら子供が死んでいく恐怖と闘って彼女は電話をし続けたんだ」

「僕は妊娠の事実しか知らなかったんだ。そういう事情を教えてくれていれば……」

専務はポカンと口を開いた。そして信じられないといった様子で社員の顔を見回した。

「あんた……子供が死んだのは俺のせいだっていうのか？　俺がカミさんのおふくろさんは目が不自由です。それでも他に頼る人のない俺には彼女に助けて貰《もら》うしかないんですって会社やあんたに申請しておかなかった俺のせいだと……」

「いや。そんなことは言ってない……です」

「言ったじゃないか。それとも勝手に目が悪くなったおふくろさんが殺したとでもいいたいのか」

「そんな……むちゃくちゃだな」イノヤマが溜息《ためいき》をつくと専務は彼のネクタイを摑んで左右に振り回した。首の両側がカッと熱くなり、息が止まった。

「おまえがなぜ行かない！　なぜ行かなかったんだ！」

「そうよ！　こいつのせいで私もおばあちゃんの死に目に会えなかった」

今まで専務の後ろに立っていた女子社員が飛び出すとイノヤマの顔を引っ搔《か》いた。

するとそれを機に全員がイノヤマを殴ろうと雪崩《なだれ》を打ってきた。

「俺は息子の手術に立ち会えなかった」

「俺はノイローゼになった」

「俺は見合いに間に合わなかった」

「私はストーンズのコンサートに行けなかった」

「合コンに遅れた」

「おまえの顔が嫌いだ」

「口が臭い」

彼らは呪文《じゅもん》のように自分の悔いや怒りや不平不満を並べ立てつつ、イノヤマの顔を殴り、爪を立て、喉《のど》を絞め、胸を蹴り、服を裂き、背骨に膝《ひざ》を落としてきた。全身が発熱していた。痛みは芯《しん》から鼓動とともに全身を貫いた。ボギリと厭な音が肩口ですると今まで経験したことのない痛みが走った。

「ぎゃああ」イノヤマが絶叫すると彼らはそのままイノヤマの身体を担ぎ上げ、げらげらと笑いながら廊下に飛び出した。

「あ? イノヤマさん定年なのね」すれ違った別の部署の男が声をかけてきた。

「そらそらそらそらそら」彼らはイノヤマを階段に連れ運ぶと、いっせーのせ! で下の踊り場に向けて放り投げた。

ふわっと身体が軽くなった直後、全身が爆発するような衝撃、頭で厭な音が鳴り、視界が暗くなった。

気がつくと部下の姿は消えており、自分は叩き付けられたショックでもどした吐瀉物《としゃぶつ》のなかに顔をつけていた。階段を行く社員が汚物を見るような目で自分を避けていく。この日のためにと着てきた一張羅はボロ屋のカーテンのようになってしまっていた。靴は片方なくなっていたが、もう一度、あそこへ取りに戻る勇気はなかった。身を起こすだけでも全身が悲鳴をあげた。

エレベーターに乗るのが一番だったが、誰に出会《でくわ》すか知れたものではない。

イノヤマは階段をひとつずつ下りていくことにした。小一時間かけ六階まで来た時、壁に〈定年になっても人間だぞ！〉と赤い血の跡で描かれた指文字があり、その横にマジックで〈却下〉と付け加えてあった。

やっとの思いで外に出た。今朝まで敬礼をしてきた警備員が無視を決め込んでいた。なんやかやと土産《みやげ》などくれてやったのにと睨《にら》みつけようと思って止めた。これ以上どこの体育会出身か知れたものではない奴《やつ》らに殴られたら死んでしまう。定年忌がそれこそ忌中になってしまうのがおちだ。すると携帯が鳴った。同期のオカムラだった。彼はひと月ほど先に定年忌を迎えていた。

〈酷《ひど》い目に遭ったな。へへへ。無理するからだよ〉

「うるさい。見てたんなら助けろ」

〈そりゃ無理だ。俺はあんたが出てきたから様子がわかったんだ〉

顔を上げると通りの向こうで得体《えたい》の知れないラッパーのような男が手を振っていた。オカムラだった。

「仕方ない。みんな通る道だし、俺たちだって彼らのようなことを先輩たちにしてきたんだ」

「うむ」イノヤマは公衆便所でオカムラの用意してきたハーフパンツ、だぼだぼのトレーナーに着替えるとサングラスとバンダナを着けていた。

ふたりは代々木公園の茂みの奥に潜んでいた。

「おまえだって常務のキクチの肋骨《ろっこつ》を砕いただろう。あの当時に比べりゃ定年忌も理性的になったもんだよ。即病院送りになる奴も減ってきたしな」

「あいつは俺の女を盗《と》ったんだ。当然だ」

「ふん。おまえは部下の女に手を出さなかったっていうのかい」

イノヤマは沈黙した。

「どちらにせよ、おまえも今日いまこの瞬間からジャングルに放り出されたわけだ。今までは生きるのに特別な努力はいらなかったが、これからは生きるってことが生き延びてきたってことと同義になる」

「手始めが、この格好なんだな」

「そうさ。世間の奴ら、定年忌越えだと知ったら滅茶苦茶やってくるからな。年齢不詳にしておくほうが都合がいい」

「しかし、老人自立支援促進法ってのは国庫金の節約のためとはいえ奇妙な制度だ。よくよく考えてみりゃ全く狂ってるよ。六十五を越えると行政だけでなく司法までもが有償サービスになるなんて、人をこの歳《とし》まで散々こき使っておきながら……」

「まあ今までは泥棒に入られてもひったくりにあっても通報すれば対応してくれたんだ

が、これからは一件当たり興信所以上の銭がかかるようになるからな。さすがに殺されでもすりゃ家族が捜査費を出すが、それでも額によってはおざなりなもんだ。要するに俺たち一般老人は棄民なんだよ。国家にそう烙印《らくいん》を押されたんだ。実際、年寄りが多すぎる。この法律のことを米国じゃなんて言ってるか知ってるか？　先週のＴＩＭＥに出てた」

「なんて？」

「レミング法って呼んで画期的だって賞賛してやがった」

「むちゃくちゃだな。どこもかしこも」

「悪政ってのは夜中の雪みたいなもんだよ。いつのまにか始まって、気がつきゃ辺りはがらり様変わりしちまってるんだ」

「武器がいるな。やられたらやり返せだ」

「莫迦《ばか》をいうな。被害者が定年忌に達していなけりゃ捜査は無料だ。やった老人はすぐに捕まる。重罪だし、刑務所にぶち込まれてもホテル並みの金を出さなきゃ飯も喰《く》えない。餓死か凍死か病死さ。囚人間のいざこざでも全く助けて貰《もら》えないそうだ。そんなこんなで集まった遺体が所内にうじゃうじゃしてるんで、今やドッグフード屋に横流しって噂もあるぐらいだ」

ふたりは揃《そろ》って溜息をついた。

「頼みの綱は家族ばかりなりか……」

するとオカムラはフッと嗤った。

「おまえ、本当にそうおもうか？」

「うちはカミさんが若いんだ。定年忌まであと十年はある。いろいろと助けになる」

「甘いな……」

「なんだと」

「俺はひと月めに離婚したよ。八つ歳下《としした》だったがな」

「どうして」

「莫迦。自分が今までカミさんや子供たちにどう接してきたか振り返ったらわかるはずだ。しかも、今や向こうは国家権力に守られている。こっちは丸裸だ。それを考えると恐ろしくて俺は家を出たよ」

「大袈裟《おおげさ》だ。そりゃ夫婦だから色々と苦しい時もあっただろうが長い年月苦楽をともにしてきた仲だ。相手だってわかってくれているはずだし、子供だって……」

「ふふ……。おまえ、開発のイタガキ知ってるだろう？　鼻のところにほくろのあった」

「あの身体のデカイ奴だろう。確かあいつも先月、定年忌だったな」

「死んだよ」オカムラは得意がるでもなく、ただポツリと呟いた。「カミさんの車に轢かれた。単なる事故扱いで不起訴だった。カミさんは六つ歳下の男と再婚した。あそこは子が無かったからな」

　イノヤマはごくりと自身の喉が鳴るのを聞いた。

「おまえはどうする？　俺と来るか？　家に残るか？」

　俺は……と、イノヤマが口を開きかけた時、背中の茂みが、がさがさと音をたてた。

「イヨー。こんなところにフリークスがいるぜぇ」

　振り返るとバンダナにハーフパンツ、シルバーのアクセ、ピアスをちりばめた少年たちが、ふたりを取り囲んでいた。

「なんだ、おまえら」

　イノヤマの言葉を遮り、オカムラが立ち上がった。

「イョ！　お、お、おまえら、こ、こ、こんなところに、な、な、なんの用だっよぉ！」

　妙な節をつけてオカムラが身体をくねらせた。ラッパーの真似である。

　するとと少年たちが珍しいものでも見るようにニヤニヤ笑いだし、なかのひとりがオカムラに合わせるかのように身体をくねらせ、早口で何事かをまくしたてた。

　オカムラはそれに呼応するかのように、自分たちを放っておいてくれというようなことを全身を使って叫んでいた。その姿は滑稽《こっけい》であり、壊れかけた玩具がまた遊んで貰おうと子供の興味を惹《ひ》くべく必死になっているようで物悲しかった。

「はっはっはっは！　メーン！　おっさん、なかなかやるじゃねえか。だけどひとつだけ、おまえらフリークスには足りねえものがあるぜ、メーン」

リーダーらしき少年がオカムラの目の前に立った。

「そこは勘弁しろョ！　おんなじ仲間じゃないかぁ」

「まあね」そう言って少年がオカムラから一歩下がると周りの少年が「クール！」と叫んだ。「これで完璧《かんぺき》だぜぇ！　HAHAHAHA！」少年は妙に指を曲げた両手をオカムラとイノヤマに向かって突き出すとイェーイと叫んだ。周囲もそれを真似する。

オカムラがイノヤマのほうにゆっくりと振り向いた。【AMERICAN　BIMBO】とペイントされたトレーナーの左上部に割り箸《ばし》のような金属が深々と喰い込んでいた。

「チーマーにはピアスがいるぜぇ。あんたにやるよ！　そのドデカイ奴を！　いぇぃ！　決まってるぜぇ！」少年が踵《きびす》を返すとオカムラはがっくりと膝を突いた。既に呼吸は弱々しく、唇が痙攣《けいれん》を始めていた。

「あのガキ、刺すの初めてじゃねえな。急所も急所、心臓のド真ん中だよ。参ったな」

イノヤマはオカムラをそっと草の上に横たえた。既に大きな血の染みができていた。

「今、救急車を呼んできてやる」

「莫迦……そんな金がどこにある」

　立ち上がりかけたイノヤマの腕をオカムラが摑んだ。

「いいんだよ……正直、俺は疲れた。おまえには強がってみせてたけどな。実際、自分が望む人の暮らしとはだいぶかけ離れたところにいた。いい潮時だ。もうたくさんだ」

　オカムラは微笑《ほほえ》んだ。

「いいか。家に帰って少しでも変だと思ったらすぐに出る準備にかかれ。できれば国外に脱出しろ。約束しろよな」

「わかった。でも、なんでそこまで気にかけてくれるんだ」

「95年度上半期……おまえのおかげでうちの部は売り上げ目標を達成できた。おまえは自分の課の実績を黙ってうちに移したろう。あれはおまえの課だと主張するべきものだった。当時、俺は熾烈《しれつ》な出世争いの真《ま》っ只中《ただなか》。しかし、おまえ同様、国立二期校出の俺には見えない大きなハンデがあった。あれのおかげで俺は残りの会社人生を大いに楽しませて貰うことができたんだ」

　オカムラは血塗《ちまみ》れになった手でイノヤマの拳を握った。

「感謝している……ありがとう」

　イノヤマは頷いた。

　オカムラは小さく痙攣し、ふと子供のような顔で「おかあちゃん」と呟くと動かなくなった。

家の前に来ると妻のアザミと息子が駆け寄ってきた。

「大丈夫だったの？　あなた！」アザミはボロボロになったイノヤマの姿を見て抱きついてきた。

「ああ……無事だ。俺は帰った、帰ったぞ！」

用意してあった風呂で汗を流していると様々なことが脳裏に去来してきた。

……思えば、俺も家庭を顧みることはなかった。浮かんでくるのは常に哀しそうに涙を浮かべていた妻の顔ばかりだし、殴られ蹴られして唇を嚙《か》んでいた息子の姿だった。あの頃は誰もが妻子に手を上げた。しかし、それ以上の生活を、暮らしを与えてやったという自負もイノヤマにはあった。

風呂から出ると既に食事の支度が出来上がっていた。

全てイノヤマの大好物ばかりだった。

「おつかれさまでした」妻がビールを注ぐ。

「ありがとう」

「これからはゆっくりしてください」

キンキンに冷えたビールが喉を押し潰《つぶ》すように流れていく。気持ちが良かった。

息子が空になったグラスにもう一杯注ぐ。

「俺ももう以前のようにはいかない。おまえもそろそろ独り立ちしてくれよな」

三十を半ばになってもフリーターをしている息子についついハッパをかけてしまう。

「参ったなぁ」息子が頭を搔《か》いた。

「朝から、この子、おとうさん、本当に無事に帰ってくるかなぁって心配しっぱなしだったんですよ」妻が微笑むと息子が頷いた。

「大丈夫だ。俺が帰るのはこの家だけだ」

舌が痺《しび》れ、語尾がもつれた。

「もし他の人に刺されたり、殺されたりしたらって気が気じゃなかったらしいんです」

グラスが手から滑り落ちると両手がだらりと垂れてしまった。身体が別人のもののように全く動かなくなっていた。

「赤の他人に殺されたんじゃ、それこそ悔しくって悔しくって」

おまえたち、なにを……と言おうとしたが口はいうことをきかなかった。

「この手で、私自身のこの手で八つ裂きにしてやらなけりゃ。本当、死んでも死にきれないからねぇ」

「俺だってさ。この思いを晴らさなきゃ、気が狂ってしまうよ」

息子が立ち上がり近づいてきた。

妻の目が赤黒く光っていた。手には肉切り包丁が光っていた。

「それにしても、あの先生のお薬って本当によく効くわねぇ」

「一寸刻み五分試し。なます切りにしてやろうよ」

イノヤマはこれから二日後に絶命する。

恐怖症《フォビア》召還

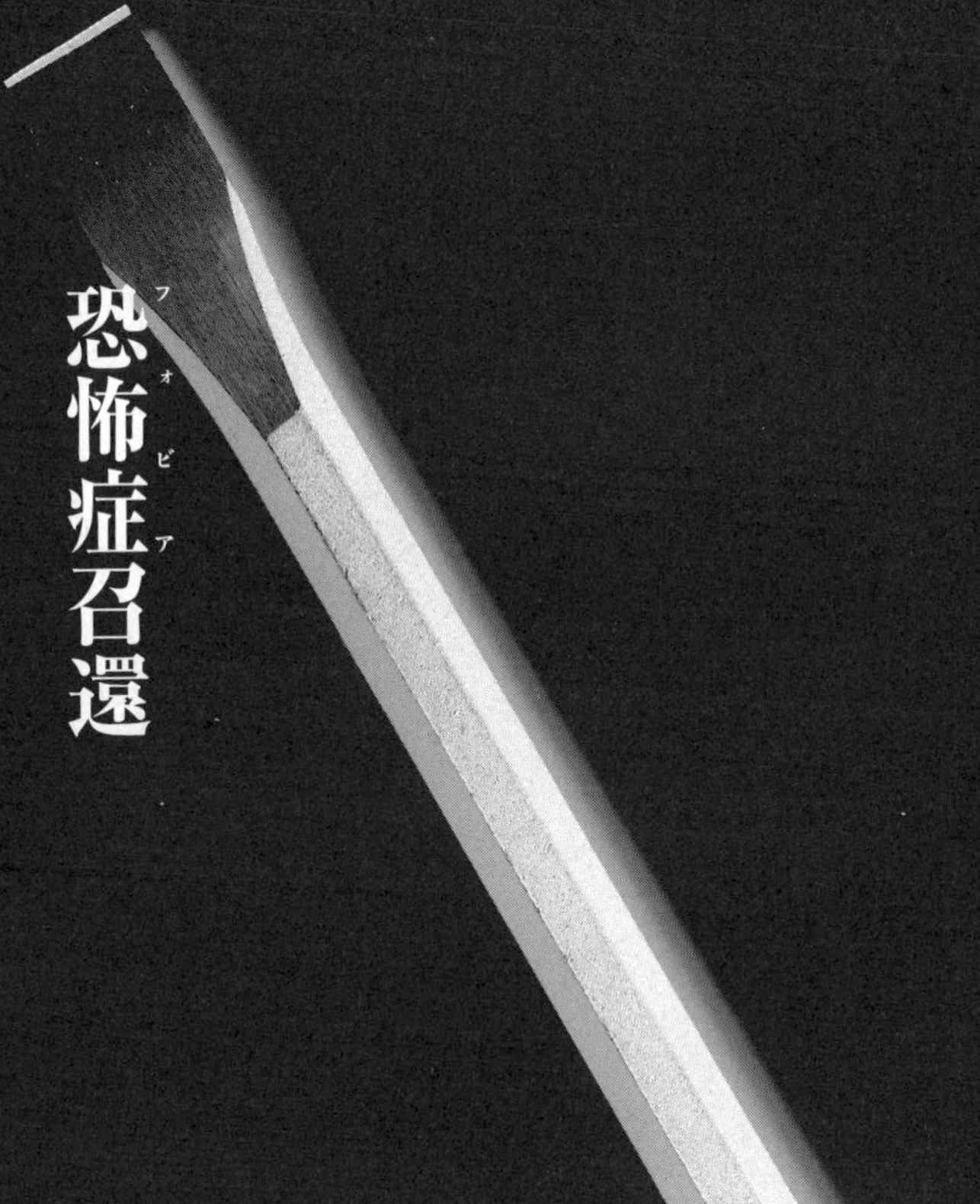

俺はいまでも時間に遅れることができない。何の因果かしらないが、たぶんサスペンダーに吊《つ》りズボンという親のペットのような格好をさせられていた餓鬼《がき》の頃に、おふくろから殴られながら、せっせせっせと植えつけられた躾《しつけ》という呪《のろ》いのせいだと思うが、三十分前には現場にいなければ尻《しり》の穴が開き、冷や汗が脇《わき》の下をトプトプと流れたりするのだ。

なのでその日も俺は事務所の前に三十分前にはいた。着いたなら中に入ればいいのだが、今度はそれもできない。そんなことをすれば周りから几帳面《きちようめん》な野郎だとか、男の癖に尻《ケツ》の穴の小さい奴《やつ》だと思われるのではないかと思って尻の穴が開き、脇の下がトプトプしてしまうからだ。

故に俺はいつも三十分前に現場に到着すると十分は遅れて登場することにしていた。当然、なかには時間厳守っつー時もあるのだが、そんな時は叱《しか》られながら嬉《うれ》しくなったり硬くなったりしていた。

事務所に入ると既にじいさんとニーニャはソファに座っていた。

「遅いじゃねえか」

入るなりオヤジから怒声が飛んできた。

「すいやせん」

「ニヤニヤしてんじゃねえよ。おまえ、いつもだな」

「すいやせん」

「ニヤニヤしてんじゃねえよ」

「すいやせん」

俺はアニキに指された隅の椅子《いす》に腰かけた。

事務所のなかにはじいさんとニーニャ、それにアニキとオヤジしかいなかった。若い連中は席を外《はず》しているようだった。

「おめえ、こいつら連れてドブさらいに行ってきな」

「え？　こいつらとですか」

「ああ。こいつらちょっと面白い。アッチでヤクやってる奴らからこのあいだ土産《みやげ》に紹介されたんだよ。アノヨー知ってるだろ？」

「へぇ」

「あいつが山奥のヤク村でとっつかまえたらしいんだ。もっともふたりが、ポン中とかってわけじゃねえんだけどな」

「なんか空手とか殺人術とか知ってるんですか？」

「そんなものはねえらしい。でも結構な力になるっちゅう話だ。そいつを確かめる。で、おまえビデオカメラ持ってってドブさらいの様子を撮ってこい。後で見るから」

「え？　でも何にもできなかったらどうするんですか。相手はドブですよ……」

「そんなもの逃げるか死ぬか殺すかしてくりゃいいだろう。どうせドブだ。あっちこっちに義理欠けしてるような連中だ、かまうこたねえ」

「はあ」

「まずはシャコタンの兆治《ちょうじ》な。あいつんとこ、いまから行け。いるらしい」

「げぇ。シャコタンすか？」

俺は車の鍵《かぎ》を受け取り、カメラをもってじいさんとニーニャを連れ出した。


「おまえ下葉か」

じいさんは乗り込むなり訊《たず》ねてきた。

「え？　したは？　なにそれ？」

「上と下。下の人《にん》げ、したは」

「ああ、下《した》っ端《ぱ》ね。あのなかじゃそうだけどそうでもないよ」

「あ、そうかがっかり」

「なんだよ。下の人間が良かったの？」

答えなし、じいさんは窓の外を眺めていた。

「日本語うまいねぇ。どこで習ったの？」

「ポンニチ。まんりょうちゅう」

「満了ちゅう？」

「せんそう」

「戦争？　あ、それまんりょうじゃなくて占領じゃないのははははは」

ニーニャは後ろで目を閉じていた。汚れた白のワンピースから膝小僧《ひざこぞう》が覗《のぞ》いていた。

シャコタン兆治というのはとんでもない短足からついたあだ名だった。兆治は元はうちのオヤジの下で働いていたのだが、ネタ元のシャブに手をつけだしてからは人格が変わってしまった。金は上げない、下の者は半殺しにする。しまいにはネタをよその組に売ってポッポに入れるというウルトラCをくり出したおかげで、九分の八殺しに遭った男だった。おかげで指が左手の三本しか残っておらず、バットで除夜の鐘ほど打ち鳴らされた頭もだいぶ緩んでしまったので放っておいてあるのだが、たまにウチの名前で飲み逃げや風俗の入れ逃げをしているらしく苦情の入ることがあった。

「で、じいさん。気をつけてな。相手は普通じゃないから」

「チチガイなんだろ」

「ああそうだ、チチガイだよ」

じいさんはニーニャを自分で隠すようにして扉の前に立った。

俺がノブを回すと案の定ドアは簡単に開いた。こんな部屋に入る泥棒なんかいないから鍵をかけないのだろう。

なかは大五郎とハイサワー、ウーロン茶のペットボトルの墓場だった。

俺の後からニーニャがじいさんに手を引かれながら怖々《こわごわ》ついてきた。

雨戸の閉め切られた部屋のなかは薄暗く、酒と腸《はらわた》の腐った人間の呼気とゴミと黴《かび》の臭《にお》いが充満していた。奥の部屋から鼻水を啜《すす》るような鼾《いびき》が聞こえてきた。

襖《ふすま》を開けると、じいさんがムッと息を飲んだ。

シャコタンは煎餅《せんべい》布団の上で真っ赤になって寝ていた。腹と顔に血がこびりつき紫色の唇から覗く歯にも血が溜《た》まっていた。

「ぐえっ……」

思わず声が漏れた。

シャコタンは右手に猫の頭を持ち、左手にその猫の尻尾《しっぽ》から腹の真ん中ほどを持って大の字で寝ていた。引き千切《ちぎ》ったか噛《か》み千切ったかしたらしい。

気配を感じたニーニャが何事か呟《つぶや》き、じいさんにしがみついた。

「で、あんたら何かできるんだろ？」俺は録画ボタンを押すと、そこらの邪魔になりそうもないところへビデオカメラを置いた。

〈なんじゃばだばじゃばぁ〜〉

シャコタンのタラコを埋めたような瞼《まぶた》が開くと奴はむっくり起きあがり、手にした猫の半分に気がつくと鼻に寄せて臭《にお》いを嗅《か》いでいた。

「下葉、でろ！」じいさんが俺を外へ押しやった。「出ろ！　出ろ！　下葉出ろ！」

「彼女はよ？」

俺はニーニャに手を差し出した。

「ニーニャはいい。ニーニャがやる。下葉出ろ！」

「なんだよ、知らねえぞ！」

俺はそのまま玄関から外へ出た。

背後でシャコタンの喚《わめ》き声が響いた。

五分ほど車のなかで待っていると、じいさんが窓ガラスを叩《たた》いた。ついてこいと指を動かし、自分はずんずんシャコタンの部屋の方へ戻っていった。

部屋の前にはニーニャがじいさんと立っていた。

「奴は？」

じいさんは肩をすくめた。

俺はその辺にある棒っきれを摑《つか》むと土足のまま中に入った。

〈うっふうっふ……〉シャコタンのいた部屋から妙な声が漏れていた。見ると隅でシャコタンが四つん這《ば》いになって何かしている。

俺はビデオカメラを取り上げると録画したままシャコタンに近づいた。奴は首をぐるぐる振りながら畳を掻《か》いていた。涙が溢《あふ》れ、涎《よだれ》とともに顎先《あごさき》から垂れていた。

〈ぎぃっ！ ぎぃっ！〉

突然、奴は真っ赤になるとそのまま胸を掻きむしり止まった。死んだわけではない。胸は上下していた。だが俺が足で顔を強く踏んでも反応はなかった。靴を退《の》けると、そこには、ぼーっと天井を見上げている呆《ぼ》け面《づら》があるだけだった。

確かにこれを意図的に行えるのだとしたらすごいことになる。

「ニーニャ、かぞくいない。みんなころされた」デニーズでパフェを喰《く》いながらじいさんはそう呟いた。

「戦争かなにかかい？」

「ノン。村人殺された。ニーニャ強すぎた」

ニーニャはテーブルに両手を預け、そこへ顎を載せていた。クリームソーダを三杯飲んだんだ。

「わたし、ポンニチ語とくい。おくにのためとは言いながら〜。人の嫌がる具《ぐ》ん体《たい》にぃ。

召されて郁美《いくみ》の会《あ》われ小夜《さよ》～。可愛いすーチャンと泣き別れぇ」じいさんは妙な音頭で手拍子をしてみせた。「わたしは仕事おえたら、金貰《もら》い、それでニーニャとダライラマのもとへ行く。ダライラマにニーニャ普通にしてもらい、その場所で死ぬまで生きる」

「金って？　オヤジにもらうのか？」

「やくさく、おとことおことのやくさつ」

俺はじいさんにもう一杯パフェをとってやるとビデオを確認した。

画面から俺が出て行くのが映り、その直後、シャコタンが猫をじいさんに投げつけながら布団の上に跳び起きるのが見えた。

フッと画面に線が入るとシャコタンの動きがおかしくなった。

何か手で避《よ》けるようにしてもがき始めたのだ。そしてそのまま布団に倒れ込むと手足をじたばたさせ始め、そこでじいさんがニーニャの手を取って出ていった。

「なんだこりゃ」俺は思わず呟いた。

「いんぺるのりんがぁあん」

じいさんが応《こた》えるように言ったが意味は教えてくれなかった。

次のドブは女衒《ぜげん》のペーヤンという男で次から次へと女をコマしてはシャブ漬けにして売っちまうのを特技としていたのだが、あろうことか組筋《くみすじ》の娘をポン中にして売ろうとしていたので、十分の九殺しになった男だった。両手両足を切断されていたので、いまでは鼻糞もほじれない。それでも罪は許されず、たまに欲求不満の若い衆が突撃しては半殺しにしているという話だった。

奴《ヤサ》の家は駅のゴミ捨て場の裏にあった。

挨拶《あいさつ》は抜き、俺は安っぽいアパートの安っぽいドアノブを蹴《け》り落とすとなかに入った。ここもゴミ溜め。中高年層の衛生教育不徹底のツケが一気に俺に押し寄せた感じだった。

「だあれぇ」意味はこんな風だったが、実際耳にしたのは当人同様、もっとふやけてくちゃくちゃになった言葉だった。

俺は当然のように土足で上がり込むと奥の襖を開けた。どこもかしこも安アパートの間取りは大差がない。

「だぁれ？」

驚いたことにペーヤンはもうあまり人としての体積が残っていなかった。壁には本人のものらしき血の手形がついていたが、あれだっていま見れば懐かしく感じるのではないだろうか。手足が肘《ひじ》、膝で切断され、あまりに腹が太鼓腹だったので服を被《かぶ》せた炊飯器が転がっているのかと思った。

「よう、ペーヤン」

「だぁれぇ？」

「よう、ペーヤン」

「だぁれぇ？」

目がイッちまってるような奴の相手はほどほどに俺はじいさんとニーニャを呼び入れた。相変わらずニーニャは怯《おび》えていた。そりゃそうだ、俺だって十歳かそこいらで、こんな極地人間探検みたいなことをさせられたらチビってるに違いない。

「下葉こいつか」

「ああ」

じいさんはペーヤンの周りに散らばっている注射器《ポンプ》に顔をしかめた。

「どうやって打つ？　あの軀《からだ》でこれを」

俺は腕を組んだ。とその途端、炊飯器が物凄《ものすご》い勢いで回転した。俺は足払いをかけられた格好でまともに床に叩き付けられた。同時に腹の上に重い物がどすんと載り、俺は胃液がこみ上げるのを感じた。

「確かに謎《なぞ》だな」

「わあ！」

俺は首っ玉の柔らかいとこへ剝《む》きだしの歯で突進してきたペーヤンを腕でブロックした。腕に激痛が走った。ペーヤンがギザギザの歯を立てた。そして怯《ひる》んだ隙《すき》に首が真上からペーヤンの腕の名残りで押し付けられた。思いきり体重をのせてくる。金属の断端が首にめり込むのがわかった。

「へっへ。いつもいつもやられるばっかじゃねえんだ。ペッ！　今度は殺してやる今度は殺してやると思ってペッ！　練習してたんだペッ！」

喋《しゃべ》るたびにペーヤンは俺に唾《つば》を吐きかけた。

「じいさん！　逃げろ！　部屋から出ろ！」

ところが、じいさんは莫迦《ばか》なのか人が好いのかペーヤンを俺から引き剝《は》がそうとした。

「やめろ！」

ペーヤンが残った腕でじいさんを思いきり殴りつけた。

鈍い金属音と共にじいさんがニーニャの足下に倒れ込んだ。

ニーニャが悲鳴をあげ……。

その瞬間、俺はぎゅうぎゅうの真っ暗な狭い袋のなかにいた。息が苦しい。吐く息、吐く息が全て二酸化炭素に変わり、俺の吸うべき酸素はもう僅《わず》かしか残っていなかった。焦りで身体が熱くなる。何も聞こえない。耳は無音で耳鳴りがした。「おーい」俺は叫んだ。身体を動かそうともがいた。何の返事もなかった。こんな莫迦なことあるはずがないと俺は身をよじり、もがいた。顔に、鼻にぺったりビニールのようなものが貼《は》りついている。息ができるのは、鼻梁《びりょう》とビニールで偶然できた隙間と、口を歪《ゆが》めた時にできる隙間からだけだった。自分の呼吸音だけが続いている。もう一度、叫ぶ。返事はない。

思いきり深呼吸をするのに、肺の半分しか空気が入ってこない。何度も分けて呼吸しなければ肺に空気が残らない。空気が薄い。毛穴のひとつひとつが痒《かゆ》くなってくる。いや、もう息が吸えない。酸素がない。俺は思いきり口を動かし息を吸った。しかし苦しさは消えない。あの新鮮な空気を吸った時の手応えは全くなく、ただ肺を鼻を空っぽの空間のなかで動かしているだけの反射行動でしかない。胃の奥が空気を求めてせり上がってくる。俺は身体を前後に動かす。手足は全く自由にならない。ただただ、こうしてゆっくりゆっくり窒息して死んでいくのを待っているしかない。俺は叫んだ俺は叫び叫び叫び……。

突然、ぐいっと腕が引かれた。はっと気がつくとじいさんの顔があった。俺は目の前にある部屋の光景が信じられず、恐ろしさのあまり、助かったと簡単に喜べなかった。手探りするように天井を見回し、ここがあの厭《いや》ったらしい窒息空間とは縁の無い場所だと確認して、初めて声が出た。

「な、なんだったんだ……あれは」

舌がうまく回らない、俺は完全に怯えていた。窒息する夢は、俺が餓鬼の頃から抱えている悪夢のひとつだ。最近では滅多に見なくなったが、昔はよくこの夢を見て失神した。夢のなかで本当に窒息して失神するんだ。そして朝になっている。なんの前触れもなく現れるこの夢は俺の致命的なトラウマだと言っても良かった。それが突然、俺を包み込んだんだ。それも信じられないぐらいリアルで長い時間だった。

近くでカンカンと音がした。見るとペーヤンが目を見開いたまま口をぱくぱくさせている。時折、身体をぴくぴく動かすだけだったが、顔には紛れもない恐怖が貼りついていた。

「こいつも窒息してるのか……」

「ちがう。こいつはこいつのフォビア。下葉は下葉のフォビア」

「ふぉびあ？」

「フォビア。こわいもの。針が怖い、高いとこ怖い、水が怖い、狭いとこ怖い、蜘蛛《くも》が怖い、いろいろ。ニーニャは人をそこへ落とす」

俺はニーニャを見た。ニーニャは驚いたような顔で指をしゃぶっていた。

「ニーニャ落とす。わたし出せる。下葉は出した。あのタンクはそのまま。おまえ、タンクとくっついていたから、ニーニャが一緒に落としてしまった」

「お、落ちたままだと、どうなるんだ……」

じいさんは頭の横でグーを二、三回まわして開いた。

「ぱーになる」

その言葉どおり、ペーヤンは白目を剝き、口から泡を蟹《かに》のように盛大に吐き出した。

「ハートたえられない。みんな壊れる。一番こわいことが、見ているあいだ、ずーっと続く。壊れるしかない。耐えられる人いなかった。だから……」じいさんはそこで言葉を区切った。「みんなおこってニーニャをかぞくといっしょに殺そうとした。わたしはそれを止めようとした。わたしはボーズ。ボーズは人ころさない」

俺はゆっくり立ち上がった。ニーニャが微笑《ほほえ》んできたが、顔が強《こわ》ばってうまく返せなかった。


その夜は眠るのが恐ろしかった。全身があの頃の恐怖を思い出していたからだ。あの孤独のなかの死を意識する絶望。窒息という最悪の苦しみ。俺はそれらを克服し、消えたものだとたかをくっていたのだが、甘かった。それらは地層のように俺の意識の底にしっかりと堆積《たいせき》していただけだったのだ。ニーニャはそれを考古学者がするよりも遙《はる》かに大規模に一気に捲《めく》り上げてしまうのだ。

朝になるまで俺は膝を抱えていた。

そんなことをしたのは二十年ぶりだった。

翌日、翌々日も俺はじいさんとニーニャを連れて【廃人作り】にいそしんだ。

始めこそ、ざまあみろという気持ちがなかったわけじゃないが、あれを体験して以来、見方が変わった。変な言い方だが、奴らが少々、気の毒になった。

自分が死ぬほど嫌っている状況に延々と晒《さら》されるぐらいなら、エンコ詰めしたり、ホモビデオに売られたり、あっち系のマグロ船乗せられたりのほうがマシだろう。なかには死んだほうがマシって奴もいるかもしれん。

俺はそんなことを、「落ちる……落ちる」と言いながらのたうち回っている奴や、一発で白髪になった奴を見たりして思っていた。

「あ？」俺はその日、最後に回るドブの名前を見て声をあげた。

……ヤジマタカユキ。

『そいつは半年ほど前、ウチが銭出してやったカジノを潰《つぶ》しておいてトンズラしやがったんだ。どうした、知り合いか？』

「ええ、ちょっと」

『いままでのタマはみんな頭がいかれちまったチンコロばっかりだったからな。そいつはシャブっ気もねえし、頭はまともなはずだ。そいつでイカせられりゃ、あの子供の力もモノホンってことになる。いい実験台だ。おとつい、そいつのケツ持ちになってる組と話《ナシ》がついた。やれ』

「高校ン時のダチなんです」

『で？』

アニキの電話は切れた。リストの写真はコピーで見にくくはなっていたが、こいつは間違いなくあのヤジマだと思った。

俺は俺だと気取《けど》られないように事務的にヤジマに電話をかけると、ひとりで組の押さえている貸しビルの部屋に来るよう告げた。そこは先月までヘルスをやっていたんだが、ガサが入って以降、客足が遠のき潰れてしまったところだった。

俺はじいさんとニーニャを隣の部屋に待機させるとヤジマを待った。

時間どおりにドアがノックされ、続いて開けられる音がした。

「おまえ、ヤクザになってたのか」

やってきたヤジマは俺を見ると驚いたような声をあげた。

「お互い様だよ」

「まあな……で、なに？」

ヤジマは背広のポケットから煙草《たばこ》を取り出すと一服つけた。

「カスミちゃんは元気なんだろ？」

「なんだよ、藪《やぶ》から棒に。いまさら同窓会のつもりでもねえだろう」

「元気なのか？」

「ああ、元気だよ。いつも餓鬼と遊んでらぁ」

俺は一瞬、彼女のはにかみながら見上げる顔を思い浮かべた。

「ヤジマ、おまえ逃げろ」

「何いってんだ？」

「逃げなきゃ大変なことになる。おまえはカスミちゃんのとこには帰れない」

「殺すのか」

「それより最悪のことだ」

ヤジマは笑った。

「相変わらず文学くせえ奴だな。さっさと用件を済ませろ」

「いいんだな」

ヤジマは返事をしなかった。

俺はじいさんとニーニャを呼び入れた。

「なんだこれは？　大道芸でも始めるってのか」

「さよなら、ヤジマ」

俺はそういうと部屋を出た。

一階のモスで時間を潰していると、階段を下りてきたじいさんが慌てた様子で俺を手招きするのがみえた。

「ヤジマ！」

俺が声をかけたとき、既に辺りには血が飛び散っていた。

「ナイフ、ナイフをもっていた」じいさんが叫んだ。「奥に行った」

ニーニャは傍らで膝を抱えて座っている。

「ヤジマ！」

部屋の真ん中に奴はいた。めそめそ泣く声が聞こえ、俺を見つめていたが、やがて大きく顔が歪み、耳が真っ正面を向いた。びちびちと音が続き、俺はそこでやっと奴が何をしているのかわかった。顔を剝いでいるのだった。

〈蟲《むし》ぃ……蟲ぃ……蟲がぁ〉

奴は途中で顔から手を離すと自分の太股《ふともも》をドスでザクザク刺した。その勢いでひざまずくとそのまままた下顎《したあご》の皮を両手で摑み引いた。歯根が骸骨《がいこつ》のようにずらりと並んで見えた。失神しかけたように眼球がひっくり返っている。

「なんとかなんないのか？」

俺はじいさんに嚙みついた。

「むり、ああいうのはたまにおきる。つよいひとはああなる。もどしてもなおらない」

「ちっ」

俺は舌打ちするとヤジマを置き去りにして、じいさんとニーニャを連れ出した。

「で、結局、娘がちらっと見るとそれが起きるんだな」録《と》り溜めたビデオを見終わったオヤジがぽつりと呟いた。

「へえ」

「なにか目玉に仕掛けがあるんだなぁ」オヤジはニーニャを見て微笑んだが、ニーニャの表情は変わらなかった。

俺はじいさんとニーニャと共に事務所にいた。

オヤジは色々なことを訊ね、俺が説明し、わからないところはじいさんに訊ねた。

するとアニキが俺を隅に呼び出した。

「おまえ、もう少ししたらオヤジがじいさんに金を払うから、これを餓鬼に飲ませとけ」

「なんすかこれ？」

「睡眠薬だ。馬でもぶっ倒れる奴だ。暴れられると面倒だからな」

「暴れるって？」

「餓鬼だよ。おまえはこれを餓鬼に飲ませて効いた頃合いを見計らって隣の部屋に寝かせに行け。じじいは俺たちで何とかする」

「どうするんすか？」

「決まってるじゃねえか、消えて貰うのよ。こっちが欲しいのは餓鬼だ。じじいはいらねえ」

アニキは俺に薬の包みとソーダの壜《びん》を押し付けると戻っていった。

俺は仕方なく薬を入れた。


「じゃあ、金を払おうか」

オヤジの声にじいさんは機嫌が良くなった。

「よかったよかった、これでラマのところへ行ける」

じいさんがニーニャに現地語で話しかけると彼女は嬉しそうに両手を挙げた。

「喉《のど》が渇いてるんじゃないのかい？」

現金の入ったアタッシュケースをテーブルに載せてもまだ、俺がソーダを出さないので、オヤジが焦《じ》れて言った。

「へえ」

俺はキッチンからすっかり薬の溶けたソーダをニーニャの元に運んだが、テーブルにわざと置き損ねて落としてしまった。

「莫迦《ばか》野郎！」

「すいやせん！」

アニキが俺を殴りつけた。

「よしいこう。ニーニャ」

じいさんはいきなりアタッシュケースを掴むと立ち上がろうとした。

「おいおい。じいさん、ニーニャにソーダぐらい飲ませてやんなよ。すぐ代わりを持ってこさせるからよ」

アニキがじいさんの前に立ちふさがるように声をかけた。

「いりません」

「なんだよ、せっかくの親切を無にするもんじゃねえぜ」

「どいてください」

じいさんは出て行こうとした。

「しょうがねえなあ」オヤジが拳銃《ハジキ》を取り出した。「おっと餓鬼に言いな。下手な真似《まね》するとじいさんを殺すぜ」

ニーニャは意味を理解したのか俯《うつむ》いた。

「やはりそうか。おまえらはニーニャの力がほしい。ニーニャの目がほしいのだろう」

「そうだよ。話がわかるじゃねえか」

オヤジの言葉にじいさんは突然、ニーニャの顔に噛みついた……ように見えた。

「ぎゃあ」

ぶっ！　ぶぅっ！

「げぇ、なんてじじいだ」アニキが叫んだ。

じいさんはニーニャの目玉を吸い抜くと床に吐き捨てた。

ニーニャは両目のあったところに手を当てるとそのままうずくまってしまった。

「じじい！」オヤジは怒りで顔を真っ赤にした。

「やくんざ！　よくきけ！　わたしたちはへいわにいきるためわるいことをした。かねのためだ！　ニーニャにはもっとはやくこうするつもりだった。このこには目、ないほうがいい。でもさいごにいきるちからてにいれるためにわるいことにつかった。だからかねをよこせ。ニーニャはもうやくにたたない。つれていく」

「莫迦！」オヤジがじいさんに拳銃を向けた。

だが、一瞬でじいさんはオヤジに近づくと逆に銃を奪い取ってしまった。

「でていきます！　ニーニャ！」じいさんは俺にアタッシュケースを持たせるとオヤジを盾に出て行こうとした。

するとたまたまドアを開けた野郎がじいさんに突進し、ふたりもろとも倒れ込んだ。

「このじじい！」すかさずアニキから銃を取り上げたオヤジがじいさんを撃った。

「べあぉ」じいさんが苦悶《くもん》の声をあげた瞬間、ニーニャが何か叫んだ。

事務所の光景が溶解した。

俺はあの窒息空間に引きずりこまれていたが、薄い膜を通し、オヤジやアニキの姿を一瞬だけ見ることができた。

オヤジは回転ノコギリの台に乗せられ顔面から真っ二つにされていた。

アニキは目玉に針を突き刺されていた。

それ以外にも事務所にいた野郎達が見えた。

ずっと落下している奴がいた。

道路舗装で使うローラーで爪先《つまさき》から潰されている奴がいた。

阿鼻叫喚《あびきょうかん》の地獄だった。

そして俺にもそれは口を開けた。本格的な窒息が襲ってきた。肺が潰れていくような圧迫感が加わり、もう呼吸をする余地が気道にも残されていなかった。鼻はいくら吸い込んでも何も変化はなかった。

意識がぼろりぼろりと崩れていく音が聞こえた。

と、腕が引かれた。

見ると俺は天井を見上げていた。

傍らに横たわるじいさんが俺を見て微笑んでいた。

ニーニャがじいさんの身体に顔を寄せていた。

「にーにゃ、だらいらま」

じいさんは俺に告げ、次にニーニャに何事かを話しかけると動かなくなった。

俺はニーニャに「どうする」と訊ねた。

ニーニャはじいさんに二度、頰《ほお》をつけると立ち上がった。

隅にじいさんの吐き出したニーニャの目玉が光って見えた。義眼だった。

「ニーニャ」

俺が声をかけるとニーニャが探るようにゆっくりと近づいてきて手をぎゅっと握った。

転がっているアタッシュケースを拾い、俺たちは大の大人たちが泣き叫び、痙攣《けいれん》するなか事務所を後にした。じきにあのなかも静かになるだろう。

「とりあえず北へ行こう。乗せてくれる船があるはずだ」

俺はそう呟いた。

伝書猫

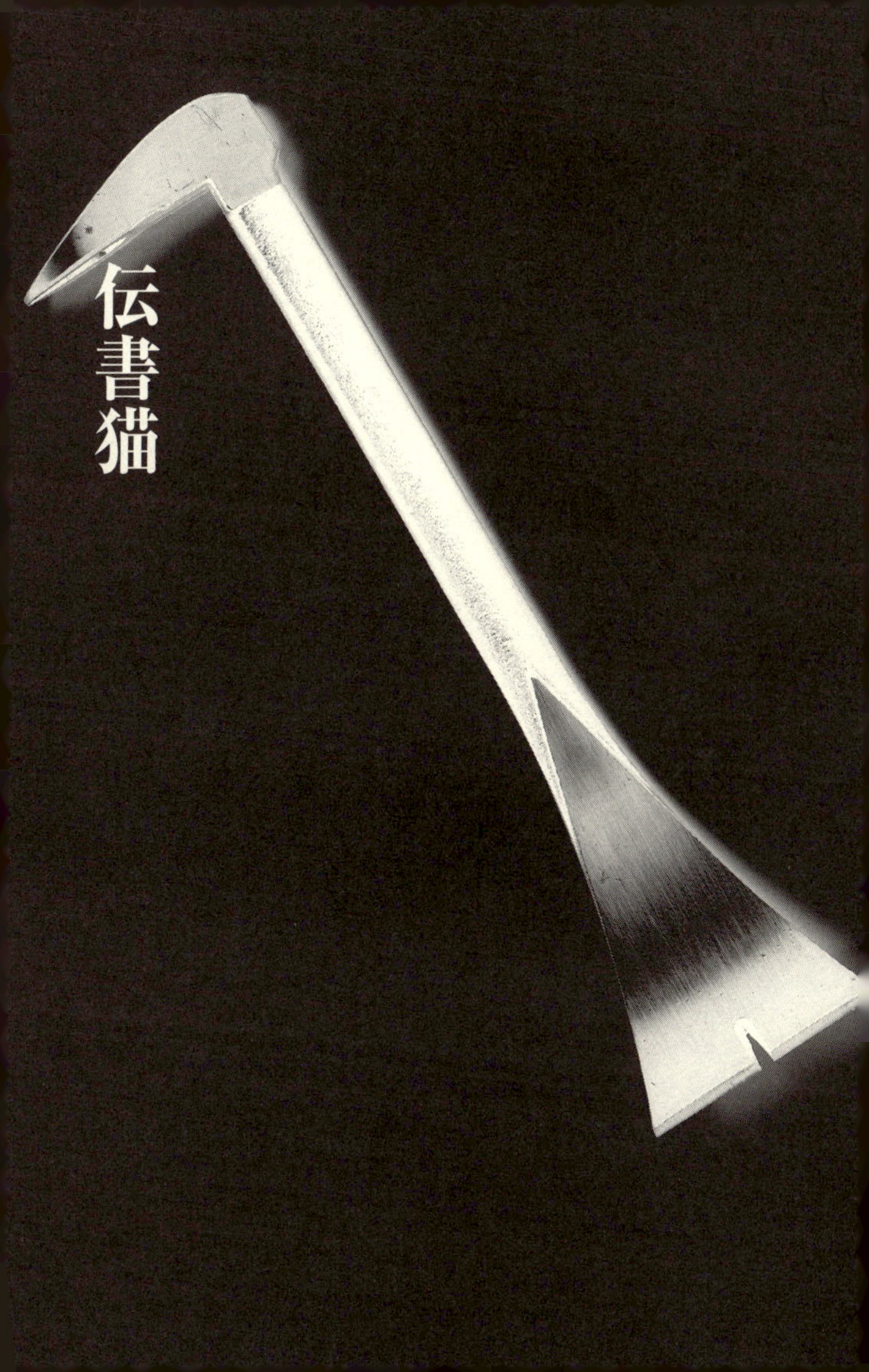

……なんでもっとみんな、すべてのものに優しくできないんだろう。誰もが自分を大切に思うように人を大切にする。そして自分の夢を大切にするように人の夢も大切にする。たったそれだけのことで世界は希望という魔法に溢《あふ》れてしまうのに……。

チサは部屋の隅で膝《ひざ》を抱えながら畳の陽と陰の部分をぼんやり眺めていた。

もう先程までの涙は止まっていた。

畳の先にはベッドがあり、その上の窓が少し開いている。

サチが帰ってこられるようにだ。

もう陽はすっかり暮れ、辺りは暗くなっていた。

チサはそれでも今朝の出来事を忘れることができなかった。

痛み止めを飲んでぼんやりと過ごしてしまったが、あれだけは、時折やってくる睡魔にうつらうつらしていてもフラッシュバックのように甦《よみがえ》り、チサの胸を悪くした。

今朝、ゴミを出しに集積場に行くと前の道路に小学生が三人固まっていた。

見ると彼らは道路にあるものを傘の先で突いていた。

汚れたハンカチのようなものを互いになすりつけ合おうとふざけているのかと思った

が、違っていた。それは啼《な》いた。

思わず近寄ると鳥の雛《ひな》だった。

巣を作れそうな街路樹もない、住宅街のど真ん中に何故、そんなものが落ちているのかチサには見当も付かなかったが、それを囲んだ小学生はプラスチック製の傘の石突きでぶるぶる震えるだけの雛をひっくり返そうとしていた。

「よしなさいよ、可哀想じゃない」

チサの声に小学生が一斉に振り向いた。

「だって、ばあさん、これ汚《きたね》えカラスだぜ」一番大きな体格をした少年が莫迦《ばか》にしたように言った。

その言葉どおり、雛は使い古しの雑巾《ぞうきん》のような色をしていた。

「でも怖がってるし、怪我《けが》をしてるかもしれないでしょう。それに二十歳の女性をばあさんとは言わないものよ」

〈くっせぇ〉

〈うぜえ〉

チサの右側の子供たちが呟《つぶや》き、真っ正面から睨《にら》み返してきた。

女の子だった。

「なかたしゅーとぉぅ！」

突然、始めに話した少年が足を蹴《け》り上げた。

ぺしっと音。濡《ぬ》れた雑巾のように雛が壁に叩《たた》き付けられ、落ちると動かなくなった。本当の雑巾のように乾いた泥の上で丸まっていた。

「なんてことするのよ」

嘴《くちばし》が開き、血と桃色の舌が覗《のぞ》いていた。先程までまぶしそうにしていた目玉はもう何も見ていなかった。まるでスイッチを切ったかのように雛は逝《い》ってしまった。

〈くっせ、ばばあ〉

〈うっぜ、ばばあ〉

小学生たちはチサなど始めから存在しなかったかのようにぶらぶらと歩き去った。チサは丸まった雛の死体を取り上げようとしたが動けなかった。昔からチサは死んだものに触れることができなかった。

触れようと思っただけで動けなくなってしまうのだった。どうすることもできず、その場で立ち竦《すく》んでいたチサはやがて我に返り自室に戻った。ぐったりと疲れ切ってしまった。薬を飲み、部屋の隅に座る。

サチが出たがっていたので窓を細めに開けると、彼女は長い尻尾《しっぽ》をバイバイするかのように振りながら散歩に出て行った。窓の先は隣家の塀になっていた。

チサのアパートでは動物を飼うことが禁じられていた。

更に痛み止めを飲み、目を閉じた。体中が熱く、熱をもっていた。ジンジンと心臓の鼓動が体中を、指先を駆けめぐった。こういう時ほど、まだ自分がサトシのトラウマから逃れられていないのだと実感することはなかった。

まだ大学を退学したと親には報告していなかった。浪人してまで入った大学だったのにサトシとの恋愛が全てを変えてしまった……。嫉妬《しっと》からのドメスティックバイオレンス、そして別れた後のストーカー行為。そして精神的な危機。地獄のような一年だったが、警察はおろか友人でさえ助けてはくれなかった。もちろん田舎の両親に告げれば帰郷を強制されるのは目に見えていた。もともとひとり娘を東京の大学に行かせることには生理的な嫌悪感をもっていたふたりだった。トラブルに巻き込まれ、それも原因が恋愛がらみだと知れば否《いや》も応《おう》もなく田舎に引っ立てられていくのは判《わか》っていたし、服飾デザイナーという真の目標を見つけた自分にとってそれは人生の死刑宣告に値するとチサは怯《おび》えていた。

今は一刻も早く、体調を整え、アパレル関係かオートクチュールの現場でバイトを見つけ、人間関係を築きながら、服飾の専門学校に通う手立てを講ずる必要に迫られていた。

……魔法が欲しい。チサは心からそう願った。

溜息《ためいき》が漏れると薬の成分がゆっくりと彼女の緊張をほぐし始めた。

膝を抱いたまま横倒しになる。ベッドで寝る気はしなかった。彼女は部屋の隅で丸まった。

猫のように、雛のように……。

気が付くと散歩を終えたサチが柿の実が落ちたような音をさせてベッドから畳へ降りてきた。

チサはその音を背中で聴くのが好きだった。サチは彼女が背中を向けていると〝こっちをむいておくれ〟とでもいうように体を擦《こす》りつけてくる。普段は素っ気ないサチがその時だけ、甘えてくるのがチサにはとても大事なことになっていた。特に今のように精神的に落ちている時は余計にサチのそうした〝おねだり〟には心が癒《いや》された。

柔らかな肉球が畳に擦れ、背後にサチが迫る。ところが期待したようにサチは体を擦りつけてはこなかった。見るとベッドの隅にうずくまり、こちらを窺《うかが》いながら前肢《まえあし》の辺りを舐《な》めている。

「どうしたの？」チサは起きあがった。頭がまだふらふらしたが痛みはだいぶ、治まってきていた。

部屋は暗く、既にサチのいるベッドの足下は闇《やみ》に溶けていた。

チサは立ち上がり、電気を点《つ》けた。蛍光灯の白っぽい明かりが部屋を平らに映し出す。

サチは白い万年筆のキャップのようなものを掴《つか》まえていた。

爪《つめ》が生えていた。

「サチ！　だめ！」ゾッとして声をあげるとサチは避難場所にしている簞笥《たんす》の上へパッと跳び上がり、途中で咬《か》んでいたそれをベッドの上に落とした。

真紅のベッドカバーの上に転がったそれは食べかけの千歳飴《ちとせあめ》にも見えた。

サチは彼女の動きをジッと見つめている。

小指だった。根本から切り取られたようで第二関節までたっぷり残っていた。爪には毒々しいオレンジ色のマニキュアが塗られていた。

チサは簞笥の上の猫を見た。

「あんた、これどうしたの……」

サチは大口を開けた欠伸《あくび》で返事をし、耳の後ろを掻《か》いてみせた。

割り箸《ばし》で醬油《しょうゆ》の小皿に指を落とすとテーブルに置いた。マニキュア以外に色を感じさせる部分は指にはなかった。皮膚はドレスの裾《すそ》のように拡《ひろ》がった切断面の中心に覗く骨と似た色をしていた。鼻を近づけるとサチの糞《ふん》を思わす臭《にお》いが始まっていた。

指がベッドに在る時、二度ほど携帯電話を取り上げた。一度目はとっさに、二度目は逡巡《しゅんじゅん》しながら……。が、やはり通報はできなかった。通報すれば猫を飼っていることがばれてしまうし、場合によっては親元に照会連絡されるかも知れず、そうなれば心配性の親のこと、警察から連絡があったとなれば翌日にでも上京してくるに違いない。そこから先はいつものような根ほり葉ほりの尋問となり、遂には退学の件を白状しなければならなくなるだろう。それに不動産屋からはペットは厳禁だと契約時に何度も念を押されていた。バレれば明日にでも出て行って欲しいと通告されるかもしれない。

それでもサチを飼い始めたのは彼女の部屋が通りの反対側で一番奥の部屋だったからだし、出入りを隣家の塀を利用した窓ひとつだけにすればなんとかなると思ったからだ。あの日、チサは公園のベンチに棄てられていた仔猫《こねこ》を放っておくことはできなかった。段ボール箱のなかで雨に濡れながら鳴いていた仔猫は感電でもしたかのように震えていた。既に動かなくなっている兄弟を脇《わき》に、チサの差し入れた手を決して離すまいとしている仔猫を見て、彼女は芥川龍之介の【蜘蛛《くも》の糸】を思い出し、思わず抱き上げていた。仔猫が幸せになるようにと彼女の名を逆さにしたサチと名付けた。

チサは小皿のなかの指をもう一度、見つめた。持ち主はどうしているんだろう。近所に病院はいくつかあるが、まさかサチが手術室に潜り込んで盗んできたとは思えなかった。もちろん火葬場もない。と、その時、指の腹側に〈割れ〉のあるのに気づいた。カッターでつけたような切り込みだった。チサは指を摘《つま》んでみた。ひんやりとしていたが手にするとまるでそれは映画の小道具か何かのように現実味がなくなった。チサは切り込みを注視した。それは一カ所ではなく指の腹、全体に及んでいた。機械でつけられたような傷ではなかった。切り込みと切り込みは互いに交差していたが……。その瞬間、チサの脳の中で何かが閃《ひらめ》いた。彼女は醤油さしを持ってくると傷のある指の腹へ、一滴、二滴と垂らしてみた。茶色の液体で傷口が着色されていく。

ハッと、チサは息を飲んだ。

「どこで見つけたの？」

サチは前肢に顎《あご》を載せ、彼女を見つめているだけだった。

「あんた、これ、誰から貰《もら》ったのよ」チサはそう言いながら小皿のなかに転がっているものに目を向けた。声が震えていた。

白い指の腹には、〈タスケテ〉と傷文字が浮き上がっていた。

「ねえ！　どこで拾ったのよ」チサが大声を上げるとサチは伸びをし、そのままツッと窓から出て行ってしまった。

サチは慌てて自分も廊下へ飛び出した。とっさに開けたドアの向こうでゴツンと鈍い音がした。「おい」と抗議の声があがり、見ると隣室の中年男が彼女を睨みつけていた。

「あぶねえなぁ。ゆっくりやんなよ」

すみませんと頭を下げつつ、チサは走った。隣家の塀を伝ったサチが路地をとぼとぼ進むのが見えた。

チサは今にも闇に溶け込みそうな白い影を追った。

路地から通りに出ると片側二車線の幹線道路に出る。まっすぐ行けば地元では花見で有名な公園になるはずだった。チサは歩道を行くサチの後を見失わぬように進んだ。暫《しばら》くすると歩道は桜並木になった。突然、サチが駆け出した。慌てて後を追ったが追いつくはずもなく、チサはその後ろ姿を見送ることしかできなかった。

サチが駆け込んでいく先には古い巨大団地群が建ち並んでいた。

しかたなくチサは部屋に戻ることにした。確か、あの団地には多くの野良猫が住み着いていて、それに餌《えさ》をやる古くからいる住民と新しく越してきた住民との間で一時期、トラブルがあったと耳にしたことがあった。

部屋に戻ると指は相変わらず小皿の上に残されていた。

〈タスケテ〉

醬油が乾き、色が褪《あ》せたとはいえ、却《かえ》ってその方が字面がはっきりとしていた。

……自分で切り落としたんだ。

そう思うと切断面が雑なのも合点《がてん》がいった。これの持ち主は皮膚に切りつけたカッターのようなもので指を落としたのだ。皮膚、筋膜、筋肉、血管、そういった易々《やすやす》と切断できるものばかりではない。特に神経と骨は刻むのに文字通り、気の遠くなるような努力が必要だったろうと思う。それほどまでして助け出して欲しいということは、持ち主はどこかに監禁されているとしか考えられない。

誘拐……の二文字が頭に浮かんだ。それならばニュースや報道で自分が知らない理由も納得ができた。そういった事件の場合には犯人が捕まるか、被害者が死ぬまで報道は自主規制されるものなのだ。

ぽとんと音がし、再びサチがベッドの上に戻っていた。

「どこへ行ってたの?」と言葉が終わらないうちにチサは猫の首輪に気がついた。

白いものが挟まっていた。紙だった。チサは厭《いや》がるサチを押さえてそれを取った。

〈090－××34－67××〉携帯の番号が記されていた。

と、突然、携帯が鳴った。

液晶には何も表示されていなかった。チサは一瞬、迷った。が、出ることにした。

「もしもし……」相手は無言だったが、確かに息づかいが聞こえてきた。「もしもし……」

〈……コロス〉がさついた男の声が耳の奥に貼《は》り付いた。

「いやぁ」思わず携帯を放り出していた。チサは立ち上がると窓を閉め、戸締まりを確認した。時計を見ると十一時に近かった。頭のなかで通報しなくてはという声がする。

しかし、その一方でそれによって派生する問題をどうすればいいのかわからず途方に暮れる自分もいた。ずんっと軀《からだ》の芯《しん》を痺《しび》れさせるような目眩《めまい》に似た睡魔が襲ってきた。サトシに鉄亜鈴《てつあれい》でこめかみを殴打《おうだ》されて以来、時折、こうした思考の途絶のような状態が起きるようになっていた。ヤブ医者は高次脳機能障害だと彼女を納得させようとしたが自分では実感がわかなかった。とにかく寝てしまおう。チサは軀を引きずるようにして、もう一度戸締まりを確認するとベッドへ倒れ込んだ。

ふと気がつくとテーブルの辺りがぼんやりと明るくなっていた。電気は点けっ放しにしていたはずなのに部屋のなかは真っ暗闇だった。

「サチ……」小声で呼ぶが反応はなかった。

ごとり……ずるっ。流しの方で何かが引きずられる音がした。ごとり……ずるっ。ごとり……ずるっ。闇の中にぼんやりと人の影が現れた。それはテーブルの上でぼんやりと光る小皿に興味をもっているようだった。ボロをまとった白いざんばら髪の醜い老婆だった。と、突然、肩をぐいと摑まれ、振り返ると顔の潰《つぶ》れた人間が背後から抱きついてきた。

〈つかまえたはぁ〉血なまぐさい息が鼻に掛かると同時にチサは意識を失った。

翌日、目を覚ますと部屋に異状はなく、サチは簞笥の上で顔を擦っていた。小皿もテーブルにあったが、指は無数の蟻《あり》で真っ黒になっていた。チサは慌てて殺虫剤を撒《ま》き、スリッパで蟻を潰した。何匹かの蟻は指の肉の隙間《すきま》に頭を入れたまま死んでいた。蟻を拭《ふ》き取っているとチサは昨日の老婆のことを思い出し、身震いした。

昼過ぎになるとサチは頻《しき》りに窓を引っ掻き、出たがった。出すのは厭だったがトイレはさせなくてはならない。臭いが部屋に染み込むのを怖れてチサはトイレは外でさせることにしていた。

「もう変なことしないでよ」そう言いながら窓を開けるとサチは飛び出していった。

と、再び携帯が鳴った。液晶には何も表示されない。まただと冷たい予感が走った。

「もしもし」

〈可愛い猫だな〉

心臓が鷲掴《わしづか》みにされたような気がした。

「サチ！」思わず悲鳴をあげると彼女は外に出た。必死の形相で駆け抜ける彼女を見て、何事かとバス停にいた老人が顔を上げた。チサの脳裏には何者かに蹴られたり、放り投げられたりするサチの姿が次々と浮かんでは消えた。自然と涙がこみあげ、視界が滲《にじ》んだ。かといって大声で名を呼ぶわけにもいかなかった。彼女はサチの姿を追い求め、気が付くとあの古い団地の前に立っていた。屋上に何羽もの烏《からす》が並んでいた。その姿を見てもあの可哀想な雛に感じた親しみはわかなかった。今、あそこにいるのはチサにとって単なる不吉の象徴でしかなかった。

彼女は白いサチの姿を探した。しかし、目にするのは乾ききったセメントの檻《おり》に似た〈家〉の数々だけだった。ベランダの花は枯れ、くすんだ洗濯物がだらしなく垂れ下がった窓。錆《さ》び付いた三輪車。割れた壁。剝《は》がれた床材。ブランコが猿のようにきぃきぃ鳴くのも耳障《みみざわ》りだった。病みくたびれた廃屋を感じ、チサは引き返した。

部屋に戻ると入口の処に昨日の男がいた。なるべく目を合わさぬように近づくと男が「あのさ」と声を掛けてきた。

「おたく、何か飼ってんの？　いや、俺は別にいいんだけどね」

「飼ってません」チサはぶっきらぼうにそう答えると相手の反応も見ずに部屋に入った。サンダルを脱いでいると男のわめき声がし、ドアが一度、ボンと叩かれた。

サチは帰っていなかった。彼女は部屋の隅にうずくまると膝を抱えた。部屋には厭な臭いがしていた。電話番号が書かれたメモが落ちていた。チサは掛けてみることにした。掛けてもし、相手がサチを捕らえているのなら交渉しようと決意した。サチを返さなければ指を持って警察に行くと告げるのだ。

呼び出し音が続き、そして繫《つな》がった。

「もしもし……」

チサが声を掛ける前に男の叫び声と背後で泣き叫ぶ女の悲鳴が聞こえてきた。

〈もしもし……〉

電話を切っていた。とても話を続けることはできなかった。あの男は女を拷問しながら電話に出た。よく考えればあの〈もしもし〉のなかに含み笑いが潜んでいたような気がする。〈変質的なサディスト……〉チサは自分が相手にしようとしていた者を侮《あなど》っていたことに気づき、戦慄《せんりつ》した。あの団地の奥、どこか深い人目に付かない場所に〈あの部屋〉はあるに違いない。男は外観からは窺い知ることのできない拷問部屋に誘拐した女性を引きずりこんでは破壊しているのだ。

そこまで考えた時、ふと背中に視線を感じ振り返ると窓の隙間から部屋を覗いている者がいた。あの白髪女だった。完全に狂った目で女はチサに笑いかけ、姿を消した。

後を追おうとドアへ向かった時、にゃお〜んと声がした。

見ると窓からいつものようにベッド、畳、箪笥へと軽々移動してみせる。

「サチ！」彼女は思わず悲鳴を上げると猫を抱き上げ、厭がるのも無視して頰《ほお》ずりを続けた。「大丈夫だった？　怪我してない？　怖かったねぇ」

サチに異状はなかった。ひとしきり歓迎の儀式が済むとサチは仕事を終えたとでもいうように箪笥の上に戻ってしまった。

「現金なやつ」安堵《あんど》の笑みを浮かべたチサはふと天井近くの壁に妙な染みを発見した。赤い筋がひとつ、指でなぞったように付着していた。近寄ってみるとそれは紛れもない血の痕《あと》に見えた。

すると再び、携帯が鳴った。液晶にはさきほどの番号、メモにあった番号が表示されていた。

「もしもし……」

〈……だ〉男の声は酷《ひど》く聞き取りにくかった。〈……待ってろよ。……チサ〉最後の言葉に腰から下が砕けるような恐怖を感じた。携帯を放り棄てるとチサは震えながら座り込んでしまった。と、同時にここ暫く見ることすら忘れていた隣室のテレビが目に入った。暗いブラウン管が汚れていた。チサは震える軀を抑えて立ち上がり、テレビの前にやってくるとリモコンのスイッチを入れた。パッと画面が明るくなった途端、それは炙《あぶ》り出しのように姿を現した。黒く干涸《ひから》びた手形が貼り付いていた。小指のないその手形からは明らかに血と思われる滴《したた》りが下に向かって延びていた。チサは衝撃的な事実に胃が沸騰《ふっとう》するように感じ、吐きそうになった。

……奴《やつ》らは既にこの部屋を知っている。

と、同時にチサは男の声に聞き覚えがあることを思い出していた。確証はないが高圧的で時には暴力を振るう男のイメージが甦った。その時、箪笥から降りて足下にまとわりついていたサチがころんと腹を見せた。そこにはマジックで黒々と〈千紗〉と描かれてあった。恐怖と戦慄に目眩がした。サトシ……奴ならサチの後を追いかけてこの部屋を探り出すことなど訳もないはずだった。

あいつなら。全身を駆けめぐるアドレナリンがチサを動かした。彼女は手元のバッグに当面の着替えを詰め込むと荷造りを始めた。一刻も早くここを逃げ出さなければ。次は殺す。あの男は私の耳元でそう呟いたのだ。財布を摑み、携帯を拾う、そうしている間にも背後からサトシの腕が自分の脇腹に蛇のように伸びてくる気がし、彼女は思わず悲鳴をあげた。

「こっちへおいで」血相を変えた彼女を見て怖がるサチを摑まえようとすると突然、ドアが激しい調子で叩かれた。向こうで何事かを喚《わめ》く男の声が聞こえた。

「たすけてぇ！」チサは力の限り悲鳴をあげた。大急ぎでチサはサチを摑むと運搬用ケージのなかに押し込んだ。

するとドアのノブがいきなり回転する気配がした。

「やめてぇ！」彼女は叫びながらドアに取り付くとノブを摑み開けさせまいとした。必死に押さえたにも拘《かか》わらずノブは手を離れ、ドアは開放されてしまった。あまりの力にチサは部屋から転がるように外へ倒れてしまった。

革靴を履いた男の足が並んでいた。

チサは近くの男に飛びかかると眼鏡越しに顔に思い切り爪を突き立てた。

咄嗟《とっさ》に白衣の男がチサの腕に注射をする。

「なにするのよ！」腕が捻《ねじ》り上げられ、抵抗ができなくなった。

それをしているのは警官だった。

「あぁ、やはりやってますすよね」

部屋のなかに入った白衣の男が小皿の中身を見て呆《あき》れたような声を上げた。

「千紗、どうして病院から逃げたりしたんだ」哀しい顔をした老人が苦渋に満ちた顔で話しかけてきた。「おまえが電話をくれたんで良かったようなものの」

老人はそこまで言うと黙りこくってしまった。

チサは部屋のなかに戻された。

「これは？」白衣の男が小皿の指について訊《たず》ねてきた。

「サチ……。うちの猫がくわえてきたんです。知りません」

「猫？　どこに猫がいるんだね」

「そこのケージのなかに」

彼女が言い終わる前に白衣の男が檻《ケージ》の戸を開けた。なかから猫のぬいぐるみがひとつ、ぽとんと畳に落ちてきた。腹にはマジックで〈千紗〉と描かれていた。

注射が効いてきたのか突然、頭の中の霧が晴れたように感じた。

チサは目の前で白髪の老婆がゆっくりと左手を挙げ、自分の欠けた小指を眺めるのを見ていた。

彼女の前には立派な姿見が置かれていた。

しょっぱいBBQ《バーベキュー》

社長を始め、先輩にも頭を下げ、仕事を肩代わりして貰《もら》い、借りを作りまくってやっと取った休日だった。トオルは二十四になったばかり、気が弱く、瘦《や》せ、いつも疲れ果てていた。妻のソソミはトオルよりふた回り近く歳上《としうえ》の四十六歳。ふたりの間には四つになるタイゾウがいた。

「男ならＢＢＱ《べぇべっきゅ》をやらなくっちゃ、おう？」

工場で鍋《なべ》の『型抜き』をやっている義男さんがトオルにそう告げたのはひと月前。プレスのギザに袖《そで》を引っ掛けて指を落とす、ちょっと前のことだった。

「べぇべっきゅ？　すか」

「おおよ。川原めっけてぇ、火を焚《た》いてぇ、肉をやんのよ」

「肉をやりますか」

「おおよ。今度、木の燃《も》し方ぁ教えてやんからよぉ」

結局、義男さんは指を落としたので〈木の燃し方〉を教えては貰えなくなったが、見舞いに行くとアパートの万年床の上で地図を書いてくれた。

「ここぃ、行ってこい。すげっから。川もすげっ。釣りもすげっ。ＢＢＱもすげっから」

地図には丹沢《たんざわ》の川原らしきものへの道案内が書かれてあり、それが【すっぱい花弁が匂《にお》い立つ！】と毒々しくいかにもなピンサロのチラシの裏だったのでトオルはちょっと困ったりもした。

初夏だったし、陽気も良かった。アパートの畳の目を数えたり、米びつのなかに手を差し入れては（これはトオルの悪癖であった）ひんやりする感触にうっとりしたりしていたが、タイゾウも去年以上に激しく動き回るし、ソソミはパート先の店主から耳に息を吹きかけられたり、すれ違いざまに身体を擦《こす》りつけられて困るとも言うので、ついついトオルは「ＢＢＱでも行こうか」と久しぶりに取れた休みを前に声を掛けてしまったのである。

義男さんの地図は手持ちの道路地図帳と突き合わせて確認しておいたにもかかわらず当然のように大雑把《おおざっぱ》で、川原沿いを進む林道の入口がなかなか見つからなかった。高速代をケチって一般道を走ってきたので、到着前に疲れ切ったソソミとタイゾウは山並みが見えてからも口を開けて寝入っていた。林道は思いの外《ほか》、狭く、右は鬱蒼《うっそう》とした雑木林、左は切り立った崖《がけ》のようになっていて木々の間から時折、白い川原が顔を覗《のぞ》かせた。ハンドルを切り損ねたら、真っ逆さまになってあそこに落っこちるんだ。トオルは股間《こかん》をギュッと摑《つか》まれたような気になった。

「ねえ、また値上がりするんだって保育園」

不意に寝ていたはずのソソミが声をかけてきた。

「どうして？　去年、あがったばかりじゃない？」

「わかんない……あがるんだって。それにもうお金なくなっちゃった」

「まだ月中《つきなか》だよ」

「うん。でも、本当にないんだもん」

「あといくらある？」

「三万ぐらい。三万ないかもしんない。二万ぐらいかも」

「家賃は払ったんだろうな」

「家賃はやった。でも、保育費と歯医者さんのお金が」

「まだ返してないの？　歯医者の」

「だってコンロ買っちゃったじゃん。このばあべきゅーの。それにイスとかテントとかテーブルとか炭とか……ウィンナーとか……チャッカマンとか軍手とか……やっぱり軍手は白のがよかったよ。あれは十組で五百円だったんだもん。あんたがゴムのイボイボが付いたのを買うって言ったとき、あ、白でいいのになって、あたしは思ってたんだ」

「うーん。でも、鉈《なた》とか使うときに滑ったら危ないだろ。だからイボイボ付きのほうがいいんだよ」

「素手でいいんじゃない。もともと人間は素手で武器とか使ってたんだから」

「もうしょうがないよ。買っちゃったんだから」

「だからあたし、無駄遣いしてないよ」

「そんなこと言ってないよ」

――また前借りだ。

トオルは社長の死んだような目玉を思い出した。給料にならない残業をトオルたちに押しつけてくる時の社長はニコニコしていて、とても話し易いのだけれど、機械が古すぎるので危険だから買い換えて欲しいとか、溜《た》まりまくった鉄粉が目鼻に刺さるのでたまには業者を入れて徹底的に掃除をして欲しいなどと告げると、途端に目玉が死んだように動かなくなった。動かないのは目玉だけじゃなく、表情そのものが全く動かなくなってしまうので、トオルは自分の話していることが伝わっているのか、ものすごく不安になったし、あまりに黙ってジッと死んだ目玉を向けられていると自分がとんでもないことを話しているのではないかと怖くもなり、途中で話を打ち切ってしまうことも度々だった。

それでも前借りの件だけは我慢して何度か頼み込んだ。社長は息もしていないような顔をしていたが、トオルはそれを無視してとにかく機械油の染みた自分の手のひらと真っ黒な爪《つめ》だけを見つめながら、「お願いします」と何度も頭を下げ続け、やっと三万円だけ借りることができたのだった。

もう怪我《けが》するしかないかもしれない……トオルはふとそんなことを思いついた。腕を削るとか指を擂《す》るとかして、病院代が取り敢《あ》えず掛かってしまうと言えば社長もわかってくれるのではないか。もちろん本当に医者代がたくさん掛かるような怪我をしてはいけないのだけれども、ほんのちょっと擦るような感じで研磨やプレスの機械に肘《ひじ》とか中指とかを当てれば割と生爪を剝《は》がしたり、うっすら骨が露出する程度で終わるのではないか……そうすれば後は医者が請求してきたと言って困った顔をすれば良いのではないか……。仕事中の事故にしてしまうと印象が良くないから、工場で残業の終わりを見計らって自分でちょっと傷つけておいて、そのまま帰って医者に行くのがいい。それか、もし酔っぱらいにからまれて自分は何も悪くないのに叩《たた》かれたことにすればうまくいく。もしかするとお見舞いを付けてくれるかもしれない。トオルはその「お見舞い」のアイディアに少しうっとりした。

「ねえ、あたし、ばあべきゅーのことなんにも知らないんだけど」ソソミは少し愚図《ぐず》りだしたタイゾウの身体を抱きかかえると心配そうに言った。「あたし、そういうことしたことないから」

「大丈夫だよ。俺が知ってる」トオルは自信満々に答えた。本当は何も知らなかった。でも、知っているふりをしたかった。そうして実はいろいろなことを知っている深みのある人間なのかもしれないとソソミに思いこんで欲しかった。

「わたし、嬉《うれ》しいかもしんない……」

高校時代、父親の児を堕ろしていたソソミがそう呟《つぶや》くのが聞こえ、トオルも嬉しくなった。


林道をノコノコ軽自動車で小一時間掛けて登り、少し広くなった道路脇《わき》に車を駐《と》め、見当をつけて十メートルほど下り立ってみると、川原には人の気配が全くしなかった。川が緩やかに蛇行し、そのくねった腹の部分にあたる川原は前方が鬱蒼とした木々を湛《たた》えた山、こちら側は寂れた林道、まさにトオルのように人目を気にしだすとそわそわして何もできなくなる質《たち》の人間には格好のＢＢＱお試し場といえた。川原の端には本流からあぶれた形の支流が小さな小さな淵《ふち》をかたどっていた。

ソソミはタイゾウを連れ、川の水に手を浸させようとしていた。ソソミはタイゾウと共にすでに水着に着替えており、黒い水着に包まれた脂太りの丸々とした身体はテントを組み立てているトオルからは大きな炭団《たどん》のように見えた。

トオルは三十分以上かかって簡単な自立式テントを組み立てるとコンロを引っ張り出し、外《はず》してある脚を取り付けにかかった。

小猿が喚《わめ》きたてるような声に、ふと顔を上げると、タイゾウが膝《ひざ》まで川に浸けられて半べそをかいていた。炭団のソソミと提灯《ちょうちん》のように肋《あばら》を浮かせ母にすがりつく痩せぎすのタイゾウに陽射しが温かく降り注ぎ、穏やかな風が川原を抜けていった。テレビでしか聞いたことのない鳥の鳴き声がしている。が、既に太陽は中天をやや越していた。慌てて腕時計を見ると、針はもう二時を過ぎようとしていた。トオルはクーラーボックスを開け、中に詰まった麵《めん》、キャベツ、豚小間、缶ビールとチューハイを確認し、早く火を焚かねばと焦りだした。

本屋で見つけたアウトドア本のなかにあった『誰にでもカンタン！　火のおこし方』というページを写メールで盗み撮りしていたトオルはそれを眺めながら、新聞をコンロに敷き、その上に木切れを盛ると着火剤を塗りたくり、炭の欠片《かけら》を載せ、チャッカマンで火を点《つ》けた。予想外に火は盛大におき、彼は必死になって団扇《うちわ》でそれを扇《あお》ぎ始めた。携帯は圏外だったので電源を切ることにした。コンロからあがる白い煙に気づいたソソミがタイゾウを連れて戻ってきた。煙が丁度、顔の辺りにコンロのあるタイゾウを直撃し、「ぐゎっ」と悲鳴をあげさせた。

「ああっ！　火が出たねぇ。すごいねぇ。パパはすごいねぇ」

「まだ駄目なんだ。炭に火を移さなけりゃ何にもならないんだぜ」

「知ってるんだね？　あんた、こういうの知ってるんだね！」

トオルは満足そうに頷《うなず》き、火鋏《トング》で徐々に太めの炭を足しつつ団扇を忙《せわ》しなくはためかせた。巧い角度で風が当たるとゴゥと炭が鳴き、火の粉が散る。既に背中にも額にもびっしりとトオルは汗を掻《か》いていた。

「汗が出たようだね」ソソミが首に掛けていたタオルでトオルの顔を撫《な》でまくった。

火はそれから三十分ほどで本格的に炭に移り、トオルがコンロの上に鉄板を置くと、タイゾウをテントのなかへ転がし入れたソソミが、クーラーボックスの蓋《ふた》の上を使ってキャベツや肉を包丁で刻み始めた。

「ちょっとションベンしてくる。タイゾウ、コンロに近づけるなよ」

冷えた缶ビールに口をつけたトオルは突然、尿意を催し、その場を離れた。足を取られぬよう注意して小さな淵にやってくると半ズボンの前をずり下げ、放尿を始めた。思えば家を出た辺りから我慢していたのだ、小便は呆《あき》れるほど長く続いた。淵は本流と違って水がどんよりと濁り溜まっているように見え、なんとなく物の腐ったような臭《にお》いもしていた。葉や木っ端が崩れた崖に沿って堆積《たいせき》し、ヘドロのようにわけのわからない浮遊物になって溜まっている。比較的太い木が二本、浮いていた。

校長先生の咳払《せきばら》いのような屁《へ》が二度、尻《しり》から出て行った。と、そこでトオルは妙なものに気がついた。淵の上に張り出した手前の木の陰にそれはあった。始めは樹皮の剝《む》けた太い枝だと思いこんでいたのだが、よくよく見れば白く長いそれは人の腕だった。枝だと錯覚したのは手首から先が淵に溜まった落ち葉の塊に包まれて見えなかったからであった。トオルは胃の辺りが冷たくなるのを感じた。にわかには信じられず、足下の石を拾い上げ、ふたつ、みっつ連続して投げつけてみた。するとなかのひとつが腕の真ん中に当たり、その反動でかふわーっと全体が動き始めた。腕に続き、俯《うつぶ》せた頭が岩陰から現れた筏《いかだ》のようにのっそりとトオルの側に移動してきた。長い髪の隙間《すきま》から真っ白な地肌が覗いており、そこに大きな亀裂《きれつ》が西瓜《すいか》を割った跡のように走っていた。髪に留まっていた白い蝶《ちょう》がひらひらと舞い始め、トオルの鼻先を掠《かす》めていった。

「なんだこれ……」

不意の声にトオルは飛び上がった。振り返るとソソミが顔をしかめていた。

「死体だ。子供だ。子供が死んでいるよ……」

ソソミはそう言ったっきり黙ってトオルを見つめた。

「俺じゃないよ」

「当たり前だよ。ボサッとしてると火が消えちゃうよ」

ソソミはトオルの腕をぐいと引き、煙を上げているコンロの方を向かせた。日陰になっている淵とは違い、白い川原には新品のテントがよく映えていた。タイゾウの青いサンダルが入口にちょんぼりと転がっていた。

「やきそばあ！　キャベツ萎《しな》びちゃうよ」

ソソミの目が膿《う》んでいるように熱っぽかった。

トオルは「うん」と先を行くソソミを追って、ギクシャクとその場を離れた。

コンロの鉄板はカンカンに熱くなっており、しいたサラダオイルがジッと瞬《また》く間に白い煙に変わった。キャベツを投げ込み、ヘラで掻き混ぜる。ソソミはタイゾウの様子を見にテントのなかに入っていた。トオルは広い川原と向かいの山を見上げながら焼きそばの具材を掻き混ぜた。ぽかんと空が呆れているように見えた。投入した麺を水で解《ほぐ》しつつ、たまに淵を見てしまう。じゅーじゅー鉄板のたてるけたたましい音が気を逸らせてくれたが、もし、びしょ濡れの何かが後ろに立っていたらどうしようという思いはなかなか消せなかった。

「ねえ！」鋭い声がし、テントの入口からタイゾウを抱いたソソミが自分を睨《にら》みつけているのに気づいた。「あんた、他人と家族とどっちが大切なの？」

「なんの話？」

「だからぁ。いま、ここでこうしている家族と会ったこともないどこの誰かもわからない人と、どっちが大事なのよ」

「そんなの決まってるじゃないか」

「だったら楽しくやってよ！　あたしたちのためにさ。あんなのにかかずらったら、今日はもうおしまいだよ。あたしは知ってるんだから！　どんなにああいうのにかかずらうとしょっぱいか。せっかくお金掛けて、時間掛けて、火もよく燃やせたのに、かかずらったらおしまいだよ、今日も明日もあさっても。あたしはよく知ってるんだ。警察は暇だから、いくらややこしくたってかまやしないんだ。でも、あたしたちのばあべきゅーはそれで終わり。散々しょっぱくされておしまいになっちゃうからね」

「わかってるよ」トオルは力なく頷き、自分にも、もひとつ呟いておいた。「わかってるさ」

「しょっぱくなるよ！　ほんとにしょっぱいんだから。警察にかかずらうってことはあんたが思ってるより、千倍も万倍もしょっぱいんだ！」

「わかってるよ！」トオルはヘラをカンカンと鉄板にぶつけた。「どうせ俺たちじゃなくても誰かが見つけるよ。もう、ああして木の陰から出てるから」

ソソミの顔に笑顔が広がった。「そうだよ！　凄《すご》いじゃないか、あんた！　やっぱり凄い火が燃やせるだけあるね。凄いよ。その通り。もっとあの娘《こ》に関わり合いのある人がきっと見つけるよ。そのほうがあの娘も喜ぶし。いいよ。そのほうがいい」

ソソミは立ち上がるといきなりトオルにキスをしてきた。濡れた雑巾《ぞうきん》の味がした。

それからトオルは一心不乱に焼きそばを掻き回し続け、三時過ぎ、三人は川原に並んで座り、焼きそばを啜《すす》りあげた。

「ばあべきゅー好きになるかも」ソソミは青海苔《あおのり》の混じった油でテラテラの口でニッコリ微笑《ほほえ》んだ。「ばあべきゅー好きになるかも、ね？」

「好きになるがいいさ。なるが……」トオルも橙《だいだい》が混じりかけてきた陽を眺め呟いた。が、笑いはしなかった。笑うには淵の方に向けている肩の辺りがよそよそし過ぎた。トオルはそんな思いを気取《けど》られまいと川の流れに目をやった。ふと腕に触れるものがあり、見るとタイゾウが無邪気な感じで膝の上に登ろうとしているところだった。トオルは彼を引っ張り上げると、そのまま流れを見つめた。タイゾウの柔らかな髪は石鹸《せっけん》と何か優しい肌の匂いがした。トオルはそこに鼻を押しつけ、ぐりぐりと動かした。トオルは子供の頭の匂いを嗅《か》ぐのが好きだった。そうしていると厭《いや》なことがいろいろと忘れられた。

「あれは死んでるんじゃないよ……。人を脅《おど》かそうとふざけて浮いてるだけさ」

ふとそんな言葉が口から出ると、ソソミが肩に頭を押しつけてきた。

「そうよね。そうに違いないわよね」

タイゾウは流れの中で時折あがる白い飛沫《しぶき》を魚だと勘違いしているらしく、何かが跳ね上がる度に手を叩いてはしゃいだ。

石を踏む音がした。

ソソミがハッと顔を上げ、トオルの奥にある淵を見やった。

背負子《しょいこ》に毛皮、濃紺の作業服という猟師《りょうし》のような格好をした蓬髪《ほうはつ》、髭《ひげ》の大男が淵の際に立ち自分たちを見つめていた。男は苦虫を嚙《か》み潰《つぶ》したような顔をしていた。トオルの視線を正面から受けたまま男は瞬《まばた》きひとつしなかった。先に視線を外したのはトオルの方だった。男は淵のなかとトオルたちを交互に見つめ、口を開き気味にしつつ顎鬚《あごひげ》をぼりぼりと掻いた。

「あんた……」ソソミが怯《おび》えた声を出した。

「見るな。あまり見ずに無視しろ。俺たちは関係ないんだ。ただ都会からＢＢＱをしにきただけだ。何も気づいていないし、何も見ていない」トオルは男に聞こえるような声を出し、立ち上がった。「そろそろ帰ろう」

「あ？　そうね。そうしなくちゃね」ソソミもトオルからタイゾウを受け取ると立ち上がる。

何の考えもなく早く冷やそうとトオルはまだ熱煙を上げているコンロに水をぶちまけた。悲鳴のような音をたてて水が飛び散り、白い煙がもうもうと上がった。タイゾウが怯えたような声で喚いた。

「へへ、大丈夫だよ。この方が早く冷えるんだもん」男が身動《みじろ》ぎもせず腰に手を当てたまま自分たちを凝視しているのを感じつつトオルは言って、もう少しで跳ねた水がタイゾウに降りかかるところだったのを咎《とが》めようとしたソソミをニッコリ面《づら》で制した。

すると男は淵に向かい、傍に落ちていた長い枝を拾い上げると水を掻き混ぜ始めた。

そしてふたりが見つめる前で男は易々《やすやす》と少女を淵から川原へと引き上げた。

「あれ、なにやってんの」思わずタイゾウの口をソソミが塞《ふさ》いだ。が、タイゾウは息が苦しかったのか再び母親の手を引き剝がすようにして「ねぇ！　おじさん、なにやってんの！」と叫んだ。

川原にタイゾウの声が響き、引き上げた少女をジッと見つめていた男がこちらに視線を向けた。トオルたちはとっさに余所《よそ》を向き、また自分たちのテーブル周辺を片付け始めた。

「クーラーボックス。先に運んでおくぞ」手近な物を詰め込むとトオルは立ち上がった。

「やだよ。一緒でなきゃ」タイゾウの口に手を当てたソソミが身を寄せてきた。

「車をもっと近くにもってくるよ。一遍にバタバタいなくなったらおかしいだろう。おまえらが残っていてくれれば逃げるんじゃなくて、本当にＢＢＱが終わったから自然に帰るんだと思わせられるよ」

男は腕を組んだまま少女を見つめている。

警察だとは思えなかった。

「じゃあ、早くしてよね」

ソソミは怒ったような顔をしてテントのなかにタイゾウと共に入り込んだ。

トオルは早足になるのをどうにか抑えつつ川原から林道へと続く道を上り始めた。

男は振り向きジッとこちらを見ていた。腰に大きな木鞘《きざや》がブラ下がっているのにその時、初めて気づいた。鉈だとトオルは思った。

車は駐めた場所にあったが、一目で妙な違和感があった。それは近づいてみてハッキリした。運転席のガラスが無くなっていたのである。正確に言えば割られていた。トオルは一瞬、立ち竦《すく》んだが、すぐ運転席に乗り込むとエンジンを掛けた。プスンとも音はしなかった。二度三度とキーを回したが車は咳払いすらしない。完全に死んでいたのである。厭な予感がし、ボンネットを開け、エンジンルームを見ると、その予感が正しかったことを知る。バッテリーが丸ごと消えていた。トオルは突然、吐き気を感じ、その場でひくひくと喘《あえ》いだ。荒い息を抑えながら周囲を見回したが、この鬱蒼とした木立のなかにバッテリーを投げ込まれたら絶対に見つけることはできないように思われた。

トオルはキーをポケットにねじ込むとソソミたちの元に戻った。

自然と駆け足になっていた。

川原に戻るとテントから少し離れた場所にソソミとタイゾウがいた。

淵に男の姿はなかった。

「どうした」

呆然《ぼうぜん》としているソソミに声をかけたが反応は無い。腕に抱かれたタイゾウも引きつったような顔をしている。

「なあ……どう……」

骨を砕くような音がしている。

トオルが身を強《こわ》ばらせたのを知ると、ソソミがテントの裏を見ろと目で合図した。

男がこちらに背を向け屈《かが》んでいた。

ボキャ。

その足下に少女が両足を露《あらわ》に横たえられていた。

ベキャ。

音は男が手を振り上げ、振り下ろす度に響き、少女の身体が跳ねた。

バキョ。

肘から先が真っ赤に染まり、握られた鉈にはでろでろした細くて赤いものが引っかかり絡まっていた。

男は引き上げた少女をバラバラにしていた。

「テントにいたら、いきなり裏に引きずってきて始めたの……もう居らんなくって」ソソミは震えていた。「ねえ、早く逃げよう。もうばあべきゅーいいから……」

「歩いていかなけりゃならない。車が壊されてた」

ソソミの顔色が黄色っぽくなり、ふらりと身体が揺れた。

「どうするのよ」

「とにかく知らんぷりだ。こっちはタイゾウがいる。まともに戦うことはできないよ。

黙ってゆっくりこのまま離れよう……」

トオルたちは川原をゆっくり下流に向かって移動し始めようとした。

「……こんにちは」

突然、声がかけられ、ふたりは足を止めた。タイゾウが母親の胸に顔を埋めた。

片手に鉈をぶら下げた男がのっそりテントの陰から姿を現した。顔には血飛沫が点々とニキビのようにあり、鉈も右手も血で汚れていた。鉈の刃からゆっくりと水飴《みずあめ》のように血が糸を引き、川原の石に滴《したた》っていた。

こうして男を目の前にするとトオルはあまりに自分が無力だと感じた。自分にはこの男と戦って勝てるという気が全くしなかった。

「なんでしょう」トオルは声の震えが悟られないように祈った。

「この辺りで娘を見なかったか？　十《とお》か十一なんだが……。背がこれぐらいで」男はまさに淵の少女の特徴を並べ立てた。熊のように奥に引っ込んだ目はソソミとトオルを行ったり来たりし、時折、タイゾウへと向けられた。

ソソミは男から漂う血腥《ちなまぐさ》さに耐えきれなくなったのか何度も空嘔吐《からえず》きをした。

「さ、さあ……。知らないっす。俺たちは何も知らなくてここに来ちゃったから」

「そう……困ったな。俺には、俺たちにはとてもとても大事な娘なんだ。とてもとても大事な娘。俺には俺たちには……」男は口をつぐんだ。

誰も口を利く者はなくなった。

「その子が知ってるっていうことはないか？」

不意に男がタイゾウを指差し、ソソミが「ぐぇっ」と大きな音をたて、身体を折り畳んだ。

「奥さん、悪阻《つわり》か……大変なんだな」

「あ？　ええ、いつも悪阻なんです」

「その子が知ってるということはないか？」

「いや。ないです。この子はずっと母親とテントで休んでいただけだから」

「あんたは」

「知らないっす。ほんとっす」

男は思案顔《しあんがお》に頰《ほお》から顎を左手で拭った。血の痕《あと》が横殴りに付着した。

「そう……困ったな。俺には、俺たちにはとてもとても大事な娘なんだ。とてもとても大事な娘。俺には俺たちには……」

「おじさんが殺したんじゃないか！　べちゃっべちゃって！」

突然、金切り声でタイゾウが叫んだ。

ソソミが慌ててタイゾウの口を塞ぐかのように腹に押しつけた。ソソミの腹の肉の間から、タイゾウの悲鳴をあげ続ける声が漏れてきた。

「なんだって？　この子はいま、なんて言った？」

「何か言ったすか？」

「うん。言ったぞ。誰かが人殺しだと言ったような気がする。確か、俺のことを」

トオルとソソミは千切《ちぎ》れるほどの勢いで首を振った。

「違います違います」

「でも、俺の耳はそう聞いたのだ。俺が人殺しだと……。そう、恰《あたか》も人殺しだと」

『ふぎぃぃ』タイゾウの声が漏れ響く。

「この子はいつも、そんなことを言って回ってるのか？　そう教えてるのかい？」

「いいえ」

「ではなぜだろう？　なぜ、俺だけにそんなことを言うのだろう？　あんた父親か？　父親ならわかるだろう、なんでだ？」男はトオルの眼前に鉈を突き出した。

トオルはそれだけで膝がガクガク笑い始めるのを止められなくなってきた。

「む、息子は……」トオルはそこで一旦、言葉を切り唇を湿らせた。「息子はたまにこういう根も葉もない嘘《うそ》をつくのです。こ、子供ですから。子供的な嘘を、子供らしい嘘を……」

「らしくはないだろう。手当たり次第に人殺し呼ばわりする子供なんか見たことがないぞ。本人に訊《き》いてみようじゃないか、嘘か本当か」

男は一歩近づくとソソミにタイゾウを腹から離すよう指し示した。

タイゾウは母親にしがみつき、顔を半分だけ腕の間から覗かせた。

「なあ、ぼく。おじさんは人殺しかい？　正直に言ってごらん。それとも嘘をついてたのかい？」

「嘘をついていたよな」トオルが思わず割って入った。「嘘をついていたと言いな！　おじさんにごめんなさいって言いな！　言いな！」

「言いなさい！」ソソミもトオルに加勢する形になった。

タイゾウは目を丸くして両親を見つめると、ぽろりぽろりと涙をこぼし始めた。

「ごめんなさい。ぼく、うそついちゃった」

ソソミがそれとはっきり判《わか》るほど溜息《ためいき》をついた。

男はタイゾウの頭を摑んだ。

ソソミは硬直し、トオルは一歩逃げた。

「ほんとに嘘をついたんだ」

「うん。ぼくは悪い子だから。だからうそをつきました」

タイゾウはそう言うと声をあげて泣き出した。

男は腕組みをしたまま黙っていた。やがて静かに口を開くと「治さなきゃなんないな」とだけ呟いた。

「治す？　治すんですか？」

「俺たちの仕方でやる。これも何かの縁だ」

「ありがとうございます」トオルは無意識に頭を下げてしまい、しまったと思った。もっと他の展開につなげなければならなかったのだ……。

ソソミが呆れたような目つきをしていた。

「あのなかに入れ」男はテントを指差した。「そして、俺がいいと言うまで誰も、ひと言も口を利いてはならない。口を開ければ嘘がまた息を吸う。口を閉じたまま、こそりとも音をたてずにいられたら、やがて嘘は死ぬ。嘘は空気を栄養にしているからな」

トオルとソソミは顔を見合わせた。タイゾウが「いやだぁ〜いやだよぉ〜」と唸《うな》るようにくり返したが、結局、ふたりは男に従うことにした。

「いいか？　俺が始めと言ったら、それから絶対に声を出しては駄目だぞ」

テントの外から男の声が聞こえた。

ソソミが隅に転がっていたものをトオルに手渡した。

十徳ナイフだった。

トオルはフォークを引き出しながら呟いた。「奴《やっ》に殺す気なんかないさ。そのつもりなら俺たちはとうの昔に殺《や》られてる……」

「いやだよぉ、ここはいやだ」タイゾウが叫んだ。

『聞こえる。聞こえるぞ』男の呟く声がした。

ソソミはタイゾウをしっかりと胸に抱きしめた。その力が入り過ぎたせいか、タイゾウの顔が苦しげに歪《ゆが》んだ。

「ね？　あたしたちを守ってね。ね、守れるよね。ね？」

「守るよ。守るよ」トオルはフォークを畳むと十徳ナイフを手の中に握り締めた。

『はじめぇぇぇ』男の声が辺りに響き渡った。

トオルとソソミは互いに顔を見合わせた。

暫《しばら》くするとテントの周囲を歩き回る男の足音が始まった。

あの鉈で切りかけられれば、テントの生地など何の役にも立たないなと思った。

ザク……ザク……ザク……。

足音はテントの周囲を離れたり近づいたりしながら何度も周回した。


どのくらい時間が経ったろう……。

気づくと足音は消えていた。

ソソミが安堵《あんど》したように口を開きかけたのを手で制したのは、トオルが別にある妙な気配を感じていたからだった。

びりり……びりりり……。

突然、厚い布地を引き裂くような音がし、トオルとソソミはそちらを振り向いた。

目が覗いていた。

テントの幕を裂いた隙間から男の目玉がなかをぞっくりと見つめていた。

ソソミがハッと息を飲むのが聞こえた。

恐怖に硬直したのが気配で伝わってくるほどだった。

目は瞬きもせず彼らを見つめ続けた。

ふたりは睨めっこをするかのように目玉から視線を外せなくなっていた。

長い間が過ぎた。

こんなに長い間、瞬きをせずにいられるものだろうか……と思った途端、トオルは全身に水を浴びせられたようにゾッとした。と、それはソソミも同じ思いだったらしく、

「うぅっ」と初めて苦悶《くもん》の声をあげた。

ジャリ……。

足音がし、それに呼応して目玉が一旦、穴から外れ、別の目が覗き込んだ。

それは瞬きをし、テント内をぐるりと見回すように視線を移した。

先ほどのは少女の頭を押しつけていたのだ、とトオルは確信した。

びりり……と、別の位置に。びりりり……また別の位置に。また別の位置にと生地に穴が開くと目玉が覗き込んできた。

低いところ、高いところ、トオルたちの丁度、目の高さ……。目と目と目がトオルたちを覗き込んだ。ソソミは喉《のど》の奥をごろごろと鳴らし、顔を引きつらせていた。

テントはそうした目玉に蹂躙《じゅうりん》されてしまっていた。

トオルは視線の圧力におかしくなってしまいそうだった。いまにも十徳ナイフ片手に外へ飛び出し、蝿《はえ》のようにテントに集《たか》っている奴らを突き刺して回りたい気になった、が、それは絶対に成功しない夢でもあった。外に出ればあの男が入口に待ち構えていて、あっという間に鉈で頭を割られ絶命してしまうだろう。トオルは少女の頭についていた深い西瓜のような傷口を思い出した。

不意に、ぴぃーっと鋭い笛の音が川原に響き渡った。

と、それを合図に目がひとつ、またひとつと消えていった。

そして最後の目が消えてしまうと辺りは全くの静寂となった。

ふたりは男からの終了の合図を待った。

しかし、男の気配すらいまは感じられなかった。

トオルはゆっくりと身体を移動させ、テントから用心深く外を窺《うかが》った。

既に夕陽が落ちていた。前方の山の端に白い月が昇りかけていた。

トオルは無言のまま外に出た。

男も、そして娘の残骸《ざんがい》もきれいさっぱり消えてしまっていた。

あるのは幾つもの裂け目を晒《さら》したテントだけだった。

「どう？」

ソソミがテントからのっそりと出てくると声をかけてきた。

「いない……どっかに行ったみたいだ」

良かったと溜息混じりに言いかけたソソミが短い悲鳴をあげた。しっかりと抱きしめていた息子が目を開きっぱなしのまま腕のなかで、ぐったりしていた。

「タイゾウ!!」

名前を呼びながらふたりは胸を押し、呼吸を戻そうと努力したが、我が子が再び息を吹き返すことはなかった。

トオルはよろよろと立ち上がった。

「あたし……また子供を殺しちゃったよ」ソソミが呟いた。

「莫迦《ばか》……よく見ろ。眠ってるだけだ。あわてん坊」

トオルが吐き捨てるように言うとタイゾウの顔を見つめていたソソミも頷いた。

「あは、本当だ。そうだよねえ。だって家族団欒でばあべきゅーに来て死ぬなんてないもんねぇ」

ふたりは力なく笑い、徐々に冷えてゆく息子に話しかけながら、そろそろ月夜になろうという林道をとぼりとぼりと戻り始めた。

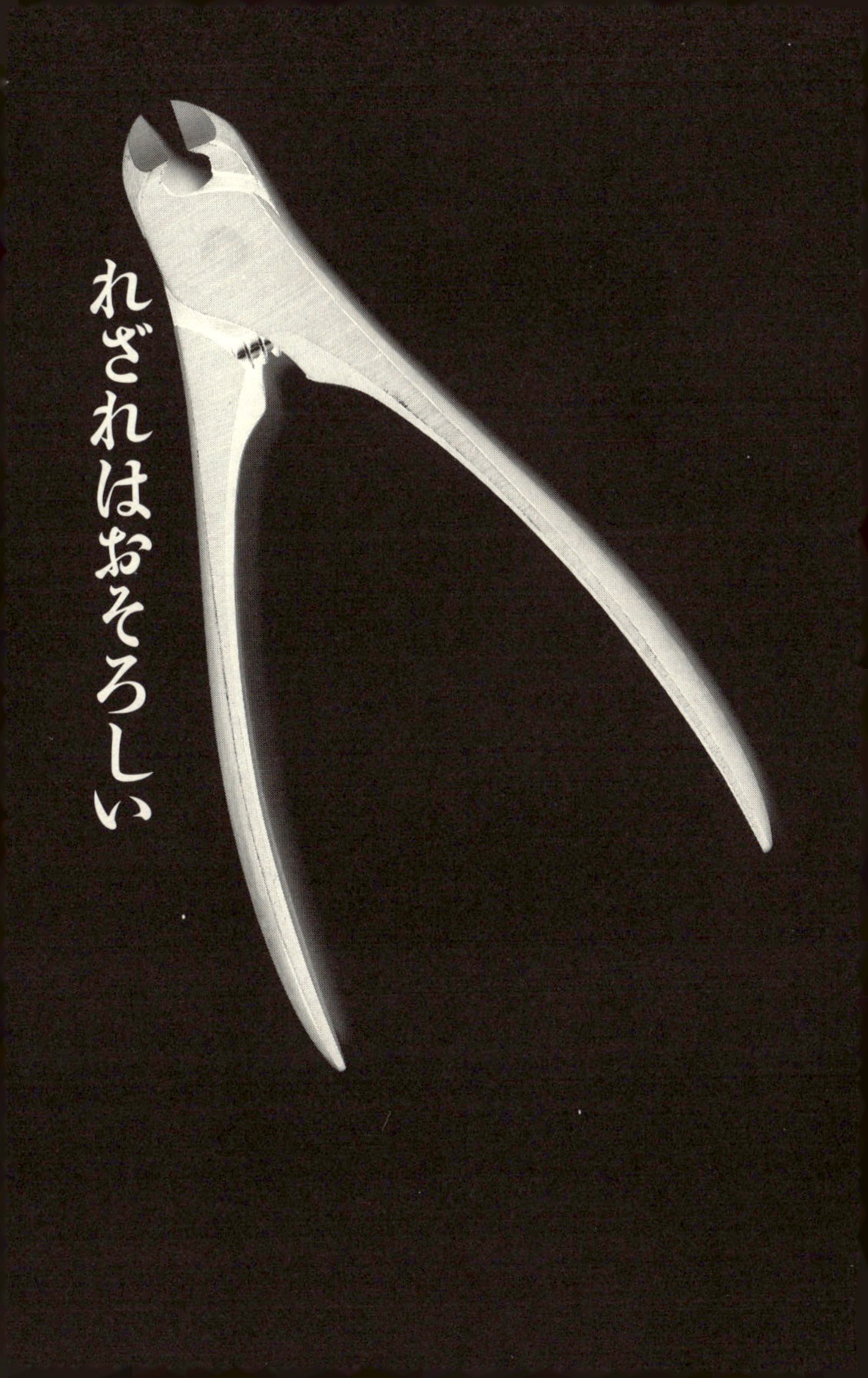
れざれはおそろしい

【学年主任の業務日誌】より
〈◎月2日、はれ。
二時限目終了時、二年D組担任イノ教諭より、内密に相談があるとの由。尋常でない様子であったので理科準備室にて説明を聞こうとしたところ、一通の封書を提示される。
同教諭によれば昨夜、自宅マンションの集合ポストに配達されていたものとのこと。消印は前日。ピンク地にアニメのキャラクターが印刷されたそれの表には一見して子供の筆跡でイノ教諭の住所が書かれ、差出人は〈ゴクウ〉。〉

【学年主任より教頭へのメモ】
〈本日、二年D組担任より緊急の相談を受けました。内容を報告の上、ご指示を仰ぎたく存じます。〉

【ゴクウからの手紙】

〈せんせい、わたしはもうだめです。

とてもとても学校へ行くのがいき地獄です。

もうれざれにいじめられるためだけにD組へいくのは疲れました。

わたしは今月八日の日曜日に死にます。あいつが地獄へおちることをいのって。〉

【教頭の日記】より

〈学年主任から自殺予告と取れる封書が二年D組担任の自宅に郵送されてきたと聞き、放課後、ふたりを呼んで状況説明を受ける。担任の話では当該クラスでいじめが発生している事実や感触は持っていないとのこと。単なるいたずらの可能性もあるので、騒ぎ立てることなく観察を進めるよう指示。

学園長へ報告するも具体的な行動は教職員会議に諮《はか》ってからにせよとの由。記された期日が差し迫っていることに一抹の不安を禁じ得ず。〉

【学年主任の業務日誌】より

〈◎月3日、はれ。午後、イノ教諭を呼びD組生徒たちの様子を訊《たず》ねるが、目につく変化はないとの由。担任、差し迫りつつある期日について不安を口にする。

提出させたD組の生活指導記録にも目立つ点は見つからず。

記入項目は次のふたつ。
・五月下旬にクラスの窓ガラスが破損。
・七月上旬に遅刻日数が連続五日を超えた生徒がいた。
五月の件に関しては、当該クラスの生徒二人が学級内（窓際）でふざけあっていたところ、思わず肘《ひじ》を窓ガラスにぶつけてしまったのが原因とのこと。生徒は直ちに職員室を訪れ、担任にその旨を報告。怪我《けが》もなく、佐々木サッシ店に連絡し、当日に修理完了。

後日、両生徒の保護者が修理費九千八百円を二分の一ずつ負担し、落着。

以降、同様の事故はなし。

七月の件は当該生徒、フカツリョウの不定愁訴による体調不良からくるものと結論づけられており、医師の診断書が提出されている。

以降、彼の遅刻はなくなる。〉

【三創《さんそう》学園入学案内】より
「学父・三津御義秀《みつごよしひで》先生は創学の心を生徒一人ひとりがそれぞれの個性を伸ばしながら、人間としての大成を目指すことにおかれました。
本学園の校訓「三創一心」とは生徒の個性が伸長し、「知・仁・技の三つの核をもち社会的貢献を果たす人間を徹底的に完成させる」ことをいいます。我が校の目標は既に生徒一人ひとりに内在する力量や資質を目覚めさせ、それらを洗練し、社会的「人物」とすることにあります。

昭和三十五年、三津御予備校として始まった我が校は昭和四十九年に学校法人、三創学園高等学校として創立。昭和五十八年に三創学園中等学校を併設し、現在に至っています。予備校時代に開発された三津御式受験法のノウハウを基本に、徹底したマンツーマン指導と教育スケジュールの管理によって我が校卒業生の東大、京大、その他国立旧一期校への進学率は全国でも抜きんでており……〈略〉」

【創愛会へのご案内】より

「生徒の諸君ならびに保護者の皆様、ご入学おめでとうございます。

創愛会は生徒と学校との架け橋になろうという保護者による完全な自主運営団体です。月に一度の先生を交えた親睦会《しんぼくかい》の他、クラスメートの誕生会、クリスマス会、謝恩会などを通じて、学園に集《つど》う子供たちの勉学への意欲の向上とよりよい意味でのライバル心の発現を支援するとともに保護者間においては彼らを取り巻く様々な社会環境について話し合い、如何《いか》なる姿が三創学園フィロソフィーに沿うものかなどを模索していきます。〈中略〉運営会費は月額三万円、また行事ごとに諸経費が必要となりますが、ご理解の上、必ずご参加下さいますようお願い申し上げます。」

【2ちゃんねる掲示板書き込み】より

834：実名攻撃大好きKITTY：2006/◎/03(月)21:29:43 ID:VrB5/mNm0
　3ソー、ぼったくり！　入学金、寄付金でンKマン……　（゜Ｏ゜；）

835：実名攻撃大好きKITTY：2006/◎/03(月)21:41:43 ID:jQcRDXjO0
　げぇ！　パンピーは完全、むりじゃん。

836：実名攻撃大好きKITTY：2006/◎/03(月)21:57:46 ID:SWrEWkkK0
　おまけにソー愛会なるものに強制加入！　隔月、都内一流ホテルでお誕生会。その費用はその月に誕生日を迎えた親の持ち回り！　間違えて入ったリーマン家庭なんか学費やら何やら支払うのに精一杯でパパ残業、ママパートで地獄行き！

837：実名攻撃大好きKITTY：2006/◎/03(月)22:07:46 ID:vlG94AUa0
　本人も働け！

838：実名攻撃大好きKITTY：2006/◎/03(月)22:30:46 ID:VrB5/mNm0
　あそこじゃ無理。バイト禁止。一家心中間際まで追い詰められたリーマン家庭もあり。ゆえにあそこは昔っから医者や弁護士、政治家の子が多い。

839：実名攻撃大好きKITTY：2006/◎/03(月)23:29:43 ID:VonD7R3i0
　歪《ゆが》んだ家庭のガキばっかりだから、いじめも陰湿なんだよな〜。

【全教職員会議議事録】より

〈◎月4日、晴れ、午後六時より職員室。記入者名：カサイ

冒頭、各担任よりの通常報告。

さらに前回、持ち越しの議案であった運動会での騎馬戦を本年度も実施するか否《いな》かについて活発な意見が出される。体育担当のハスミ教諭から「充分な練習と準備運動をすれば事故は必ず回避できる」との意見も出たが、結局、三年生は受験前ということで、一、二年生だけの参加とし、その際には従来のような一斉に戦う混戦形式ではなく一騎ずつが中央に出て戦うという勝ち抜き戦にするということになった。

次に期末試験に関する議題に移ろうとした際、二年の学年主任であるイケヤ教諭より緊急動議が提出された。

それによるとおととい、二年D組担任のイノ教諭の自宅に生徒の直筆と思われる自殺予告状が届いたので、早急なる対策を検討したいとのことであった。

イノ教諭からの説明後、全教職員、教頭、校長を交えての討議が真剣に行われた。およそ三時間に及ぶ討議の結果、次の三点を全教職員の総意として確認した。

一、D組内で当該生徒の割り出しを最優先とする。

二、D組内での、いじめ実態の面接調査。〈イノ、イケヤ〉

三、近接クラス、またはクラブ関係からの聞き込み。〈全教職員〉
と、この後、学園長より特別の注意事項が伝えられた。

主旨は以下のとおり。

学園の性格上、みだりに生徒の気持ちを騒乱させることは厳に慎まなければならないこと。それゆえに情報の伝え方には細心の注意を払い、自殺予告の手紙の存在を現時点では公にしない。あくまでも通常指導の範囲内という形でいじめの実態の調査、クラスの観察を行う。文書をもう一度、精読し、該当する生徒の洗い出しを最優先とする。

文面にある〈れざれ〉については各教諭ともに手がかりなし。当該生徒を特定する手がかりではあるが、見当がつかぬとのこと。

この後、少しでも異状や有力な情報を発見した場合には直ちに学年主任、ならびに教頭へ報告することを確認。また市教委、教育相談センター、スクールカウンセラーへの対応も学園長の許可が下りるまでは保留とする。〉

【学年主任家電《いえでん》（5日／午前0：40着）】

『あの、や、や夜分に恐れ入ります、三創学園のイノと申しますが……』

「や、イノ先生。どうされました？　こんな時間に」

『ああ、あの……』

「はい？　どうされました。ちょっと聞き取れないのですが」

『また、て、手紙が来たんです。自殺予告の……』

「え？（沈黙）……で、なんと書いてあるんです。差出人は同じですか？」

『文面は似たようなものです。〈いじめられるのがいやだ、八日に自殺する〉と……差出人の住所はなく、ゴクウとだけ。うううううう』

「明日、必ず持ってきてください。先生、やはり心当たりはありませんか？」

『ええ。あああ……ちがうちがう。そんなんじゃなくて』

「どうしたんですか？　あなたらしくもない。落ち着いてください」

『よ……四通きたのです。全部、全く違う字と封筒です』

【臨時教職員会議議事録】より
〈◎月5日、晴れ、午前七時より職員室。記入者名：カサイ
本日、二年D組担任のイノ教諭から自殺予告の手紙がさらに四通届いたという報告を受け、緊急の教職員会議が開催された。まず全教職員に文面のコピーが配布された後、イケヤ学年主任より、内容をイノ教諭と検討した結果、文面はほぼ似通っているものの、既に配達されたものと合わせ五通とも別の人間によって書かれた可能性が極めて高いという発言がなされた。

「五人が時期を同じくして別々に自殺予告を行うということは突飛すぎる。彼らは連携しているのではないか？　であるとすれば、いたずらの可能性もあるのではないか」との発言が三年学年主任ヨツヤ教諭から出たが、三年B組担任イマイ教諭から「かなり陰湿ないじめが事実だとすれば、それをきっかけに被害生徒が一種の集団ヒステリーに走ることは考えられなくもない」との発言が為《な》され、議場が緊張する。

イケヤ学年主任から実行日時が迫っていることから各学級担任による全生徒への直接聞き取りと講堂での対話集会の必要が提案されるも、二学年、三学年担当教諭からは期末試験を来週に控えたこの時期にそれは避けたいとの意見が出され、また動きが目立てば創愛会からも必ず理由を問われることになり、結果として情報が世間にリークしてしまうのではないかと懸念する声もあがった。

その後、まずは前日の課題項目のひとつである〈封書を書いた生徒の割り出し〉を最優先事項とすることが決定。D組のみならず二学年全体で取り組むこととする。

その際、これについて化学部のフセ教諭からD組の生徒へ完全無記名による〈いま、悩んでいること〉〈訴えたいこと〉について短いメモを書かせることで手紙の文面との筆跡同定が可能になるのではとの発言が為される。

またこの際、電導実験に使う感光紙を使用、あらかじめ透明インクで座席番号をマークしておけば本人の同定が可能だという。見た目には普通紙と変わりがなく後にブラックライトを当てることで番号が浮かび上がるとのこと。この為、配付は答案を返す方式でひとりひとりへ手渡しする。

さっそく学年主任からこの方式を採ることが求められ了承される。

その後、学園長より「慎重に行って欲しい。いたずらであるにせよ、ないにせよ、この情報が漏れれば本学に対する保護者の信頼の基盤が崩れることは必至であり、逆に五名の生徒が、いじめを苦にして自殺するなどということが現実に起これば本学は壊滅する」との発言あり。

放課後、回収メモの分析を二学年教諭全員で行うことを確認。

終了間際、D組イノ教諭より全教職員へ「私の不徳の致すところから皆様にはご迷惑をおかけいたします」と涙ながらの謝辞有るも教職員からの積極的な応答なし。〉

【ゴクウの手紙】より

〈せんせい、おれもうだめです。

ごめんなさい。学校へ行くのがマジ辛い。

もうれざれにいじめられにD組へいくのは疲れた。

おれ八日の日曜日に死ぬことにする。

あいつが地獄へおちることをいのってる。〉

【二学年教職員会議議事録】より

〈◎月5日、晴れ、午後五時より理科準備室。記入者名：カサイ

Dクラス、全三十六名分のメモを回収。

全員で文書のコピーを元に筆跡の似たものを選《よ》り分ける作業に入る。

結果、五通の手紙それぞれに以下のように相似が感じられた。

い＝二枚、ろ＝三枚、は＝二枚、に＝二枚、ほ＝二枚。

その後にフセ教諭によりマークの検出が行われ、座席表との照会によって男子八名、女子三名の計十一名の生徒の氏名が浮かび上がった。

この結果をもとにイノ教諭、本夕から家庭訪問をするとの由。

他の教職員は取り敢えずその結果を待つこととする。〉

【西校舎一階男子トイレの落書き】

〈れざれはおそろしい〉

【教頭の日記】より

〈午後十時、学年主任より電話有り。イノ教諭、該当と思《おぼ》しき生徒の自宅訪問。十一名

中、三名は不在。八名は在宅。本人並びに家人に不審がられぬよう五分程度の立ち話に留《とど》めたという。感触としていじめ被害に遭っているニュアンスは持てなかったとのこと。但し、れざれという言葉を知っているか？　と訊ねると、ある女生徒から、れざれ（？）はおそろしい、という落書きを最近、校舎内でひんぴんと見かけるとの報告があった由。明日、調査するとの由。本日、また新たに封書三通到着との由。〉

【ゴクウの手紙】より

〈せんせい、なにやってんだよ。なにみてるんだよ。あいつは静かに深くもぐってかくれてるんだ。はやく退治してくれよ。ゆうとうせいぶって、かげでみんなを地獄におとしているれざれを早くなんとかしてくれないと、おれたち全員、八日の日曜日にホームから飛び込むことにしたよ。たのむよ、気づいてよ。お願いだよ。学校へ行くのマジ辛い。もうれざれにいじめられ、生きたまま殺されるのはいやだ。れざれ、マジで地獄へおちろ！〉

【全教職員会議議事録】より

〈◎月6日、曇、午前八時より職員室。記入者名：カサイ

イノ教諭より〈れざれ〉の落書きについての報告有り。それによると西校舎一階男子

トイレ、西校舎踊り場、D組掃除用具入れ、同組廊下壁、体育館舞台袖壁《そでかべ》、音楽室、理科室の計七カ所で発見された。いずれも比較的新しい物であるという。と、そこで二年のトミタ教諭から十日ほど前、西校舎一階男子トイレ前で喧嘩《けんか》をしている生徒をみかけたとの発言有り、声をかけると両者とも逃げていったが、相手を殴りつけていたのは体格の良い生徒だったという。但《ただ》し、顔ははっきりと確認していないという。イノ教諭には前日の八名からさらに話を聞くことが求められる。

投書が続いていること。自殺の内容に具体性が窺《うかが》えだしたことが重要視される。決行予告の日曜が明後日に迫り、職員からは支援を教育センターならびに市教委に求めるべきではないかとの発言があったが学園長は許可せず。

学園長の意見は次のごとし、「本事件はあくまでも当校の教職員で解決しなければならない。これが事実であり生徒が集団死すれば本校の壊滅は免れず、いたずらであったとしても市教委ならびにセンターの助力を頼み、結果、マスコミにリークされれば、それも本校の品位を貶《おとし》め、ゆくゆくは壊滅に近い状態に陥るだろう。決行当日は全教職員が学園近辺の駅と疑わしいと思われる当該生徒に貼《は》り付き、その行動を監視して本校の名誉を死守するのみである」

教職員に異存はなく、会議終了。〉

【イノ教諭の机の上に置かれていた封書】
〈ここをしはいしているのはおれだ。しょけいびにはちのあめをふらせる、れざれ〉

【緊急全教職員会議議事録】より
〈◎月6日、曇、午後三時より職員室。記入者名：カサイ
昼食後にイノ教諭の机上で発見された封書について議論。生徒の出入り多く、誰も封書を置く現場を目撃していなかった。今後は不在教師の机を残った者が注視するように努めることを確認。イノ教諭、イケヤ学年主任ならびに手の空いた教職員で前回提出メモを元に筆跡の調査。しかし、今回は意図的に筆跡が崩してあるために同定に困難が予想された。学園長より化学部のフセ教諭へ指紋検出の提案あり。封書の中身に付着した指紋とメモの指紋を検出、同定するというもの。化学部の活動の一環として指紋採取キットはあるとのこと。但し、これには「相当の時間がかかります」と言ったフセ教諭の言葉に学園長は「君の将来が掛かっているのだ。やりたまえ」と断言。
フセ教諭を始めとした理科担当教諭全員で当たることにする。〉

【学年主任の業務日誌】より
〈◎月6日、くもり。イノ教諭らと共に〈れざれ〉の手紙と提出メモの同定作業。指紋

検出の要から軍手を着用して作業。なかなかはかどらず午後八時、一旦休憩。その際にイノ教諭の携帯に公衆電話から着信。ある生徒が渋谷の居酒屋で禁止されているバイトをしているとの匿名通報。イノ教諭、今も生徒が働いている最中だということで中座し、バイト先へと向かう。午後十時半、イノ教諭、帰校。当該生徒はフカツリョウとのこと。生徒を自宅に送り届け、在宅中の母親に週明けの教職員会議にかけることを了承させる。本人態度悪く、ふて腐れており、バイトの理由を口にしなかったと聞く。午前〇時、フセ教諭ら限界。一度解散し、明日早朝より再集合して作業を続行することとす。帰宅後、イノ教諭からさらに二通の封書が届けられていたとの報告。八日の教職員による監視シフトを編制しなおさなければならないが、こうなってくるといったい三十六名中、何人に監視が必要なのか見当もつかなくなってくる。〉

【緊急全教職員会議議事録】より

〈◎月7日、曇、午前八時より職員室。記入者名：カサイ

学年主任より監視対象生徒の人数を当初予定より大幅に増やす必要のあることが指摘される。しかし、全てをフォローするには人員的に不可能であると指摘されるに及び、イノ教諭から「微力ですが私は妻に手伝わせます。妻なら情報を漏らす怖れはないと思います。一蓮托生《いちれんたくしょう》ですから……」との発言。それに引きずられるかのように他の教諭

からも家人を動員する申し出が有り、D組全生徒の監視態勢がなんとか取れる気配となる。

と、そこで監視の開始、終了時間についてとその中身が討論される。封書にあるように完全に八日午前〇時からを対象とするのか？　その場合、在宅中の生徒をどう監視するか？　終了時も同様に午後十一時五十九分五十九秒をもって良しとするのか？　が主な争点となる。また時間内でも在宅時の生徒の様子をどうするか？　やはり創愛会に連絡し、保護者の協力を仰ぐかなど解決のないまま午後十二時、休憩に入る。〉

【学年主任の業務日誌】より

〈◎月7日、くもり。午前より談論風発。なれどなかなか妙案が出ず、休憩。その際、イノ教諭が昨夜の生徒の個人記録を確認していたところ、たまたまそれを見かけたトミタ教諭がトイレの前で暴れていた生徒に似ているような気がすると発言。イノ教諭から彼がバイトをしていたこと並びに家庭環境の説明が為された。「父親は普通のサラリーマンで母親は外国人」「奴《やつ》は学級の教師の目の届かない部分を知っているかもしれないぞ」という意見が出、急遽《きゅうきょ》、本人を呼び出すことになった。午後三時、本人が登校。イノ教諭と私が立ち会う。フカツ君は言葉少なにバイトをしていた件を詫《わ》びたが、クラスの変わった様子については口を閉ざしていた。そこへトミタ教諭が加わり、トイレ前での喧嘩について問い質《ただ》すと「自分ではない」と認めようとしない。しかし、その様子から我々は彼が嘘《うそ》をついているのを確信した。見ると汗が酷《ひど》い。イノ教諭がクラスの変わった様子について更に問い質すと顔をしかめ、「帰りたい」と言い出す。我々は席を外《はず》し、学級日誌からフカツ君の筆跡を割り出し、〈れざれの手紙〉との同定を試みる。が、やはりはっきりせず。すると学園長よりフカツの指紋を採取せよとの命令が出される。「本人のためにもするべきだ」との意見に押され、了解する。私がフカツ君に〈れざれの手紙〉を見せると彼は突然、立ち上がり、その場で吐いて転倒。保健室で休ませ、その後、「手紙を書いたのは君か」と訊ねると黙っている。仕方なく指紋を採取する許可を得、フセ教諭により左右五指にインクを塗り、指紋を採る。暫《しばら》く後、フセ教諭より「彼です」との結果を得ると教諭の間になんとも言い難い表情が浮かんだ。イノ教諭が結果をフカツ君に伝えると自分が手紙を書いたことを認めた。その後、学園長より、彼は来週の月曜までに退学届けを出して自主退学するか学校側から強制的に懲戒退学させられるかのどちらかを両親と選ぶよう宣告される。イノ教諭によるとフカツ君はトイレ前での暴行は認めたものの、いじめに関しては認めなかったという。その後、D組の連絡網を使い『れざれの正体が判明したので安心して』という伝言が回される。一応、監視は続ける予定。〉

【イノ教諭宅のゴミ箱にあったフカツタダオミ氏の手紙】より
〈前略、過日は息子リョウの件で大変お世話になりました。リョウは私の連れ子でありまして、幼くして淋《さび》しい思いをさせてばかりいました。そのせいでしょうか少し我《わ》儘《まま》で他人と打ち解けないところもあったのですが、根はとても優しく親思いの子でした。あの日、学校で禁止されていたバイトに出ていたのも、今夏、私が突然、会社を解雇され家計が苦しくなったからでした。リョウは三創学園に通うのをとても楽しみにしておりました。同封致しましたのは私がリストラされ、現在の会社に拾っていただく間に息子ながらに、もし転校することになったらクラスメートに渡そうと思って用意した手紙のコピーであります。あの夜、バイトの帰りに突然、トラックの前に飛び出すなど、なぜしたのか？
私はその理由をこれから一生かけて探していかなければならなくなったようです。〉

【フカツリョウの手紙】

〈D組のみなさん、僕は残念なことに転校しなければなりません。父の仕事がなくなってしまったからです。キタミ君、一年の林間学校で夕立に遭った時、傘を貸してくれましたね、ありがとう。ヨシダさん、いつも朝一番に声をかけてくれてありがとう。イイ

ノ君、パン食ばかりだった僕にお弁当のおかずを分けてくれましたね、ありがとう。みんなありがとうございました。〉

【イノ教諭の机に置かれていた手紙】より

〈先生、ワープロで失礼します。お疲れ様でした。あのゴミがいなくなって、みんなせいせいしています。わたしたちは受験生です。抜いたり抜き返したりは同じ水準の仲間としたいです。フカツのような下の階級の人間に抜かれるのは想像しただけでもゾッとします。死にたくなります。それこそ暴力です。なので、みなであいつを潰《つぶ》すことにしました。死ぬとは思いませんでしたが、死んだほうがすっきりしました。先生、ありがとうございました。これでD組は心おきなく受験戦争を戦えます。人って簡単に死ぬんですね。れざれっていうのはゲームの復活の呪文〈レザレクション〉から取った作戦ネームです。ふっかつ＝ふかつ、近いでしょう。あいつは気がついていたけれど奴のオヤジが二番目に入った会社は◎◎のオヤジが口を利いたおかげで入れたの。あいつの母親は身体が悪くて年中、透析ばっかりだから自分がゲロったことで、これ以上オヤジをクビにされるとヤバいと思ったのね。最後まで口を割らなかったようですもんね。偉い奴。というわけで！　れざれ作戦終了！

P.S.　この手紙からは指紋は出ません、あしからず。D組有志一同〉

クレイジーハニー

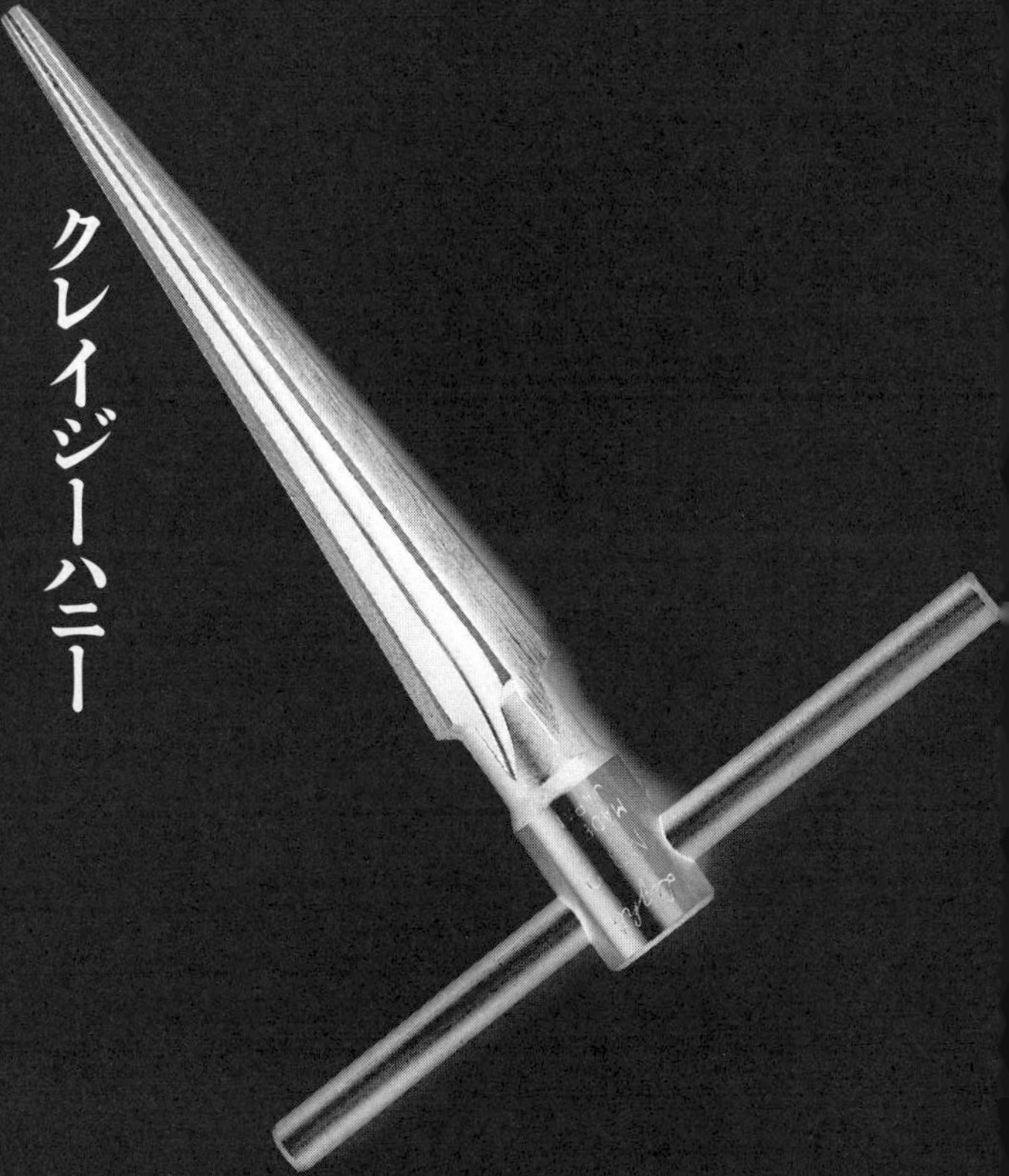

1246/2500

「ああ！　ちくしょう！　逝《い》っちまった」

アブソルートが忌々《いまいま》しげに蘇生《そせい》措置を施していたタカタの胸を思い切り殴りつけ、頭を抱えた。次の瞬間、奴《やつ》はホルスターから銃を抜き、銃身を口にくわえた。俺は身を引くため、とっさに心臓マッサージをしていたホソヤから離れた。

銃身をくわえる奴を見るのは今日で六人目ぐらいだったが、何にせよきれいに脳幹をぶち抜く奴は少ない。びびるからだ。びびって横ぐわえになったり、はたまた銃口が上《うわ》顎《あご》の奥ではなくて、喉《のど》の奥や上顎の歯茎に向けられていたりしたらどうなるか？　俺たちの銃はかつて、454カスールといわれていたマグナム銃を改良したもので44マグナムの二倍強の威力があった。ズドンと脳髄をぶちまけてくれるのなら文句はないが、失敗すれば当人は間抜けの穴が顔の大事なところに開くだけで横か背後の人間にマグナム弾は突き刺さり、貫通していく。昼飯の後に見たふたりの死人は横にいた奴と後ろにいた奴のとばっちりで脳味噌《のうみそ》を廊下にばらまいてあの世に旅立っていった。

引き金を引いた当人は、うーだのあーだのめそめそしながらゆっくり死んでいった。

とにかくそんな感じなので俺はアブソルートから逃げた。

しかし、奴は引き金を絞らなかった。

俺たちは電光掲示板のパネルが 1100 を切るのをみた。

「ああ、ちくしょう!」

また同じセリフを叫ぶと奴は立ち上がり死んでいるタカタに向けて発砲した。

俺のところへタカタの肋《あばら》の骨と筋肉の破片が血と一緒に飛び、鼓膜が麻痺《まひ》した。

顔へまともに肉が付くと、びっくり蛙《がえる》に貼《は》りつかれたような感じがした。

楽しくはない。

次いで奴が俺に何かまくしたてたが耳がおシャカなのでまるで聞こえない。

俺は肩をすくめ、自分で俺ら以外に生き残っている奴が部屋にいないか確かめた。

いなかった。

第一、この貯蔵庫《ストレージ》に飛び込んだ時からタカタとホソヤ以外、人の原形を留《とど》めている者はいなかったのだ。後はジューサーに突っこんでミックスジュースにしたペースト状のものが、のべーっと廊下だの壁だの天井だのに貼りついているだけ。よく見るとそれに顔とか髪とか鼻とか頬《ほお》とか顎とかがあるので、ペーストは人でできていたんだと判《わか》るだけだった。

するとまた掲示板の数字が減った。

1061。

げぇ、確かにすごい勢いだ……。

鼓膜の機能が戻ってくるとアブソルートの怒声と耳を聾《ろう》するあの曲がまた戻ってきた。

「廊下に出るしかねえのか？」

まあ奴はそう言ったのだが、ちゃんと聴き取るために五回は訊《き》き直す必要があった。

現実にはこんな感じだった。

「ジャム！（おねがいぃぃおねがいぃぃ傷つけないんでぇぇ）ろうか、（わたしのぅ、はーあとぉぅんわぁ）かねえ（ちゅくちゅくしちゃうのおををを）ジャム！　他の（見ぃつめちゃはぁ）出口は（はにぃふらっしゅ！）」

これを五回くり返させ断片を方程式をつなぐような感じで推理するとアブソルートは俺に「他の道は？　廊下に出るしかないのか？」と訊いているらしいとわかる。

「ない……いや、確かこの貯蔵庫《ストレージ》には制御室《コンソール》があったはずだ。ここはＶ９か？」

アブソルートは苛々《いらいら》した顔で俺を眺めている。

奴も聞こえないのだ。

あの全施設のスピーカーからＭＡＸで轟《とどろ》いている曲のおかげだ。

♪このごろはやりぃのおんなのこおぅ、おしりぃのちぃさなおんなのこほぉぅ♪

するとアブソルートがスピーカーを狙《ねら》って撃った——はずれ。というか、この辺境惑星開発基地内では放送連絡はある意味命綱なので、スピーカーの本体は硬い装甲の網に格納されている——マグナム程度は屁《へ》でもない。

俺は跳弾《ちょうだん》が肩をかすめたのでアブソルートに蹴《け》りをかまし、耳に口をくっつけた。

「ここはV9だろぉ！」

「わからん」

アブソルートは立ち上がり天井近くの壁を拭《ぬぐ》った。そこにはナルト模様に小腸が一式貼りついていたのであまり近寄りたくない場所だった。

（V9）腸の下からペイントされた文字が出た。俺は前方右側に駆け寄った。ビンゴ！　倒れたロッカーが入口を塞《ふさ》いでいたがドアが隠れている。俺がロッカーを持ち上げようとしているとアブソルートが段ボール箱のようにそれを放り投げた。

俺たちはドアのなかへ飛び込んだ。

多少、音が遠ざかった。

うまいことになかではコンピューターが起動していて、管理画面が生きていた。

俺はキーボードに取り付くと基地内の状況を呼び出した。

「糞！　まだ二匹いるじゃないか！」アブソルートが唸《うな》った。

その言葉のとおり、居住棟画面の地図上の青いドットはふたつ。ひとつにはh－0、他方にはh－1とタグがついている。その周りに人間を表す赤いドット。動いているのもいれば徐々に薄くなり消えるのもある。

「もうそろ１０００を切るぞ」

画面左隅の数値が１０４０、１０３８、１０３３、１０２７、１０２２と変化し、そして 1018/2500。

分母はこの惑星および基地内における人間の総数。

分子は普段なら通信可能者数。現在は緊急事態下の設定なので——生存者数になっている。

俺たちふたりもこの数字のなかに含まれていた。

つまり眺めている間に二十二人が殺されたわけだ——ハニーに。

「なんでこんなことになったんだ」

アブソルートの疑問は尤《もっと》もだった。およそ六時間前には何の変化もない、いつもと同じ辺境惑星開発作業が行われていたのだ。

この惑星XⅢは地球にとって百年後には六番目の移住惑星になるはずで、その地球化《テラ・フォーミング》開発のため俺とアブソルートを含む二千五百人の囚人が送り込まれていた。

「なんとかやつらを止める手立てはないのか？」

「地球《ホーム》から制御遮断用パスワードを送ってもらうしかないし、既に連絡済みになってる。返事が遅れているんだ」

「遠隔管理《テレ・コン》でここの状態は把握できているはずだろう？」

「もちろん。但《ただ》し、いまこの星は位置的に太陽の真裏《ソル・オンブル》に入ってる。空の電離《オーロラ》アンテナでも地球との受信可能状態になるまであと一時間だ」

「一時間……」

そう言いながらアブソルートは画面の数字を確認した。

と、腹の底に響くような爆発音と震動が足下から這《は》い上がってきた。

923/2500
数字が一気に減った。ハニーを示すドットが一瞬の停止後、再び移動を始めた。

俺たちは詰めていた息を吐き出した。

「なあ、奴らからも俺たちはこんな具合に丸見えなのか」

縦横に動き回るドットを見てアブソルートが呟《つぶや》いた。

「この管理画面に出ている情報は彼女たちにも全て共有されているはずだよ」

♪ぷくっぅとぼいんのおんなのこほぅ♪

黙るとたちまち音楽が俺たちに迫った。

「何か手はねえのか！」

「この基地外はマイナス15度。外に出たら命はないよ。可能なのはパスが送られてくるまで隠れ続けること。できればこの地図には載っていない方法で移動するのが一番だ」

「どういうことだ」

「ハニー達が壊した壁や配管を利用して移動するんだよ。特にこの全館を巡るエアダクトが有望だ。部屋を出て破壊部分を探しに行く必要はあるがな。その前にハニーをプログラム側から制御できないかやってみる」

俺は基地管理者用パスを使ってハニーを見つけ、開けた。

「これがh－0、通称、ハニーオーだ」

「俺にはちぃともわからん」アブソルートは数字の羅列に呆《あき》れたような声を出した。

「俺だって同じだ。専門家じゃないからな。特にこうした軍事プログラムは特殊語が多い」俺は別室にある自分のパソコンを呼び出そうとした。「部屋が破壊されてなけりゃ繋《つな》がるはずだ」

数秒後、パソコンは応答してきた。俺はそこから検索分析プログラムを取りだし、【矯正】【破壊】【殲滅《せんめつ》】【消滅】などのキーワードになるものをぶち込むと走らせた。

「十億桁《けた》以上ある。二十分はかかるぜ」

俺の言葉にアブソルートは煙草《たばこ》を取りだし、一服つけた。

「はー、なんでこんなことになっちまったんだ」画面の数字が777になった。

「遂に居住棟は全滅だな」アブソルートが顔を歪《ゆが》めた。

「ああ……残るは観測棟と開発棟、それが終わればまた俺たちみたいな生き残りをひとりずつ探し出し、しらみつぶしに殺すだろう」

ハニーが殺戮《さつりく》を始めた時、俺とアブソルートはここから二十キロ離れた氷河の地質調査から戻ってきたばかりだった。極地移動用車両《ドーザー》から降り、裏口から居住棟の食堂へ入ろうとした時、ドアの下から何か漏れているのを俺が発見した。

血だった。

元ギャングの掃除屋だったアブソルートは昔とった杵柄《きねづか》で反射的に建物の気配を探ると移動した。何かがいたのだという。

その瞬間、あの音楽が鳴り始め、俺たちが唖然《あぜん》としている目の前で突入してきた自警団の連中が肉片になってしまったのだ。

俺たちはドーザーに戻ると倉庫へ向かい、そこでも同じような人間の断片を掻《か》き分けながら、生きている人間を探し、状況を把握しながら進み、V9へと辿《たど》り着いたのだった。そして既に軀《からだ》の大部分を離断されていたが人間の形を保っていたタカタとホソヤを見つけ、ハニーの管理者であるオチャノミズの行方《ゆくえ》を訊《たず》ねようとしたのだった。

「よし、見つかった」

俺は検索プログラムのカーソルが光の滝のように高速でスクロールされる言語の海で停止したのをみた。

【タトヒール】

「どういう意味だ」俺の顔色の変わったのを見てアブソルートが声をあげた。

「禁忌プログラムだ。全地球連邦共通のな。使うのも組み込むのも連邦政府の許可が必要だ」

「意味はなんだ」

「タトヒール……元はアラビア語で消毒を意味する。つまり不要分子の跡形も無くせということさ。この場合の不要分子が基地でないことは確かだ。ハニーが建物を攻撃するのは人間が隠れている場合に限られている。つまり、俺たち人間が消毒されるのさ」

俺はそのプログラムを変更できるかどうか試したが、その権限はこの基地には与えられていなかった。

「だめだ。干渉できない。やはりスーパーパスがないと」

「探せないのか？」

「手探りではヨタ（10の24乗）級のＣＰＵでも百年かかる。政府はそれに関する暗号の数式定理を国民に開示していないんだ」

数字は遂に500を切った。

俺はプログラムの実行開始時間を突き止めると監視カメラの記録映像を叩《たた》き出した。

僅かなノイズの後、画面にハニーの管理者であるオチャノミズの姿があらわれた。

「この糞オタクデブ……」アブソルートが唸り声をあげた。「あの忌々しい懐メロをハニーに吹き込んだのはこいつだぜ」

オチャノミズはハニーの一台をベッドに横たえ、もう一台を立たせていた。

二台とも衣服は脱がされていた。

ハニーは表向きは軍用慰安アンドロイドで、辺境の星に飛ばされた生臭い男たちを効率良く働かせるためには欠かせないものだった。

この基地には最初、十台が投入されていたが、信じられないほど扱いが乱暴だったため、既にこの二台しか残っていなかった。なかにはハニーの順番が待てず、手近な男で代わりをさせるものも続発していた。もう朝のトイレや倉庫、駐機場などの物陰はべたべた汚らしくて歩く気も起きないほどだった。政府へ新品を頼んでいたが、一番身近な市場《バザール》惑星から、どんなに早くても五年はかかると先頃、宣告されていた。オチャノミズはロボ女衒《ぜげん》として壊れたハニーを修理して男たちに回していた。修理のしようがなくなったハニーは部品取り用のジャンクとして生き残ったハニーに使用された。いまの二台は外見からはわからないが、いずれも他のハニーからの各部品でつぎはぎされているものだった。

「あ！　この野郎」

アブソルートが画面を見て怒鳴った。

オチャノミズがベッドのハニーの顔の上にまたがり、排泄《はいせつ》していた。そして隅にある炊飯器から炊きたての飯をどんぶりに盛るとそこへ放尿し、それを立っているハニーに食べるように命じた。

「どうだ？　むすめたちおいしいだろう」

「はい。パパ、とってもおいしい」

「はい。パパ、とってもおいしい」

ずっずっ、ぺちゃぺちゃと音が聞こえてきた。

アブソルートの顔色が腐った柿のようになった。

「この野郎……みんなハニーにはキスしたり、チンポ突っこんだりしてたんだぞ」

「暗いなぁ、こいつ。腹いせにしても暗いよ」

「なんでこれがいままでわからなかったんだ。どこからでも見えるはずだろう」

「これは逐次記録じゃないからね。たぶん記録後に時差で手動消去してたんだろう。コピーは自分用のお楽しみテープとして取っておいてね」

「ほっほっ。これからもどんどん食べて大きくなるんだぞ……って、なるわけないか」

オチャノミズは二台を正座させるとその顔に放尿した。

「♪あらってな〜い、あらってない。ちっともちっともあらわないぃ〜♪」

彼はふたりの頭の上にペニスをのせた。

「ちょんまげぇ。おさむらい！　おさむらいさまぁ〜でござるぅ！」

ヒュンと一台が揺れたように見えた。

次の瞬間、オチャノミズの動きが止まり、呆然《ぼうぜん》とハニーから自分の性器へと目を転じていた。そこには赤黒い穴があるだけだった。

「げぇ」オチャノミズの言葉が終わらないうちに先程の一台が高速で動くとベッドの上にはオチャノミズの首だけが置かれ、胴体は風呂敷のように広がった白衣の上の焼肉の具材になった。ハニーがもう一台を立たせると頭部のハッチを開け、何かを弄《いじ》った。ベッドのオチャノミズは口をパクパクさせていたが、やがてゆっくりと目をつぶった。

作業が終わると一台目が二台目にキスをした。すると再起動を思わせる静かな駆動音がしばらくし、やがてもう一台がみじろぎした。

二台は見つめ合い、一度だけ頷《うなず》くと廊下へと飛び出していった。

忽《たちま》ち、悲鳴と猛烈な銃声が始まった。

「俺だって殺したくなるぜ」アブソルートが呟いた。「だが消毒命令ってのはあんなことで実行されちまうのか？」

「わからん。ただ、つぎはぎの機体に大小便を掛け続けたら、どうなるかという対誤作動実験がされたとも思えん」

「あの莫迦《ばか》！」

すると大きく建物が二度三度と揺れた。

俺たちが立ち上がるとモニターの数字が 347 になっていた。

「開発棟だな。誰かがハニーを吹き飛ばそうとして爆薬に火をつけたんだろう」

スピーカーからの音が途切れた。俺たちは制御室《コンソール》を出ると廊下を走った。どちらにせよスーパーパスを受信し、実行させるには居住棟の管理センターに行かなければならなかった。

♪おねがひぃおねがひぃきぃづつけないんでぇへぇぇ♪

曲が復活するのを耳にするとアブソルートが舌打ちをした。

居住棟は思った以上に破壊されてはいなかった。たぶん抵抗する余裕もなく殲滅されてしまったのだろう。あちこちに濡《ぬ》れた紙屑《かみくず》のように散らばった男たちの肉片から立ち昇る血と腸《はらわた》の臭気が動物園の臭《にお》いを思わせた。

受信可能時刻まで、あと三十分だった。

俺たちはハニーに気づかれないよう階段をたっぷり十階分、徒歩で下りなくてはならなかった。

管理センターのドアは当然のことながらロックされていた。

「どけ」アブソルートが腰から磁石と針のようなものをいくつか取り出すとロック盤の前にしゃがんだ。

その時、乾いたカツンという音が階上でした。

俺たちはふたりとも動きを止めた。

長い間、そうしていたが突然、階上の音がカカカカカと速くなった。

「アブソ！」

「わかってる」

額に汗を垂らしながらアブソルートがロック盤に向かった。

俺は階段に銃を向けた。それなりの威力をもつ銃なのだが、いまの俺には虎《とら》の前でこんにゃくを握っているように感じられた。

「ジャム！　開いたぞ！」

アブソルートの声が響いた瞬間、天井が抜け、俺と奴の間に何かが降り立った。

ハニーだった。

♪このごろぅ、はやりぃのおんなのこほぉぅ♪

何かが詰まっているのか音は小さかった。

ハニーは美しかった。

血と恐怖と硝煙と爆煙が彼女を彩り、目がきらきらと輝いていた。

一瞬、こいつに殺《や》られるならいいか……と思わせた。

どふん！

ハニーがぐらついた。

アブソルートが俺の肩を摑《つか》むと開いた部屋のなかへボールのように投げ込んだ。

俺が振り返ると奴も扉からダイブしようとしていた。

が、重いブロックドアが奴の足首を挟んでしまった。

俺は立ち上がり、もう一度、開けようとした。

「駄目だ！　ジャム！」奴は俺の足を摑んだ。

「このまま閉じるんだ。開ければ俺たちの命はない」

蟹《かに》の甲羅を潰《つぶ》すような音と共にアブソルートの右足首から先は無くなった。

奴は低く呻《うめ》いただけだった。

「俺のことはいい！　早くスーパーパスを受信しろ！」

パネルを起動させ、俺は電離《オーロラ》アンテナの向きを調整した。直ちにモニターに地球《ホーム》の管理官が現れた。

事態を説明するとスーパーパスの申請は受理されたが発行は二十四時間後だと言う。

「いま、襲われてるんだ！」

「規則ですので、審査無しで発行することはできません。まずそちらの被害状況とオーバーキルを起こしている機体の特定が最優先です。こちらでできますので、その後、ご連絡致します」

「それまでもたない。もう……」

パネルの数字は324。

「昼から二千人も殺されてるんだ！」

「そちらの星の居住者は種別k－10ですので」

モニターは切れた。

それを聴いていたアブソルートが笑った。

「そうだ。それを忘れてた。俺たちはk－10なんだ。死刑を免れたが身元保証はk－9の犬より劣るってわけだ。ははははは」

俺は電離《オーロラ》アンテナを操作し、最も身近な惑星に救援を求める信号を出した。

ドーン。部屋がひっくり返されるような震動が走った。

信じられないことにブロックドアが内側へと微《かす》かに曲がっていた。

「なんてこった……」

その時、モニターに男が映った。

「こちら惑星XⅢ。SOSです。救援を」

その深刻そうな顔をした初老の男は軽く頷いた。

「だいぶ酷《ひど》くやられているようだな。そちらの状況はこちらでもモニターできていた。こちらは鉱物移送船ノスフェラ。君たちの軌道上五千キロメートルにいる」

「こちらから資料を送ります。この機体の駆動制御可能なパスを知りたいのです」

俺はハニーの機体種別と製造番号、製造年月日、製造工場などの入ったフォルダーを送付した。

「これは我が社で製造したものだな。確かいくつか事故例があがっている。システム回路がブレンステッド酸に弱く、アンモニア塩基系で暴走を起こす。まさか軍事ロボットに糞尿《ふんにょう》を喰《く》わせる者はおらんだろうが、惑星環境によっては塩化水素の強いところがある。それらでは使用禁止になっているはずだ」

「それが起きたのです。既に二千人が殺られました。パスを申請していただくわけにはいきませんか？」

「パス申請はそちらでも受理されるだろう。二十四時間待てば」

「待てません。既にこの星の生存者は……」

「どうした？」

俺の答えが途切れたので向こうが訊ねてきた。

「八十人になりました」

「こちらで会社へ直接、内部申請すれば五分でスーパーパスは手に入るはずだが」

「お願いします」

「断る」

俯《うつむ》いていたアブソルートが顔を上げた。

「なぜです」

「いま、そちらの星のリストを受け取った。オノエツオがいるな。奴は俺の妹の孫を殺したんだ。残念だができない」

もう一度、衝撃、それとともに曲まで聞こえるようになってきた。歪みが広がったのだ。

「奴はもう死んだかもしれない。いま、殺されているのは赤の他人です」

「悪いな。被害者からすれば人殺しはみな同じなんだ」

奴はにやりと笑った。

ドーン！　天井にあるドアの基部が軸ごと倒れかかった。

「ジャム！　いくぞ」アブソルートがゆらゆらと立ち上がり、俺を掴んだ。「この先にシャトルがあるはずだ。起動させろ！」

俺はパネルのボタンを押した。

「あれは単なる飛行用だぜ。宇宙へ出られるわけじゃない！」

「いま、そんなことを考えてる場合か！」

背後で再び破裂音。そして曲。

♪わたしぃのおめめぇがぁ、しくしくしちゃうのぉぉ♪

俺たちがシャトルに乗り込むと同時にハニーが機体に摑まったのが判った。

重心が狂い、シャトルはあやうく格納庫の柱に激突しそうになった。

「おい！　モニターを見ろ！」

2/2500
〈……俺たちだけだ〉

その途端、もうひとつの衝撃が走った。

物凄《ものすご》い音量で♪はにぃふらっしゅ！♪が叫ばれた。

「畜生！　二匹摑まりやがった。重くて飛べない！」

操縦桿《かん》を握ったアブソルートが叫んだ。

その言葉通り、シャトルは一瞬、空に駆け上がったが失速気味に下がり続けた。

「墜落するぞ！」

周囲が轟音《ごうおん》と閃光《せんこう》とハニーの曲に包まれた。

気がつくと俺は雪上に投げ出されていた。

そばにハニーの足があり、俺は思わず身を起こした。

ハニーは上半身が無かった。シャトルの噴出口の熱で溶解したのだ。

足下にはアブソルートが落ちていた。声をかけたが返事はなかった。

♪わたしのぅ、はあとぉぅんわぁちゅくちゅくしちゃうのおををを♪

シャトルの残骸《ざんがい》の向こうからハニーが出てきた。

目はまっすぐ俺を見ていた。

俺はふたつの選択肢《し》を感じた。

いま此処でみなと同じように死ぬこと。

生き延びること。


俺はプログラム名【タトヒール】に賭《か》けた。あのプログラムは【殺戮】でも【殲滅】でもなかった。【消毒】だ。軍用アンドロイドによる消毒の定義はある特定地域を無人、無力化することだろう。俺は凍える手で銃を捨て、服を脱ぎ始めた。靴も靴下も、下着も全て脱ぎすてた。

ハニーは暫《しば》らく、俺を見つめた。

（かわるわよ）

そう捨て台詞を残すと俺をマイナス15度の土地に残し、基地へと戻って行った。
明日にはパスが届くだろう。

ダーウィンとべとなむの西瓜

モーリに声をかけられたのは夜勤を終え、便所から出たときのことだった。その便所の蛇口はわけもなく固くて誰もが捻《ひね》るのに苦労してたし、大概の奴《やつ》は捻る面倒を避けて手を洗わずに出ていっちまう。嘘《うそ》じゃないんだぜ。俺はこの目で何回も見てるんだ。ニコラスもジョーイもみんなそうさ。で、俺はそういう奴らと一緒に思われたくねえから、一生懸命捻って水を出して手を洗って外に出た。

「キンバリー、こっちへ来い」

配送係のモーリが左手を腰に当て、右手をひらひらさせて俺を呼んだ。縞柄《しまがら》のシャツにハンバーグのソースがついてる。昨日のシャツだ。俺にはわかる。こいつはケチすぎて六年前にカミさんに出て行かれたんだが、以来、ケチに拍車がかかっていた。洗濯は三日に一度、夏場だってのに脇《わき》の下の汗染みがバターを塗ったみたいに黄ばむまで洗いやしない。

「なんでしょう」俺は答えながら、周囲を見回した。

「おまえだ、キンバリー。今月の遅刻がEランクに上がったぞ。おめでとう」

「えっ、そりゃねえんじゃねえですか？　俺はギリでDのはずだ」

「いや、Eだ。記録紙《レジスト》に出てる。みろ」

モーリは細い記録紙のコピーを俺にちらつかせた。

「あの、確かにちょっぴり出てますが確か遅刻のカウントは一分以内ならチャラでしたよね。うちは七時四十五分開始だから四十六分までは……」

「それは先月のルールだ。今月からルールが変わったんだ。おまえが遅刻したのは先月だが給料を計算するのは今月だ。だからおまえは累積でEに昇格だ。辞めて貰《もら》うぞ」

「そんな、ちょっと待ってください」

俺は胃の中がカッと熱くなり、唇が乾いてきた。いまだって親子六人、かつかつで暮らしてるんだ。クビになんかなったら干乾《ひぼ》しになっちまう。

「今月は上のチビが修学旅行だし、三番目のチビが中耳炎になっちまったんで手術しなけりゃならないんです。二番目だってサッカーのユニフォームを新調しなけりゃならないし、一番下だって……」

「三番目がなんだって？」

「中耳炎です。中に膿《うみ》が溜《た》まっちまって鼓膜を破って耳ダレを起こすんです」

「中耳炎はいいな。耳ダレは大変だろう」

「ええ、一晩中泣いて泣いて可哀想で見てられません」

「そうじゃない。臭《にお》いがだ。べとべとするだろう」

「ええ、酷《ひど》い臭いがします。西瓜《すいか》の腐ったような」

「若いからな。若いから西瓜なんだよ。べとべとだろう？」

「ええ、べとべとです」

モーリは空を見上げた。馬鹿みたいな青空が広がっていた。

「べとべとの西瓜……西瓜もべとべと……べとなむの西瓜」

奴は口の中で念仏のようにモゴモゴやり、少し笑った。脂《やに》だらけの歯が無精髭《ぶしょうひげ》の隙《すき》間《ま》からちょっぴり覗《のぞ》いた。

「おまえに話がある」

モーリは俺にDのままでいたいならバイトをしろと持ちかけてきた。

「いまからQコースの運転手をしてくるんだ。あっちの配送係とは話が済んでいる。俺の名前とこの書類をもっていけば相手が指図する。今日、いまから出かけることができれば、おまえをDランクのまま残しておいてやってもいい」

「バイト代はいくらなんで？」

「おまえをDランクのまま残しておいてやってもいいんだぞ」

俺はわかりましたという風に両手をあげるとモーリから書類を貰い、その場を離れた。

「西瓜の臭いは若いうちだけだ。じき大人になれば干しエビのようになる。今のうちしか西瓜の臭いは嗅《か》げないいんだ。それを忘れるな！　キンバリー！　わっはは」

モーリは怒鳴りつけるように叫んだ。ボーリングのピンを寸詰めにしたような体がぴかぴかのお天道《てんとう》さんに照りつけられて地面に穴のような影を作っていた。

Qコースというのは俺たちのような一般の配送運転手とは違ってお役所関係の仕事しかしないと聞いていた。詳しい話は機密扱いになっていてわからないし、自分はQコースをやってるってしゃべくってる奴も見たことがなかった。

俺は俺たちのいる建物とは別の一角に歩いていった。何カ所かゲートがあって拳銃をぶら下げた警備員が詰めていた。俺はそいつらにいちいちモーリから渡された書類を差し出し、なかに通して貰った。そこは病院のような感じだった。

俺はQコースの配送係をやっと見つけた。

難しくはなかったが、訊《き》いて回るほど人間がこの敷地の中にいなかったのだ。

「わかった。マーシアス。おまえは13号車に乗ってお客が乗り込むのを待つ。お客が乗り込んだらお客の指示に従う。お客が用事を済ませたら、またお客を乗せてここに戻る。わかったな。マーシアス」

配送係は全く顔に表情を浮かべない男だった。

「わかりました。でも、俺はマーシアスじゃありませんよ。キンバリー。ジョセフ……」

男はまるで何も貼《は》られていない掲示板のような顔で俺を見つめていた。

「あんたは、ま––しあすじゃないのかね」

俺と配送係とは広い配送用の敷地のなかに立っていた。遠くでフォークリフトがバックする警告音が聞こえてきた。俺と奴の間を風が吹き抜けた。

「あ、ええ。俺はマーシアスです。そうでした」

俺がそう答えると配送係は車の鍵《かぎ》と許可証の入った小さなプラスチックケース、書類の挟まったホルダーを手渡してきた。

「余計な詮索《せんさく》をお客にするな、マーシアス。おまえがマーシアスでないとお客である彼らに知られれば、マーシアスでないおまえは逮捕されるか、良くて明日から無職だ」

俺は喉《のど》がごくりと鳴るのを聞いた。

13号車は幅の広いアイスクリーム屋の販売車を思わせた。

俺は運転席周りを調べ、特別なものや見知らぬ装置がないことに安心した。そのまま後ろに回り、観音開きになるドアを開いた。内部には患者を寝かせるような細身の寝台があり、壁には聖書と照明、医薬品の戸棚がついていた。奇妙なことに寝台には革のベルトがいくつもついていた。腕に胸に腹に脚……、全部使えば熊だって寝かしつけられそうだった。それと電気ショックを与える銃や手錠も壁のラックに納めてあった。

俺は電気銃を試しに握ってみた。フライパンほどの重さ、先端の電極部分だけが、ぴかぴかの金属剝《む》き出しで残りの部分は真っ黒だった。するとラックの下に小さな落書きを見つけた。爪《つめ》で引っ搔《か》いたような文字だった。

〈かみさま〉とあった。俺は電気銃を元に戻すと外に出た。


三十分ほど座席でクーラーを掛けながら待っていた。

すると窓がコツコツと外から叩《たた》かれ、ひとりのスーツを着た男が軽く手をあげた。

モーリ並みに太った男だが気は合いそうだった。

「ニコラだ。頼むよ」

「マーシアス、よろしく」

「出発しよう。検事と先生は既に別の車で出発してる。行き先はわかってるよな」

「ああ」俺は書類で確認した地点を口にした。「アソクソだ」

「その通り」

車は思ったほど重くはなく軽快に走り始めた。

俺たちは片道二時間ほどの道中をべしゃりで始めた。いい傾向だ。せっかく二人っきりでいるのに黙《だんま》り合戦じゃ、牛の糞を飲み込んだような気分になる。

奴は自分を【押し屋《プッシャー》】だと言った。

「麻薬《プッシャー》の売人じゃないぜ。こう押すんだよ。主役はこの右手の親指様だ」

俺はあまりぺらぺらしゃべることができず、もっぱら聞き役に徹することにした。調子に乗ってボロが出ちまったら、それこそ何もかもおじゃんになるからだが、それにしてもニコラは愉快な奴だった。医術の心得《こころえ》があるのか奇妙な話をいろいろしてくれた。

「尻《ケツ》の穴の世界には【ダーウィン賞】ってのがあるんだよ。知ってるか？」

「尻の穴の世界？」

「ＳＭやホモの世界にあるんだが。ダーウィン賞ってのは文字通り尻の穴から何が出せるかで決まるんだ。去年は携帯電話男だった。そいつはカミさんに内緒で会社のトイレに籠《こ》もって楽しんでたんだが、なんかの拍子にすぽっと奥に入っちまったんだな。野郎は当然、焦って取り出そうとしたんだが、Ｓ状結腸を越えちまったのか自力じゃどうにもならなくなっちまったんだ。で、仕方なく病院に出かけたんだが、その間に大騒ぎになってたのさ」

「どうして？」

「カミさんが旦那《だんな》の番号で妙な電話がひっきりなしにかかってくるって通報したのさ。出ると妙にくぐもった声で男が唸《うな》ってるっていうんだ。もしもし！　あなた？　って話しかけても返事がない。うんうん唸ってるんだって……どうしてかわかるだろ？」

「リダイヤルか！」

「そうなんだよ。なぜかリダイヤルボタンを大腸が押すらしくって、やっこさん、自分のカミさんに尻から発信しっ放しだったんだ」

俺は腹の皮がよじれそうだった。なんにせよ、こんなに愉快で馬鹿な相棒と車に乗ったのは初めてだった。「ニコラ！　あんたサイコーだよ」

俺たちは途中で食堂に寄った。

中でもニコラは尻の世界のダーウィン賞について語りっ放しだった。

「俺の知ってるなかじゃ、頭のおかしな前衛芸術家崩れで生のコンクリートを直腸に突っ込んだ奴がいたよ。まあドラッグか何かをキメてそんなことをしでかしたんだと思うが、コンクリが固まった後が悲惨だったな。当然、手術で摘出さ。尻の穴から小腸の辺りまで切り裂いてね。いろいろにまみれた生コンが重さだけで三キロはあった。可哀想に本人の肛門は嵐《あらし》のなかの傘みたいにガチャポイになっちまって……」

「どうなったんだ」

「人工肛門さ。尻は止めて臍《へそ》の脇に開けた穴ぼこからニュルニュルひり出すのさ。奴はいまでもそのコンクリを家の玄関に飾ってオブジェにしてるよ。タイトルは『産み落とされた芸術』」

やがて俺には冷めたハンバーグ、奴には冷たくなったローストビーフが届いた。

「帰りもそんな腐った話がしこたま聴けると思うとありがたくって涙が出るよ」

「で、今年のダーウィン賞なんだが、優勝したのは六十になる爺様《じいさま》で元軍人なんだ」

「ホモなのか？」

「ホモじゃない。いや、わからん。ホモかもしれない。但し、今度のやつはホモとは関係がないんだ。この爺様、大痔主《おおじぬし》でな。なんでも尻からキノコが何本も飛び出て見えるらしい。いくら押し込んでもモグラ叩きみたいにイボが飛び出しては下着にペイントして回るもんだから、淫売《いんばい》だって顔をしかめるわけだよ」

「立ちも悪いだろうしな」

「そう。立ちも悪い。で、そんなこんなのイボとの戦いにいい加減、決着をつけたくなっちまった時、ワインを見て思いついたらしいんだ。あ、そうだ！　栓をしちまえばいいってな」

「しちまえばいいって、今度、出すときはどうするんだ？」

「陸軍だからな。あんまり先のことは考えないんだよ。で、本人は自分で計画通りのことをやってのけてめでたしめでたしと思ってたんだが、とんでもない便秘になっちまって。腸がデブのストッキングみたいに今にも破裂しそうになっちまったんだな。で、病院に担ぎ込まれたんだが、レントゲンに妙なものが写ってるから医者がこれは何ですかと訊いたら、爺様、高射砲の弾だっていうんだよ。昔、一発くすねてきたのを突っ込んだんだって。もう医者はびっくりして緊急手術さ。で、なんとか局所麻酔でオペを始めたんだが、医者が気になって爺様に訊《たず》ねたんだ」

「なんて？」

「これ死んでますよねって。そしたら爺様、急にいきり立ちやがって。ふざけるな！　俺がそんなインチキなものを使うと思ってるのか！　これは立派な完動品だ。火薬も詰まってるし、信管だってぴんぴんしてる。メッサーシュミットぐらい、いつでも吹き飛ばせるんだ！　ってな」

「なんてこった」

「医者は全員、爺様放り出して院内の患者を根こそぎ屋外待避させてから爆弾処理班を呼んだんだよ。爺様は信管を抜かれる間中、悪態をつき続けたらしい。おまけに砲弾を抜いた後からはとんでもない爆破物が処理班に襲いかかったらしいぜ」

俺とニコラは腹を抱えて笑った。

とにかくそんな感じで俺たちは道中を過ごし、午後三時すぎにアソクソに着いたんだ。

アソクソは噂《うわさ》には聞いていたが酷い場所だった。乾燥した土漠《どばく》のなか水っぽい液体といえば工場の廃液溜めだけ、住民は何をして暮らしているのか想像もつかないスラムだった。

「やつらここから少し離れたゴミ捨て場で売り買いできる物を拾ってくるのさ。典型的な黄色い貧乏人《プアー・イエロー》なんだ」

バラックがひしめくように並ぶ通りに入るとニコラが呟《つぶや》いた。顔つきが変わっていた。凸凹道《でこぼこみち》を進むとパトカーが停まっていた。俺はその脇に駐《と》めた。

「ここで待っててくれ」ニコラが車を降り、警官らしい男となにやら話し合っていた。

「マーシアス。そこの楡《にれ》の木陰に車を駐めておいてくれ」

俺は言われたとおりにし、車から降りることにした。バラックのなかからも、外の日陰になっているところにも人間が座り込み、俺を見つめていた。俺は目礼してみせたが、反応はなかった。

見るとパトカーが停まっている近くのバラックに人だかりがしていた。入口に太った女が腕を組み、時折、こめかみの辺りを押さえるようにしている。その足下にはふたりのチビがしがみついていた。女の脇を高校生ぐらいの男女が忙しそうに出入りし、警官やニコラに鋭い視線を投げつけていた。

するとなかからふたりの男、俺たちと同じのが出てきてニコラと挨拶《あいさつ》をした。

突然、ゾッとするような厭《いや》な予感が背中を突き抜けた。

「おい！」ニコラが俺を呼んだ。

「運転手のマーシアスです。紹介しよう。こちらが検事のデュカンさん、こちらは刑務医のスティーブンさんだ」

「俺はジェフリーだ。仕事は見ればわかるな」

「ええ」

警官が強く握手してきた。

「既に判決は言い渡した。本人も理解している。執行には何の問題もない」

デュカンが口髭《くちひげ》を撫《な》でながら呟いた。

「ここらの人間は大丈夫ですか？　騒いだり……」

「大丈夫だ。黄色んぼは大抵、恨めしそうに睨《にら》んだりはするが抵抗はせん。特にこいつらジャップは自分たちの政府のドジで祖国を失ってしまったんだ。居候《いそうろう》が人の庭で面倒を起こせばどんな目に遭うかは骨身に染みてるはずだ」

ニコラの言葉を受けた警官が嚙《か》み煙草《たばこ》の唾《つば》を吐き出した。

「よし。手はずはいつもと変わらん。本人にはいま最後の時間を与えておる。三十分後に車に乗り込ませる。いいな」

検事の言葉に俺を除く三人が頷《うなず》いた。

俺は自分の直面しているものが〈バイト〉なんていう生易しいものでも何でもない超糞っ垂れの時限爆弾なんだと気づき吐きそうになった。

ふと振り返ると、さっきよりも見物の数が増えていた。

どこからか犬の吠《ほ》える声とともに女の啜《すす》り泣きが聞こえてきた。

「じゃあ、わたしたちは車のなかで待機させてもらうよ」

検事と医者はぶらぶらとバラックの陰に歩いていった。たぶん運転手付きのリムジンが駐めてあるに違いない。

「くそ！　馬鹿に暑いぜ」ジェフリーは手で顔の汗を拭《ぬぐ》うとバラックの陰に座り込んだ。大人たちは彼を避けるように退《しりぞ》き、子供たちが物珍しげに遠巻きにする。

「マーシアス、俺たちは準備を進めておこう」


車の後部に入った俺はアルコールの染みたダスターで寝台を拭《ふ》かされた。奴は寝台の革ベルトをひとつひとつ丁寧にしっかりと締まるか試していた。

「こうしないとたまに酷く暴れる奴がいるからな」

次にニコラは壁のパネルを開いた。そこには乾電池を並列にはめ込むような枠がついていた。

「マーシアス、そこのハッチを開けてなかからチューブを取ってくれ」

俺は言われるままに出入口付近にあったハッチを開けた。なかには細身の水筒ほどの大きさのタンクが三つあった。

「それを全部取ってくれ」

ニコラに渡すと、彼は先ほどの乾電池をはめ込むような枠のあるパネルのなかにひとつひとつ丁寧に差し込んでいった。

「今回はこいつが効くといいんだがな」ニコラがタンクのひとつを指で叩いた。

「チオペンタール……」俺は表面に貼ってあるシールを声に出して読んだ。

「こいつは改良型さ。前回までのは酷かった。何しろ、いくら経っても寝やしない。俺の場合は三人にひとりはいかなかった。君の場合はどうだった？　マーシアス」

「だいたい、そんなもんだよ」俺は嘘っぽくないように半笑いで答えた。

「業界でも問題視されたらしい。まずこいつチオペンタールで眠らせる。次にこいつ臭化パンキュロニウムで肺を止める。そしてこの塩化カリウムで心臓を止める」ニコラは指を差した。「なんてことを展示会じゃ説明していたが、実際のところこの眠らせるためのバルビツル酸剤が効かない奴らがいるんだからな……あれは見ちゃいられないよ。意識があるまま二十分近くゆっくり息ができなくなって、心臓が止まるんだ。顔が腐ったトマトのように真っ赤に膨らんで、鼻と目から出血する奴もいる。俺は苦しみのあまり肩の骨を引き抜いたり、腕を折っちまった奴も見たよ。注射とはいえ厭なもんだよ死刑ってのは……」

俺は指の震えを悟られないようにするのに必死だった。死刑を執行して回る巡回車があると噂には聞いていたが、まさか自分が当事者になるとは考えもしなかった。

つい床に尻餅《しりもち》をついてしまった俺にニコラは笑いかけた。

「ちょっと疲れてるようだな。外の風にでも当たって来いよ。まだ二十分ある。それまでに戻ってくれればいい」

「わ、悪いな」

俺はつっかえながら礼を言うと外に飛び出した。そしてそのままバラックから離れた。離れながら拳《こぶし》を嚙んだ。胃の辺りから悲鳴が飛び出してしまいそうだったからだ。

その時、携帯が鳴った。

『パパ……』チビの声が聞こえた。『今日はご飯一緒に食べられる？』

「ああ……食べられるよ」

すると電話の向こうで子供たちのやったーという歓声が聞こえ、女房に替わり、俺たちは二言三言、話をした。女房の声は柔らかで平和そのものだった。

「畜生！　モーリのやつ！」電話を切ってから俺は地面を蹴飛《けと》ばし、頭を抱えた。その場で座りこみ、ぼんやり工場の煙突が吐き出す煤煙《ばいえん》を眺めていた。細い煙突が死神の指に思えた。

処刑者にバイトが使われるなんて聞いたことがない。本物のマーシアスは何かよんどころのない事情でパスしたんだ。そしてこっそり替玉が用意された。それが俺だ。バレれば多分、刑務所行きになる。

不意にハモニカの音が聞こえた。

俺はその音に引き寄せられるように、離れてぽつんと立っているバラックのひとつに近づいた。壁にもたれかかった十歳ぐらいの子供がハッとしたように俺を見た。

「上手だね」

子供は緊張したまま俺を眺めていた。

「もっと聞かせてくれないか」

すると子供は再びハモニカを吹き始めた。それは俺の知ってる曲でもあり、懐かしい曲でもあった。大人のものを引っ詰めたのだろう、だぶだぶのズボンから細い膝頭《ひざがしら》が浮いていた。臑《すね》も腕も驚くほど細い。

「いくつだい」

「十二」

「名前は？」

「いとうたかし」

「ハモニカ……誰に教わったんだい？」

「おとうさん」

「偉いな」

俺は撫でようと頭に触れた。たかしは震えていた。

「よし時間だ」

アンティークな懐中時計を眺めていた検事の言葉に警官と医師が動き出した。

俺はニコラに命じられるまま寝台の脇に待機した。

「まず寝台に寝かしつけてからベルトで固定する。医師のスティーブンが静脈注射用のシリンジを取り付ける。後は君と俺とスティーブンでこのボタンを同時に押すんだ」ニコラはナースコールに使うような先に押しボタンのついたスイッチを見せた。「三つある。このうちのひとつがタンクの作動スイッチに繋《つな》がっている。君が参加するのは市民を代表するからだ。わかってるだろう？」ニコラが俺の顔色を見て、怪訝《けげん》そうな表情を浮かべた。

やがて外で、女の一際大きな悲鳴があがると、警官に連れられて囚人がやってきた。

俺は目を疑った。手錠をかけられてるのは、あのハモニカの子供だった。

「大丈夫か？　マーシアス」

俺は曖昧《あいまい》に頷きながら、不意にどうしても訊いておかなくちゃならないことを口にした。詮索は危険だと釘《くぎ》を刺されていたが訊かずにはおられなかった。

「ニコラ、奴は何をしたんだ？　どんな酷いことを」

「つまらんことさ。コンビニに強盗に入り、モデルガンで女店主を撃ったんだ。小遣い程度を盗んで逃げだしたのさ」

「撃った？　死んだのか、モデルガンで？」

「心臓麻痺《まひ》さ。空砲の音で婆《ばあ》さん逝《い》っちまった。それでも立派な殺人だと判定されたんだ。まあ黄色んぼでなけりゃ、あれほど迅速に判決はでなかったろうけどな」

「死刑にもならんだろう」俺は呟いたが、ニコラは答えなかった。

子供が乗り込んできた。

俺が腕のベルトを締め付けている時、たかしと目が合った。以後、ずっと奴は俺から目を離さずにいた。俺はその時、なぜマーシアスが休んだのか理解できた。

「ほら、持ってくれ」

俺はニコラからスイッチを手渡された。

車内には外で警戒している警官以外の全員がいた。

「執行《ダン!》」

デュカンの声が響き、俺はたかしから目を背け、ボタンを押した。全身の血が毛穴という毛穴からすべて流れ出てしまったような気がした。

たかしは荒い息を始め、そのうち俺を見る目に光が無くなった。胸が大きく上下し、二、三回、嫌々をするように顔を左右に振った。

それで終わりだった。

スティーブンが脈と瞳孔《どうこう》を調べ、時刻を告げた。それをデュカンが携帯で報告する。

ストレッチャーに遺体を移し、外に下ろすとすぐ父親らしき男が少年を抱きかかえた。

俺はその視線で焼き殺して欲しかった。

「案外、うまくいったな」ストレッチャーをしまいながらニコラが俺の手をスマッシュしてきた。

その音に何人かの住民がこちらを睨みつけてきた。

処刑は四時半に終わった。帰りはまたニコラと二人きりだった。奴はずっと一昨年とその前とその前の前の前のダーウィン賞の話を続けていたが、もう俺には面白いとは思えなかった。

駅で奴を降ろし、俺は車を戻した。何度か家から携帯に電話が入ったが、出られなかった。

魂が根こそぎ砂粒に変えられてしまっていた。

今後、死なず壊れず生きていくには自分の何かを欺《だま》し、裏切り、言いくるめていく他、道はないのだと絶望した。

人間失格

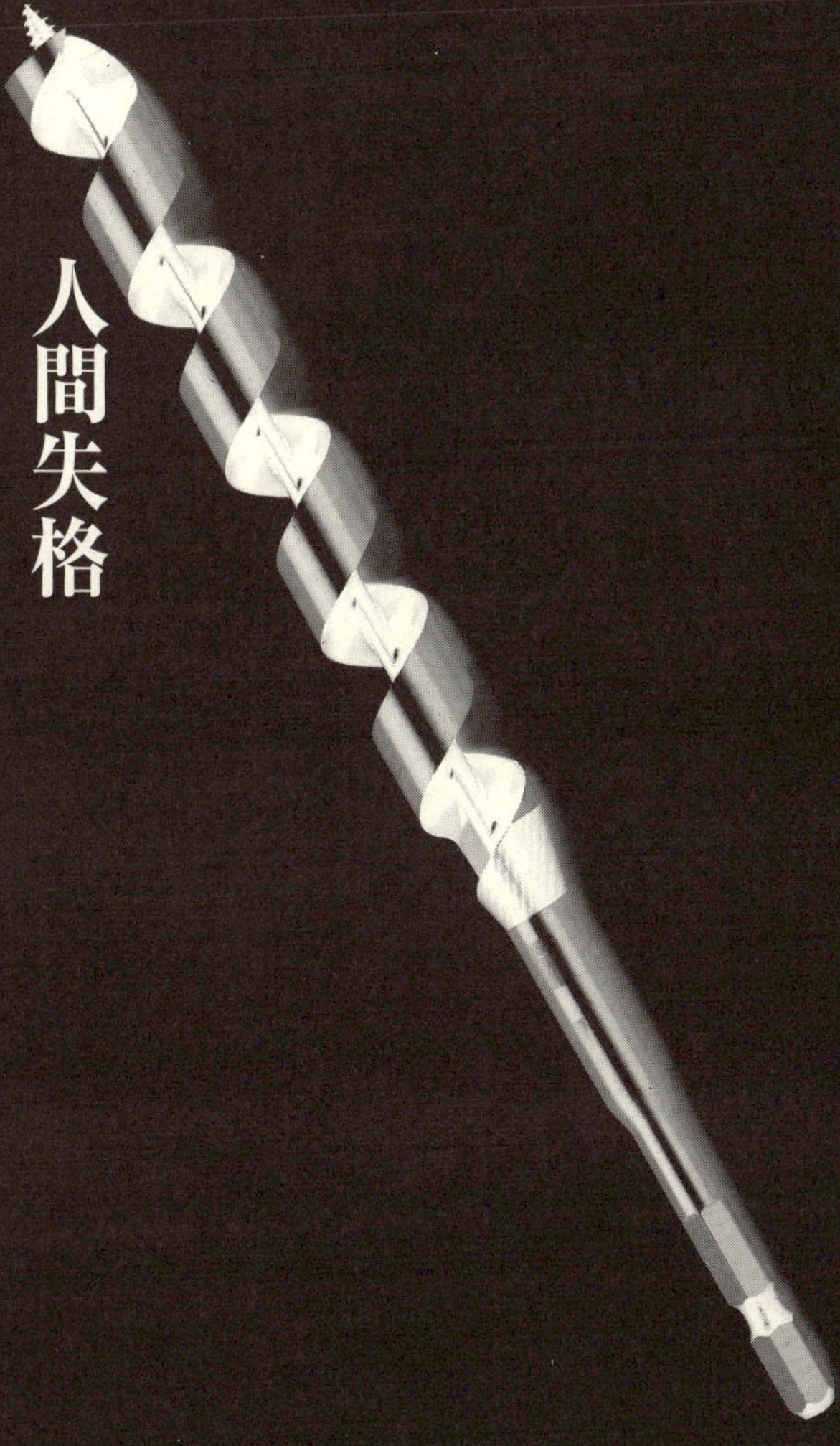

穂場《ほば》が橋の半ばまでやってきた時、女は丁度、欄干《らんかん》を跨《また》いだところだった。

「待って」

彼の声に女は硬直し、こちらへ向き直った。その下唇は嚙《か》み締められ捻《ねじ》れていた。

「なにしてるんだよ？」

返事はなかった。

ただ胸から下をシルエットにした女は静かに深く呼吸をくりかえし、その間、何度も数十メートル下の暗い川面《かわも》とさらに暗い虚空《こくう》へと交互に顔を向けていた。

雪は止《や》んでいたが橋全体が粉を撒《ま》いたようになっていた。

「水は冷たい。飛び込んだら岸にたどりつく前に凍死しちまうよ」

穂場はそういいながら一歩、足を踏み出した。

雪がキュッと鳴った。

「邪魔しないで……お願い」

女の頰《ほお》には幾筋もの涙の跡が残っていた。

「あんたが何をするのかによるよ」

女は欄干の縁《へり》に素手で摑《つか》まっていた。

「もう夜中の三時になるわ……誰も来ないと思ってたのに」

「ここは有名だ。愚かな人が何人も身投げをしている」

女の胸がコートの下で大きく上下した。

「知ってるわ。だから愚者の橋って呼ばれてるんでしょう」

「そのようだね」

穂場は手袋を外《はず》すと煙草《たばこ》を取りだし、火を点《つ》けた。ひとつひとつの動作が緩慢なほどゆっくりと行われ、それが故に女は彼の動きを黙ってみつめているようだった。

「理由は？」

「聞いてどうするの。後で思い出してくれるのかしら……」

「あんたが、そうして欲しいのなら」

「どちらでもいいわ。じゃあね」

女は再び川へ顔を向けた。髪が吹き上げる風に揺れた。

「まるだしになるよ」

手を離しかけた女の動きが止まり、穂場に向き直った。

「まるだし……わかる？　すっぽんぽん……裸」

「どういうこと」

「その格好のままで落下すれば着水時の衝撃でコートやスカートは剝《は》がれ、胸まで服がずり上がった半裸のまま十キロほど下流の土手にあられもない姿で漂着することになる。知ってるかな、あそこら一帯は実に下賤《げせん》な歓楽街で、いかがわしいというよりも常軌を逸した奴《やつ》が多い。噂《うわさ》ではあそこまで流された若い女の遺体は一旦、どこかに運ばれると、すっかり腐り果てるまで発見されないって」

「どうしてよ」

穂場はえーと、と言いかけてやめた。

「教えなさいよ」女の語気が強まった。「でまかせやめてよ」

「そうじゃない。ただこの状況で君に教えるのは酷なような気がしただけ。どうしても知りたければ教える」

「聞きたいわ」

穂場は短くなった煙草にケリをつけるように一服大きく吸うと煙を吐き出し、ついでに欄干に近づき、吸い殻をピンッと橋の外へ弾《はじ》いた。

火の粉が舞い、吸い殻は川面へと吸い込まれた。

「奴らのなかには若い女なら死んでようが生きてようが抱くのに躊躇《ちゅうちょ》しないという輩《やから》がいるということさ」

「なにそれ……嘘《うそ》でしょ……」

女の顔が更に青褪《あおざ》めたのは寒さのせいだけではなかった。

「それでも発見された子は腐っちゃいるけれどまともな姿で家に戻れる。また一方ではそうでない場合もある……」

「どうなるの」

「先にゃあ豚を飼っている家が多い。妙に人なつっこい豚もなかにはいるらしいよ。食欲を刺激されるんだ」

女は身震いし、その両手が欄干を摑み直すのが穂場に見えた。

「でも、死ねば関係ないわ。そんなこと」

「君にはね。だが運悪く豚から排泄《はいせつ》された君が、誰かの通報でやってきた警官に発見されたとしたらどうだ。そうなれば君のご両親は棺《ひつぎ》のなかに糞臭《ふんしゅう》ぷんぷんの娘を山盛りにして詰めなきゃならない。子供を失った親御さんにそれは気の毒だ」

「厭《いや》な言い方。あなた、私が見つからなかったら警察にいうの？」

穂場はそれには応《こた》えなかった。

「なぜ飛ぶの？」

「教えたくないわ」

「いくつ？」

「二十二。明日、三になるわ」

「ひょっとしてもうなってるんじゃない？　日付が変わったもの」

「え？」女は考え込み、顔をあげた。「そうだわ。二十三よ……莫迦《ばか》ね、私」

「僕より五つも若い。飛ぶことはないよ」

「意味ないわ。どうせ私はあなたの歳《とし》まで生きられないもの」

「ここで死なれるのは迷惑だ」

「なぜよ」

「これから僕が死ぬからさ」

穂場はポケットのなかからプラスチックの小瓶を取り出すと錠剤を手のひらに空け、おもむろにぼりぼりと嚙み始めた。

その音に女は目を見開いたまま、身じろぎもしなかった。

「なにをしてるの？」

「僕と僕の彼女は半年前ここから飛んだんだ。一緒にね。僕だけ助かってしまった。だから今夜、ケリをつけに来た。この時刻なら邪魔する人もいないだろうと思ってさ」

穂場は錠剤を全て手のひらに出すと小瓶を再び川面に向かって放った。

「これでわかったろう。君と僕の立場は同じだ。もう妙に同情したふりはしないぜ」

穂場は橋の外に拡《ひろ》がる闇《やみ》を見つめた。

「なあ、君の彼はどんな男だった？」

「え？」

「男さ。いたんだろう」

「どうしてよ」

「きれいだから」

その言葉に女は怒りを露《あらわ》にした。

「莫迦にしてんの？」

「死ぬ前に嘘をいってどうするよ。君も〈いなかった〉なんて嘘をついてどうするの」

女は暫《しばら》く俯《うつむ》いていた。

雪が再び降り始めた。

遠く離れたところでクラクションが一度だけ鳴った。

「いたわ。もう死んじゃったけど……」

女はしっかりと顎《あご》をあげた。目には少しでも皮肉や安っぽい同情をいったら承知しないという決意がたたえられていた。

「悪いけれど死ぬのは別の日にしてくれないかな」

「ここまでしたのに？　いやよ。もう決めたんだもの」

「でないと心中だと勘違いされる。……僕と君が、その……恋人同士だとかなんだとか」

「冗談じゃないわよ。あんたなんか赤の他人じゃない」

「お互い様だろ。そんなに大声出すなよ、通報されたらどうする。こんな風に雪が凍った夜は音がピンボール並みに拡がり易い。……仕方ないんだよ、マスコミはそういう煽《あお》り方が好きなんだから。痴情のもつれか？　若い男女、愚者の橋からまたも身投げ」

「そんなの絶対、困るわ。あんた止《や》めて別の日にしてよ。私が先なんだから」

「そんなわけにはいかない。僕は前からここで今夜と決めていたんだ。そのつもりでマンションも解約してしまった。僕は彼女を失ってから毎日、この橋を眺めていたんだ。彼女の喪に服する意味でね。当初の生き残ってしまったという後悔と怒りが収まると次にその意味を探った。そして、それが彼女の意志だとわかったんだ……」

「彼女の意志って？」

「僕は彼女によって生かされた。偶然、助かったんじゃない。彼女に生かされたんだ」

「だって一緒に死のうって言ったんでしょう？　なぜ助けるのよ」

穂場は溜息《ためいき》をついた。

「説明は不可能だ。君は彼女を知らない……」

「難しいわね。それじゃね」

女が身を動かす。

「もし、君が墜落したら僕も追うよ。世間の心中扱いは不本意だが仕方ない」

「なんでよ？　あなたは生きるんでしょう」

「見てなかったのか？　もうあんなに薬を飲んでしまっただろ。どのみち今夜、やるほかないのさ。致死量を超えた薬品は既に僕のなかに取り込まれてしまっているんだ」

「ひどいわ……信じられない」

「君は死ぬにしては元気すぎる」

穂場は苦笑した。

「からかってるのね。こんなことをして面白いの」

「いや。僕にはこの場所でなければという必然がある。君にはそれがなさそうだ。それに僕には君の死ぬ理由が見あたらない。本当にあるのか？　そんなものが。ヒステリーや安っぽい嫉妬《しっと》ではない誰もが耳を傾けるに足る理由が」

女はジッと動かなかった。それは彼女自身が凍りついてしまったかのようにもみえた。

穂場は橋上の街灯を見上げた。雪がまた降り始めていた。無数の白い羽虫が冷たい光の中をちらつき、路面に描かれたセンターラインが隠れ始めていた。

「あるわよ……」

闇を背景に女がぽつりと呟《つぶや》いた。その声は低く、凄《すご》みを帯びていた。

穂場は背中の毛がちくちくと立ち上がるのを感じた。

「私はね……医者に見放されているのよ。全身の神経が段々だめになっていくの。治らないのよ。あと二年しか保《も》たないの。でも自分で起きて動けるのはもっとずっとずっと短くて、三ヶ月以内に運動系の神経麻痺《まひ》が出るって先月、はっきりそう告げられたの。そう言われたのよ」

　穂場は女を見つめたが彼女は目を合わせようとはしなかった。

「動けなくなって麻痺が進めば、次は排泄もできなくなるわ。最終的には自発呼吸が停まって植物状態のまま死を待つの。その前に脳がやられる可能性も高いのよ」

「それは……何といっていいのか」

　女は首を振った。

「何もいって欲しくなんかない……わかるでしょ？　何もいって欲しくないの。ほんとよ」

「わかるよ。だが……いいかい？　いまの君は〈今日〉、〈今ここで〉飛び降りなければならないほど切羽詰まっているようにはみえない。もう少し動ける時間を大切に使ったらどうだ？　これはつまり僕に席を譲ってくれないかっていう意味でもあるけれど」

　すると女はかっかっと乾いた声をあげた。

　嗤《わら》ったのだ。

「なにがおかしい」

「本当にわかんないのね。そこら辺に落ちている物にあなた気づかないの？」

　女の言葉に穂場は周囲に目をやった。

するとと女が立つ欄干の内側、暗がりの雪のなかに、棒状のものがあった。

「この杖《つえ》のことかい？」

穂場はそれを拾い上げた。盲人用の白い杖だった。

「私の目はもうだめなの。今頃、病院では大騒ぎしているはず。連れ戻されたら二度とこんなチャンスはないわ。あなたには何でもないことだろうけれど欄干を越えて、こうするのも大変だったのよ」女は穂場へまるで見えているかのように目を向けた。「私もあなたと同じ。おとつい彼が死んだの。事故でね。もうこれ以上は話したくない……」

ふたりは無言で佇《たたず》んでいた。

間を幾度も寒風が吹き抜けていった。

「参ったな……」

穂場はそう呟くと杖を女の肩口にそっと触れるよう突き出した。

「もう要《い》らない。使わないもの」

「それじゃ僕が困る。僕も、もう保たない。指先に痙攣《けいれん》が出ているんだ」

「ここじゃだめよ！　どこかへ行ってよ。お願い！　お願いします」

穂場はざくりと音をたて、その場に膝《ひざ》を落とした。

「どうしたの！」女が悲鳴に近い声をあげた。

「薬がまわってきた。足に力が入らない。ハハ……」

穂場はその場で尻餅《しりもち》をついてしまった。

「よしてよ。厭よ！　這《は》えないの？　這ってでも遠くへ行ってよ。知らないところで死んでよ」

「はは……無茶いうなよ」

穂場はゆっくりと雪のなかに倒れた。

冷たい雪が頬を凍らせていく。穂場は暫く空を見上げていたが、やがて目を閉じた。

「眠たくなってきた……」誰にともなく穂場は呟いた。

かさかさと降り積もる雪の音を耳にしていると、突然、顔に氷のような指が触れ、次いで穂場を激しく揺さぶり始めた。

「ねえ！　大丈夫！　しっかりしてよ！」

目を開けると女の顔があった。

彼女は手探りで欄干を越え、橋に戻っていた。もちろん、自分に焦点があっているわけではないが半ば歯を食いしばったその姿は懸命そのものだった。

「なんだ……。こっちに来ちゃったのか」

「ねえ！」女は穂場の顔を両手で挟み、顔を寄せた。「私、あなたを橋の向こうまで連れて行くわ。そしたらそこで救急車を呼んであげる。その代わり邪魔をしないで……。お願い。本当に死にたいの。お願いします」

女は何度もそういいながら頭を下げた。

「僕だって……」

「あなたはまだ大丈夫。私よりずっと選択肢《し》があるもの」

「勝手に決めるな」

すると女は自分の服の下に穂場の手を差し込んだ。凍えた手に温かな肌が優しかった。

「なにをするんだ」

穂場が引き抜こうとすると女は握る手に力を込めた。

「ね。あなたはまだ生きていたいはず。私にはわかる。きっと素敵な人が現れるもの」

服をまくった拍子に溢《あふ》れた女の体臭が穂場の鼻腔に届いた。それはとても懐かしく温かい何かを思い起こさせる匂いだった。

「莫迦、風邪引くぞ」

「おかしなことというのね」

女は笑った。

と、穂場は自分で手を動かした。

女の手を離れ、自らの意志で移動させ、甲に触れていた女の柔らかな重量感のある胸を手のひらに摑んだ。

「うっ」

女は小声をあげたが抵抗はしなかった。

穂場は目で、女は見えぬ目で互いを見やり、そして穂場はそっと手を抜いた。

女が深く溜息をつくのが聞こえた。

雪に手を突いてもなお穂場の指先にはぬくもりが残っているように感じた。

「君の彼はどんな男だったんだ」

「普通の人よ。本当に普通の人。でも世界一素敵な人」

「なんだか無性に悔しくなってきた」

「ね。もういいでしょう。あっちへ行きましょう。そしたら携帯で電話をするわ」

女は一緒に立ち上がろうと腰を浮かしかけたが、穂場は抵抗した。

「悪いけど……僕は救急車には乗らない」

「どうして？」

「君を殺すよ」

「どういうこと」

「恥ずかしい話だが僕はポケットのなかに解毒剤をもっている。これを飲み干し、シャンとしたところで君を欄干に置き、立ち去ろう」

その言葉に女の表情がパッと明るくなった。

「本当なのね」

「ああ。ただひとつだけ条件がある。もし死ぬ気がなくなったらその場で正直にいってほしい。たとえ君を欄干に誘導している時でもだ。そうすれば僕は約束を実行する」

「わかったわ」

「僕はいま、とても苦しいんだ。君は嗤うだろうけれど、僕は彼女を除いて今まで全く人に評価されたことのない人間だった。それがなぜか今、とても温かな気持ちになれたんだ。それは君のおかげだ。君のあの行為が僕を人間にしているような気がする」

「あなたがそんなに劣等感をもたなければならない人だとは思えないわ。着ている物も上等だし、コロンもつけてる。きっと身だしなみに気を付けているのだわ。あなたは何をしている人なの」

「……神経科の研修医。父は総合病院を経営している」

穂場はぽつりと呟いた。

女は一瞬、驚いた様子だったがまたもとの暗い表情に戻った。

「君の症状はティクリット氏病の亜種だと思う。確かにあれは死病といわれているね」

「病名は難しくて憶《おぼ》えてないの。ただ群神経脱《だっ》疽《そ》症候群と聞いたわ」

「それは和名だ。君の病気は欧米でもっともさかんに研究がなされているんだ。去年、世界的権威のジェンナー賞を獲得したのも、ティクリット氏病に関するベルギー医療チームの研究に対してだったんだ。将来的には充分、治癒可能なんだ」

穂場の言葉に女は微笑《ほほえ》んだ。

「どちらにせよ、いまさらどうしようもないわ」

「そうだね。じゃ、解毒剤を飲むよ」

穂場はポケットからミニチュアボトルを取り出すと一気に飲み干した。

「飲んだの」

「ああ」

「できる？」

「もうちょっと待っててくれないか」

女は雪の上に指で字を書いた。

「しおり……」穂場はその文字を口にした。

「私の名前」

「僕はエイイチ。よし、もう大丈夫だ」

穂場はしおりの手を取ると立ち上がらせた。

「冷たいな」

そういって穂場がしおりの手に息をかけるのをしおりは黙って受け入れた。

「やさしいよね、エイイチ。きっと彼女は幸せだったんだろうね」

「幸せにはできなかったよ……僕は弱すぎた」

穂場はしおりを誘導すると欄干を跨がせた。欄干の向こう側に幅十センチほどの出っ張りがあった。穂場は足の向きや置き方を指示しながらしおりの身体がその上で安定するようにした。その間、ふたりともずっと手を握り合っていた。

心なしか、しおりの手が震えていた。

「やっぱり飛び降りるの？」

穂場の問いに、しおりは答えなかった。

「きっと明日は雪が止むな」

「エイイチ……いろいろありがとう」

「しおり……僕の父のところで治療をしないか？」

「何をいってるの？」

「君の病気はきっと僕が治してみせる。だから……もう少し僕のそばにいて欲しい」

しおりは顔をあげ、見えない目で穂場を見返してきた。

「そんなことできるはずないわ」

「できるさ。親は僕が説得してみせる。だから……だから僕のそばにいて。お願いだ」

「莫迦なこと言わないで！　私、目が見えないのよ。あなたの足手まといになるだけじゃない」

「そばにいてくれるだけでいいんだ。それだけでいい」

穂場の頬に触れたしおりは彼が涙を流しているのに気づき、小さく息を飲んだ。

「信じられないわ、あなたって人は」

「莫迦かもしれない。愚かかもしれない。でも、僕はそういう人間でいたいんだ！」

一瞬、ふたりの手が離れるとしおりは宙に傾いた。が、次の瞬間、穂場の両腕がしおりをがっしりと抱き留めた。

「うんっていえ！　そうするっていえよ！　生きてる間だけで、それだけでいいんだから」

しおりは言葉が出なかった。次から次へと溢れる涙が喉《のど》を詰まらせた。

「ハイっていえ！」

しおりの頭のなかで何かが弾《はじ》けた。エイイチの言葉に頷《うなず》いている自分がいた。

「……はい」

穂場が顔をあげた。

「本当だね。お誕生日おめでとう、しおり。愛してる」

「ありがとう、エイイチさん。本当にありがとう」

自然とふたりの唇が重なりあう……ところだった。

突然、穂場の携帯が鳴った。

「あ、もしもし？」

穂場はしおりから身体を離すと背を向けて話し始めた。

「見た？　莫迦！　してませんよキスなんて。真似《まね》ですよ真似」

「なにしてるの？」

しおりの声が震えていた。

「あ？　これ？　彼女。あそこのマンションから双眼鏡で見てるんだよ。僕、人の死ぬところが見たくてあそこに引っ越してきたんだけど、見てるだけじゃ、だんだんつまらなくなって。それであることないこと出鱈目《でたらめ》いって希望をもたせてまた落とすっていうゲームを始めたんだ。ほら死ぬ前の人ってすごく単純だから……」

しおりの顔がどす黝《ぐろ》くなった。

口の中でぶつりと音がし、舌の先端が噛み潰《つぶ》され、血が唇から溢れた。

穂場はポケットからデジカメを取り出し、しおりに向けシャッターを切った。

「うへ。すげえ顔」

次の瞬間、憤怒の形相のまましおりは十字架のように両手を拡げると穂場のフラッシュを浴びながら仰向《あおむ》けに倒れるようにして欄干から消えた。

まもなく遥《はる》か下方で水音がした。

穂場は何事もなかったかのようにデジカメをしまうと、話しながら歩き出した。

「いや、単純単純。今度のも全然パターン。うん、ただの難病モノ。キスしてないよ！

してないって！　うん。わかった。今度、ディズニーランド連れて行きますよ……」

欄干には、しおりの小さな手形が残っていたが、それも朝陽が溶かしてしまった。

虎の肉球は消音器《サイレンサー》

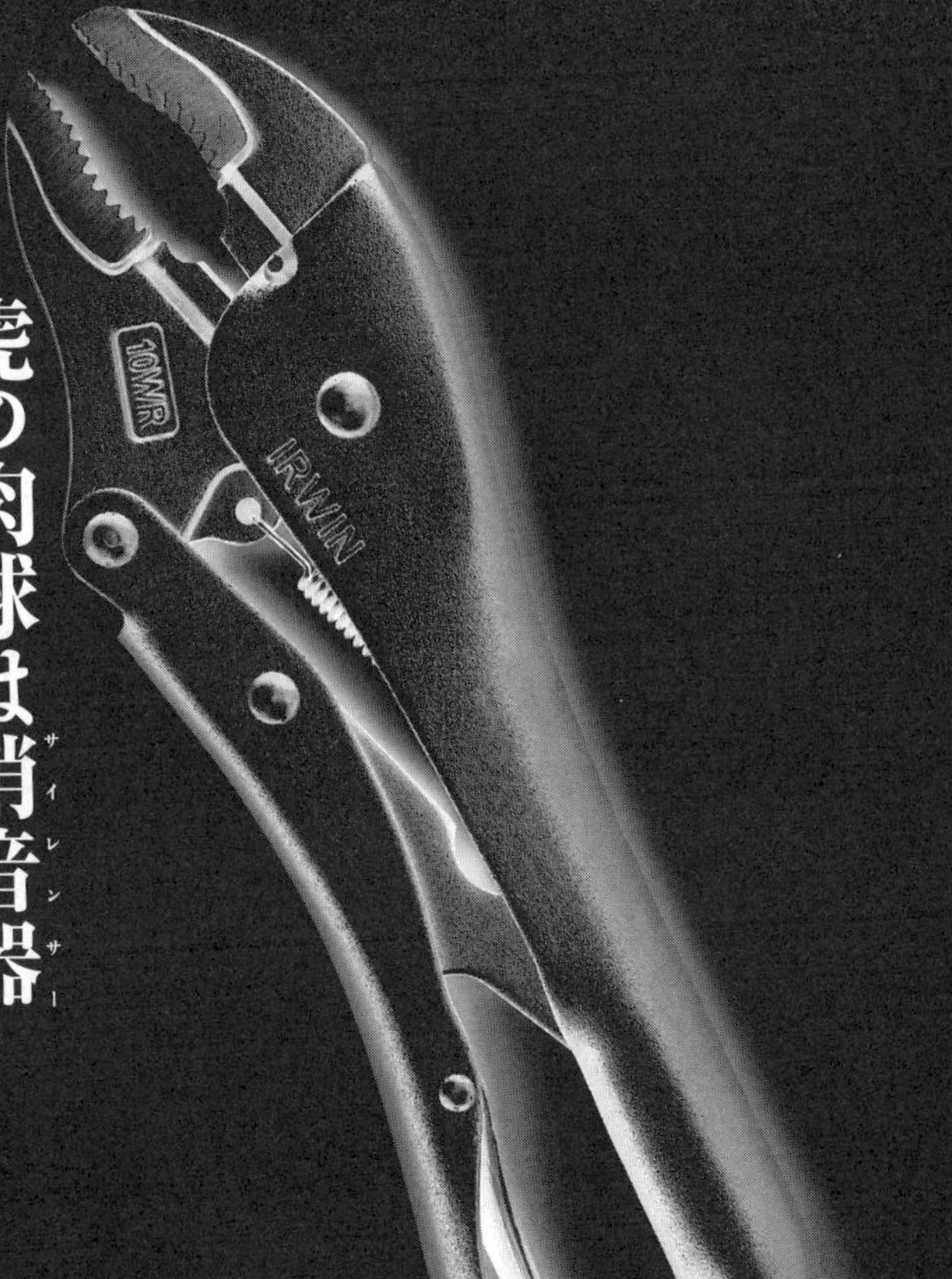

俺が迷っていると「動物園へ連れてけよ」と、オカやんは言った。

「どうしてよ」

「カズコだろ？　五組の？　カズコは動物園だよ。いいじゃない近いし」

「でも、いきなり動物園なの？　映画とかディズニーランドとかじゃなくて？」

「動物園だね。絶対」

高校時代――オカやんは俺と長渕《ブチ》にとって絶対の存在だった。躯《からだ》はでかいし、頭はいいし、殴られるとひりひり頭の骨に沁《し》みるような痛い拳固《げんこ》をもっていたし。

で、俺はオカやんのいうとおりカズコを学校の真裏にある市立の動物園へ誘った。


「どうだった？」

次の日、オカやんに訊《き》かれた俺はピースサインを出した。

「うまくいったんだな？」

「チューできた。オッパイも揉《も》めた。服の上からだったけども」

「そりゃあ、よかったなぁ」

オカやんは鼻の穴を膨らませ俺の頭を嬉《うれ》しそうに殴りつけた。それがすごく痛くて、なんでこんなにすごく殴られるのかわからなかったけど怒ってる風には見えなかったので、あ、これはそういう感じで寿《ことほ》いでくれてるんだとわかったことにして俺もへへへと笑ってみせた。

ちなみにこの『コトホグ』ってのは死んだじいちゃんの口癖で、俺はちょっと特別な言い方をしたくなった時に脳内で使うことにしている。でも口に出すと笑われそうなのでそういうことはしなかった。

そんな話をしているとブチがやってきて、驚いたことに奴《やつ》もデートをすると言った。相手は三組のチカだという。奴もどこに行こうか迷っていた。

「映画館に行け」とオカやんは言った。

「どうしてよ？　動物園じゃないの」

「だってチカだろう。チカなら映画館だ」

「お、じゃあそうする」

「ちょっと待ってよ。なんでカズコだと動物園で、チカだと映画館なのさ」

「いいじゃんか。オッパイ揉めたんだから」

「げ、シゲ。オッパイ、いったんか？」

「俺だから動物園なの？」

しつこく食い下がるとオカやんは急に面倒臭そうになって体育館の壁を殴った。ゴーンッと音がして俺は反射的に自分の頭じゃなくて良かったと思った。

「カズコは莫迦《ばか》だからだよ。莫迦な女は動物園に限るんだ。莫迦な女は動物が好きだからな。莫迦なら会話がなくっても虎《とら》だとか猿だとか見せておけばいいんだから間がもつし、そうなりゃ女のあそこはフライパンで炒めたみたいにベトベトだ」

「確かにカズコは莫迦だ。チカは数学で一年の時、七十点取ったことがあるってよ」ブチが偉そうに言う。

「ほらな。カズコはベトベト。ベトベト女はドーブツが大好き」

オカやんがそういうとブチも口を揃《そろ》えて「カズコはベトベト」と言い出した。

俺は泣いた。確かにそっとパンツの上から触ったカズコはベトベトだった。

で、それが高校二年の時。卒業すると俺たちは就職した。俺は宮城屋《みやぎや》というオヤジが上海《シャンハイ》で修業してきたという中華料理屋へ、ブチは家の文房具屋を継ぎ、オカやんはホヨタの自動車工場へ。オカやんはラインで乗用車の車体の枠《わく》を作っていると話してくれた。休みの日などでたまに会うオカやんは社会人的なゴツゴツ感があって、ちょっと怖いぐらい切れ者に見えた。俺が中華鍋《なべ》を振ってたり、ブチが小学生に消しゴム売ってたりする間に、オカやんはせっせと国家経済の基盤となる自動車の、その基盤を作っていたんだから仕事の偉さが違ってたんだな。

俺もブチもオカやんが好きだったから、それはそれで嬉しかった。オカやんが俺たちの分まで国家的に頑張ってくれていると感じられていたんだな。

「モータリゼーションっていうんだよ」

オカやんは夕方になって居酒屋へ転がり込むと日本の自動車が世界を支配する話を何度もくり返した。ビールだってごきゅごきゅ飲んで、もうすっかり大人だったし、同級生が日本酒を旨《うま》そうに飲むのを初めてみた。

「アツカン」なんて注文しちゃって、その言いぐさが凄《すご》く大人っぽくてムズムズしたから、俺とブチもちょっと飲ませてもらったけれど猪口《ちょこ》を口に持ってった途端、もーれつにアルコールな湯気が鼻をぶっ刺してきたんで何度も咳《せ》き込んでしまった。

「おまえらガキだな」オカやんは、はっはと笑った。

オカやんが働いているラインにはトラックのようにでかいプレスの機械が並んでいた。

「金属の板がべろーっと出てくる。そしたら上から、ぷしゅーっと押して型を抜くんだ」

ラインは一日に何百枚も枠を抜き、その後で周りについた邪魔なバリを取るのだという。

「うちの工場は千人以上働いてて昼飯が大変なんだよ」と、オカやんはよく愚痴《ぐち》った。

なんでも昼の食堂の大混雑は信じられないほどなのだそうだ。おふくろさんの弁当に飽き飽きしていたオカやんは（当たり前だ、中学から六年間も弁当喰《く》ってて、就職してもタコウィンナーや、しょっぱい焼き鮭《じやけ》なんか喜ぶ奴がいたらマザコンだ）、いの一番に飛び出していくんだけれど哀しいことに正式な工場の出入口はたったひとつしかなくて、しかも先輩から順に入口の近くから配置されていたんだ。だからオカやんたち新米はみんなラインの一番奥ってわけ。だからいくら急いでも正規のルートじゃ、どん尻《じり》になっちゃう。ところが盲点っていうか死角っていうか、オカやんの前、ベルトコンベアを挟んで向かいに材料が外から流れ込んでくる入口があって、そこは常時開いてた。

「材料を流すコンベアの横に丁度、人間が通れるほどの隙間《すきま》が開いてるんだよ」

おまけに正式の入口を通ると工場の建物をぐるりと回らなくちゃならないけど、そこを通れば道のりを四分の一に短縮できた。易々《やすやす》と食堂に一番乗りできるって寸法だった。

「あ、じゃあ、そこを使えばいいじゃない」

「と思うだろう」オカやんは俺の煙草《たばこ》を取ってふかした。「でもな。それには大きな賭《か》けをしなくちゃなんないんだ」

要は人間は休憩してもラインは相変わらず動いているわけだから、隙間を通るにはまず目の前のベルトコンベアを越さなくちゃならない。コンベアは金属板を載せて型抜きに続いているわけだからさ。つまりプレス機が開く一瞬を狙《ねら》ってくぐり抜けなくちゃならないんだ。二十四時間三百六十五日の内、盆暮れ正月と修理以外はのべつまくなしに枠をこさえてるアレの間をさ。

「五千トンの圧だ。プレス機の口が開き、板が用意され、プレスが始まる。型が抜かれ、板が吐き出され、次の奴がやってくる。そしてプレスが始まる。抜けるにはプレス台が上がり、型が吐き出され、次の板がやってくるまでの五秒間を狙うんだ。この間に向こう側へ転がりでるか、這《は》い出すかできれば、待たずにうどんやカレーライスにありつくことができる」

もちろん、会社はそれを禁止していた。でも、挑戦する奴が跡を絶たないんだって。

「特に隙間の真ん前にある機械がナンバー12っていうんだけどな」

プレスの台座をよく見ると【正一】って傷が入ってるんだって。

「潰《つぶ》された工員の数さ。だからそのプレス機はショーイチって呼ばれてるんだ」オカやんは、たまにやってると言っていた。

俺もブチも、それはそれでオカやん特有のホラだと思っていた。オカやんは俺たちの前では親分でいたいから、そういうふうに言うんだって、また俺たちだってそういうふうでいてもらいたいから素直に信じたふりをしていた。

でも、そうじゃなかったんだ。オカやんはマジでやってたんだな。勤め始めて三年目、オカやんは右膝《みぎひざ》の真ん中あたりから下を潰してしまった。

「えへへ。やっちまったよ」病院で太股《ふともも》から下をぐるぐる巻きにしたオカやんは俺とブチにそう言って笑った。

プレス台に残ってたバリの残骸《ざんがい》にズボンの裾《すそ》をひっかけたらしいんです、とおふくろさんは言っていた。

でもそうじゃなかった。

「みんな逃げ出すように飛び越えていくだろう……。俺もそうだったんだけど。そのうち不意にプレスの内側を見たくなってよ」オカやんは下がってくるプレス台の模様が見たかったんだという。それでスピードが落ちてしまったんだと。「なんか全体は油で真っ黒なのに圧接面は銀色でピカピカなんだよ。分解掃除の時なんかに知ってはいたんだけど、ああいう時は電気も入ってないし、要は死んでるわけじゃん。ところが稼働中だとイキイキしてんだよな。びっくりした。いろんな模様が昔の壁画みたいに彫ってあってさ」

会社は配置換えを提案したがオカやんは組合に直訴してまでそれを拒否し、ナンバー12の前に戻った。オカやんは仲間の前で台座に【正二】と彫ったんだって。

そして次の年、同じ箇所をまた潰してしまった。右足はさらに太股の真ん中ぐらいまでに短くなった。先輩が緊急停止を押し、反対側に転がっているオカやんを抱き上げた。断端《だんたん》の包帯が真っ赤になって破れ、中身がササラモサラに出ていたのだという。ラインはそれから三時間停止した。オカやんは馘首《くび》になり、実家の仕出し弁当屋を手伝うようになった。店を覗《のぞ》くと椅子《いす》に座ったオカやんが白い前掛けに帽子を被《かぶ》っておにぎりの箱詰めをしていた。それから暫《しばら》くするとオカやんは前のように乱暴ではなくなっていた。飲みに行っても時折、「そうですか?」などと応《こた》えるのでゾッとした。そんなオカやんでは景気もつかないし困ってしまうなと思った。ブチも同じ気持ちだったようでそれから俺たちは段々、会わなくなった。その頃、オカやんがバスのシルバーシートに座ってるのを見ても気づかないふりをしたっけ。

次に会ったのはブチが結婚した時。見合いだと聞いた。市民プラザの宴会場でブチは嬉しそうにしていた。俺はそれを見て嬉しくなった。オカやんも同じテーブルに呼ばれていた。式が終わる頃には新婦も新婦の親も、ブチもブチの親もみんな泣いていた。

それを機に俺たちはまた会うようになった。

俺もオカやんもチョンガーだったのでブチに結婚生活のあれこれを根ほり葉ほりよく訊《き》いたもんだ。

「まいっちまうんだよ……」二年ぐらいした頃、ブチはため息をついた。

「どうしたのよ」

「ガキができねえんだよ」

俺にはピンと来なかったが二年ぐらいして子供ができないことは、かなり問題なのだとブチは言った。

「俺らがまだなのにカミさんの妹が先月できちゃった結婚でさ。シャレんなんないよ」

で、俺らはなんとなく慰めにかかったんだけど、それはブチの顔を見ていると明らかに効果的ではなく、いかにも口先だけっていうような感じだったんだと思う。

「ぜいたくだよな」オカやんはブチがカミさんの呼び出しで帰った後、サワーのジョッキを舐《な》めるように口に当てながら呟《つぶや》いた。「俺なんか、カミさんどころか彼女もできやしねえのに」

「大丈夫だよ。オカやん、きっといいのが見つかるって」

「そうかねぇ……」オカやんは俺をチラっと見た。イキの良かった昔の目をしていた。


で、いまこうして俺は駅前の居酒屋に向かっていた。

ブチの愚痴が炸裂《さくれつ》して二年経っていた。

「おい。今日、飲もうよ。オカやんも呼んだからさ」

奴が妙にウキウキしているのには訳があった。子供が産まれたのだ。愚痴を炸裂させてからブチとカミさんは不妊治療を受けたらしく、それによるとブチの精子は死にかけばかりで膣《ちつ》の中に入ると全滅してしまうということがわかったのだ。それで医者はブチの精子をなんとか生かしながら卵子に突っこむ治療をし、それが功を奏したのが去年。

「もっと早くやってりゃ良かったよ」居酒屋でカミさんが妊娠したんだと言ってブチは顔をしかめた。

俺たちは奴が隠れてシンナーなんか吸ってたのが悪かったんだとからかった。

「そうかなぁ。やっぱシンナーかなぁ。でも、あれは頭が悪くなるんだろう。頭とキンタマじゃだいぶ離れてないか？」

「リンパで回るんだよ。病気は全部、リンパから始まるんだ。健康なのもそうでないのも全部、リンパ。運も不運も全部リンパだよ」オカやんが赤い顔をして呟いた。足を悪くしてからすっかり太ってしまい、最近ではいつも何か食べている。弁当屋が左前になってきたので今では店の一角で健康食品も売っていた。

「リンパってそんなに重要なのか」

俺が驚いたような声を出すとオカやんはやれやれというふうに首を振った。

「血管の次がリンパ」

「どうでもいいよ。そんなこと」ブチは、とにかくガキができたと繰り返し、俺たちはそこで乾杯をしたんだ。

今日の昼、出前から戻ってくると女将《おかみ》さんが渋い顔で俺を睨《にら》むので何ですかと訊《たず》ねると「私用電話は休憩中にかけろって相手にいえ」という。「相手を訊くとブチだというので俺はピンと来た。俺は悪気があってブチがかけてきたわけじゃないと伝えたくて女将さんに「子供が産まれたんです。きっと」と言うと、女将さんは大して驚いた風でも喜ぶ風でもなく「はぁん」と言って、チャーハンにラップをかけ始めた。普通、女の人はこういう時に「あら良かったわね」とかなんとか取り乱し気味に騒ぐもんだと思っていた俺は拍子抜けし、いまの日本では子供が産まれたというのはそれほど喜ぶべきことではないんだろうかと考えたりもした。

「とにかく昼はダメだよ。店の電話は出前に使うんだから」カウンターのなかでチャーシューメンを作っていた親方が俺を睨む。

俺は次の出前から戻る途中でブチに電話を入れた。やっぱり産まれたということだった。女の子でけっこう難産だったらしい。とりあえず会おうということで俺たちは駅前の居酒屋に集合した。

先に来ていたオカやんとブチを待っていると、にやにや照れたような顔でブチが現れた。

「よお！　おとうさん！　パパ！」とはやすと、「いやぁ、参っちゃったよ〜」奴は頭を掻《か》き掻きテーブルに座り、運ばれてきたオシボリで顔をごしごし拭《ふ》いた。お祝いなので、ふぐちりを注文し、俺たちはサワーやビールで乾杯した。ブチは昨日、一昨日とずっと産院に詰めていたのだと言った。

「とにかく腰が痛い腰が痛いっていうから指圧の要領で押してやるんだけど、これが全

ら酔っ払いながら町を歩いた。
からチューをさせろと迫っては厭《いや》がられていた。二時頃に店が終わり、俺たちはふらふ
そこで俺はキョーコちゃんという女の子と仲良くなり、ブチはヒロミちゃんにお祝いだ
は特別だろうって、オカやんがオヤジさんのボトルの入ってる店に招待してくれたんだ。
そこから俺たちは朝鮮クラブへ行った。普段はそんなとこに行かないんだけど、今日
「ほんとだ。愚図な腹が愚図を産んだんだ」俺が言うとブチも、うんうんと頷いた。
「愚図だよ。ガキが愚図」オカやんが頷《うなず》いた。
「その女、ほんとに芝居臭いアマでよ。俺が帰る頃になってもまだ産みやしねえ」
連れ込まれ、そしたらすぐに産まれたとブチは言った。
だという。大慌てで看護師がさっきの女を外に出すと入れ替わりにカミさんが分娩室に
ブチのカミさんは廊下のソファで待ってたらしいんだが、そこで破水してしまったの
入れたのよ。ところが喚《わめ》くだけでちっとも産まれやしない」
同じ頃に陣痛になった女がいて、そいつがあんまり痛がるもんだから看護師が分娩室《ぶんべんしつ》に
日は満月だったので病院ではいろんな妊婦が産みそうになっていたらしい。「それが、
「産道にも脂肪がついて産まれ難《にく》くなるらしいんだよな。あれは絶対それだ」丁度、昨
カミさんは十五キロも太ってしまったので、中毒症になるとお医者から叱《しか》られたらしい。
っ然、効かないの。しまいには俺の親指の方が莫迦になっちまって……」妊娠してから

まだ丸っこい月が空に浮かんでいた。

「どうする？　もう帰るか？」俺が言うと、オカやんは松葉杖《づえ》を突き突き、うんうんと頷いた。

「動物園に行こうぜ」ブチが言い出した。

「どこの？」

「ちょぼ動物園だよ」

それは俺がカズコを連れて行った、あの動物園だった。

「いまからぁ？」オカやんが呆《あき》れたような声を上げた。

「大丈夫だよ。あそこは門もないし、開けっぴろげなんだから。行ってみようぜ」

俺とオカやんは顔を見合わせ、まあ、お祝いだからいいかっということになった。

正式には市立木崎動物公園っていうんだけど、誰もそんな名で呼ぶ奴はいなかった。昔はけっこう地域でも人気のあった動物園らしいが、俺たちが知ってるのは人気《ひとけ》のない公園の隅っこでライオンや虎がどてーっと寝っ転がってる姿だけだった。一応、鳥から象までいたのだが、雰囲気は場末のストリップ小屋に似ていた。途中のコンビニで酒を買い直し、タクシーを降りると動物園に続く公園の坂を、ゆっくりゆっくり上っていった。ところが俺たちの知っている動物園への道に見慣れない鉄の大きな扉が立っていた。

「あ〜。やっぱり、ほらダメなんだよ。あの頃とは違うんだ」すっかり息のあがったオカやんが、がっかりした声をあげた。

「しかたないな」俺が呟くとブチは門のあちこちを探っていたが、いつの間にか姿を消してしまった。

「あいつどこ行ったんだ」オカやんが煙草をくわえると手にしたジッポーを器用に松杖に当てて着火させた。

「あ、すごい」

「へへ。これ俺があみだした技なんだ。女にモテるぜ」

俺はオカやんからジッポーを受け取ると当たり前に着火させ、煙草を吸った。

「なんかあいつは人生うまくやってるよな。俺はもうだめだ」

オカやんは腹の肉を摘《つま》んでいた。「ジャンプ」ぐらいの厚さがあった。

「だいじょうぶだよ。オカやんなら。なんとかなるよ」

「聞き飽きたし、言い聞かせ飽きたよ。そんなことは……もうさ」

「ふーん」俺はその時、足音を聞いた。振り返るとブチがにやにや笑って立っていた。

「なにやってたんだよ。帰ろうぜ」

「この先に破れ目がある」ブチはおかしくて堪《たま》らないというようにクックックッと声を漏らした。「門に沿って奥に入っていくと金網がずっと張ってあるんだけど、その一部が破れてた。思った通りだ」

「そっから行くのかい?」

ブチは頷いた。

「おまえら行け、俺はここで待ってる」

「大丈夫大丈夫。俺たちが支えてれば入っていける」

「厭だよ」

「なんでだよ。せっかく、ここまできたんじゃない。俺のお祝いだと思ってさ」ブチは、あーだこーだとオカやんを説得してしまい、俺たちは破れ目からなかに入ることになった。オカやんが引っかかってしまったので、俺とブチで編み目を力任せに広げたりした。

夜の動物園は、けだもの臭かった。

それに思った以上に鳴き声がした。

「なんか昼間と雰囲気違うよな」

「ああ、全然、違う」

俺たちは懐かしがりながらふらふらし、適当なところでベンチに座り、買ってきた酒を飲み始めた。ひとり一本、ウイスキー。暫く、三人とも黙って飲んでいた。夜になっても気温は下がらず脇《わき》の下から汗がつーっと滑るのがくすぐったかった。ごぶりごぶりごぶりと誰かが必ず喉《のど》を鳴らしていた。月には雲がかかり、辺りは真っ暗になっていた。

猿の悲鳴が遠くで聞こえた。

「思えばだいたいの祝い事は終わっちまったんだよな」ブチが不意に暗い声で呟いた。呼気に混じったアルコールが甘臭い。「これからは働いて働いて子供や家の肥やしになっていくだけの人生だ」

「みんなそんなもんだろ」げっぷをしてオカやんが言う。

「もっと違うと思ってたんだけどな」

「人生のあてなんて、あてになんねえよ。足なんか一本でも関係ねえと思ってたけど、やっぱりあるのとないのとじゃ、差はでかいしな」ぐびりとオカやん。

「俺のあてだって外れた。うちの店のオヤジは上海で修業したって聞いたから、少しでも技を盗もうと思って入ったのに、上海って名前の沖縄料理屋にいたんだよ」

　ふたりが、げはははと声をあげた。

「ガキが産まれるっつーことはいいことだよ」俺が言うとオカやんが頷いた。

「小便」ブチが立ち上がり、暗がりに消えていった。

　俺とオカやんはボトルの中身を飲み続けた。

「なんだかんだいっても、あいつは逃げ帰る場所ができたんだよ。俺はたぶん今年中に自殺する。そう決めたんだ」オカやんは俺を見つめ、そしてまた腹の肉を摘んだ。

「とらぁ！　俺を祝ってくれ！」突然、ブチの声が聞こえた。

　俺とオカやんは声のするほうに向かった。

ブチが「こっちこっち」と手を振っていた。

奴は柵の上に登っていた。

「なにやってんだよ」

「落っこちるぞ」

「俺は俺の幸運をこいつらにも分けてやるんだ。この可哀想な囚《とら》われの奴らに」

ブチの登っている柵には「ベンガル虎♂♀」と札がかかっていた。

「莫迦なことはよせやい」俺が叫ぶとオカやんが袖《そで》を引いてきた。

「夜だぜ。虎は舎のなかに入ってるに決まってる」

柵の向こうは奈落《ならく》のような闇《やみ》になっていて何も見えなかった。

「いるなら声がするはずさ。あいつ、わかっててやってるんだ」

「でも落ちたら怪我《けが》するよ。相当の高さだよ」

と、言っている間にブチは柵の反対側へジャンプした。

「あ、莫迦！」俺たちの声と同時に、どさっと鈍い音がし、瓶の割れる音が続いた。

「早く上がってこいよ」

オカやんが叫ぶと暗闇から「えへへ。まいどー」とブチの声が返ってきた。

「莫迦だなあ、あいつ」

「子供が可哀想だよ。おーい、ロープかなんかいるか？」オカやんが訊いた。

返事はなかった。
「おーい」俺も声を出した。
突然、板を割るような音が響いた。
続いて水を啜《すす》るような音。
「おーい、ブチ！」
俺たちは顔を見合わせ、再び、奈落のような闇に目を向けた。
闇から血の臭《にお》いが立ち昇ってくるようだった。
「先に帰ってるぞ……」オカやんは力無くそう呟くと松葉杖を突き突き歩き出した。
何度も何度も「わからん……わからん」と頭を傾《かし》げていた。

解　説

冨樫義博（漫画家）

ああ、どうしようかな——本当はもう寝なきゃいけない、寝なきゃいけないんだけど、あと一話だけ。いや、もう一話だけ……と読み進み、やっと決心がついて僕は本書『他人事《ひとごと》』を半分ほど残して本を閉じた。そして、とても良い余韻にひたりながら眠りについた。

一気に読まずに取っておく。これは僕の読書スタイルの一つなのだが、なぜかといえば、それは「もったいないから」ということに尽きる。時間のない中で厳選して好きな作家の本を手に取るのだから、一気に読むのは惜しい。とくに十四編もの極上の作品からなる短編集『他人事』は、あまりにもったいない一冊だった。

小説を読むとき僕は、頭の中で映像化して自分の中でコマ割りする。だから、とりわけ短編集の場合は、全部が混ざり合ってしまうのを避ける意味からも、一気に読まないようにするのだ。活字と映像で二度楽しむための、僕なりの読書術といえるかもしれない。

そもそも僕が平山夢明さんに注目し始めたのは、数人の書き手による実話怪談『「超」怖い話』シリーズを読んだのがきっかけだ。

当初は、どの作品がどの書き手によるものか意識せずに読んでいたのだが、どうも気になる話、好きな作品と共に「平山夢明」という、この何とも個性的な作家名が頻繁に目に入るようになった。人の名前を覚えるのが苦手な僕がいっぺんで覚えてしまい、小説を書いているということも知って、そこから遡《さかのぼ》って小説家・平山夢明の作品を読み始めることになる。

やがて平山さんは、「独白するユニバーサル横メルカトル」で日本推理作家協会賞短編部門賞を受賞（二〇〇六年）。翌年には、同タイトルの作品集が「このミステリーがすごい！」国内部門で一位になり、書店に行けば必ず書棚に並んでいるというような作家になっていった。

僕は基本的に、書店で目を引いたら手に取るという形で本と出合っていくタイプなので、『他人事』に遭遇したのも仕事の合間に立ち寄った書店だった。

「お、平山さんの新作が出てる」ということで迷わず買って、期待たっぷりにページを開いた。もちろん期待どおりのインパクトのある作品ばかりで、もう一話、もう一話……と読み進んだわけだ。

まずは前半から、いくつかの作品についてふれてみよう。

表題作「他人事」は、不慮の事故で崖《がけ》から転落し、瀕死の重傷を負って車内に閉じ込められた男女と、助けを求める彼らの必死の願いをのらりくらりとはぐらかしていく男との、不条理な会話から成り立っている。生と死、紙一重の境目で生き延びようとする者と、あきらめた者。両者の間でやり取りされる言葉が、少しずつズレていく感じがたまらない。一方が懇願する合理的な解決を、一方が少しずつずらしていってジリジリと時間が経ち、最後に全てが取り払われる。絶望の果てに訪れる無意味な死。あきらめた人間ほど怖いものはないという、そんな恐怖がひしひしと伝わる傑作である。この短編集全体を通じていえることでもあるのだが、何もかもあきらめた状態の中で噴出する黒い部分、人間としてあってはならない黒い部分をこうして活字として読めたことが、僕にはものすごく刺激的だった。

「倅解体」は、初老の男と妻、そして引きこもりの息子を巡る壮絶なストーリー。ここで「あきらめた人間」として登場するのは男の妻だ。息子殺害の段取りを茶の間で打ち合わせる夫婦の会話に、妻の口から時おりスッと出てくる日常的な話題の、なんと異様なことか。早い話が殺人の相談に、こんな日常的な会話が何事もないかのように挟み込まれ、そこにリアルを感じる読者がいる。この、読み手に対するくすぐり方の巧みさこそが平山作品の魅力の一つだろう。僕は、こういうところに作家としての平山さんの力量と、恐ろしさを感じてしまう。

「たったひとくちで……」は、売れっ子のグルメ評論家のマンションに、「さきほど娘さんを誘拐させて戴《いただ》きました」と男が現れ、コック姿になって料理を始めるという奇妙なシーンから始まる。実はこの作品から、僕はタランティーノの映画を思い出してしまった。彼の映画に、人が殴られているところを声だけで表現したものがあるのだが、この作品には、それと同じ種類の恐怖がある。評論家の妻は、なぜ自分の娘が誘拐されなければならないのか分からない。分からないまま、コック姿の男にねちねちと恐怖を煽《あお》られ追い詰められていくわけだが、その「理由」を読み手である僕たちに想像させる仕掛けになっているのが、この作品の面白いところだ。直接的な暴力や残虐な描写ではなく、想像のプロセスにこそ恐怖がある。いったい何が「理由」なのか、それをイメージする作業が僕には非常に楽しかった。ある意味できれいにオチのつく構成であり、僕にとっては怖いというより面白い作品。自分も同じレシピで作ってみたくなるというか、同じ構成で自分が絵にしてみたいと感じた作品でもある。

そして、十四編の中で僕の一番のお気に入りが、「仔猫と天然ガス」。これを読んで、今夜はここでやめようと思い、次の作品もすごいストーリーだったらもったいないからと本を閉じたのだ。まさしく平山作品の真骨頂。もしかしたらこんな展開になるのかな……などと考えながら読みつつ、しかし結局はオチなど全くない、こういう小説が僕は大好きだ。説明できる恐怖なら、いくらでも描けるが、無意味で何の合理的な説明もつかない不条理な恐怖というのは、描けそうで描けないものなのである。少なくとも僕には、なかなかできることではないので、こういう作品には心惹《ひ》かれる。

さて、僕も含めて、たいていの人は暴力とは無縁に生活しているはずだ。正直に言うと、だからこそ僕は暴力的なものに惹かれる。こんなことを言うと相当ひどい人間だと思われるかもしれないが、人として一番してはいけないこと、いわゆるタブーを犯すに等しいことが描かれていると、「YES！」「よくぞ、やってくれた！」と思ってしまう。

人間には、自分の中にある暴力的だったり残酷だったりする負の部分には近づきたくないという思いと同時に、どうしても覗《のぞ》いてみたいという欲求がある。僕の漫画も、自分自身の黒い部分にふれずにはいられないという、ギリギリのところで描いている。

平山さんが小説家として、どのような思いで書き続けているのかは分からないが、僕にしてみれば暴力的で不条理な匂いのする領域に自ら近づいていく人に見えるし、その人の覗き込んでいるものを僕も覗いてみたいと思うのだ。

では、僕が大事に取っておいた後半の作品にもふれていこう。

まず「定年忌」。これは、どこか筒井康隆さんの作品に通じるものがあって面白かった。笑える作品だ。と同時に、昔、小学生の頃に教室の隅で誰かが同級生の一人をからかっているうちに、どんどんエスカレートしていくのを止められず、ただ横目で見て見ぬふりをして耳では聞いている……といういやな記憶を思い起こさせられた。アドリブ的な展開も小気味よい。過去のいやな思い出が甦《よみがえ》りつつも純粋に楽しめた作品だ。

「伝書猫」は、作家の創作でありながら、そこに展開する会話がリアル。何かが欠けている小学生たちが、人として言ってはいけない言葉を発し、してはいけないことをやってのける。良識ある人々が激怒するであろうことをサッと書いてしまう平山さんは、もしかしたら日常の中で見聞きした恐ろしい言葉を独自のアンテナで収集し、そこから取り出して小説を書いているのではないだろうか。小学生の「なかたしゅーとぉぅ！」というセリフが秀逸。うわー、それはダメだろーっと叫びたいほどの思いで読めるのがすごい。もしこのようなセリフの数々が純粋に平山さんの頭の中だけで創られたのだとしたら、恐ろしい作家だと思う。メイキングの過程を知りたいのが本音だが、作家としての平山夢明に「怖さ」を覚えていたいから、きっと知らないままでいたほうがいいのだろう。

ＳＦ的なテイストの「クレイジーハニー」もお気に入りだ。僕は小説でも映画でも、登場人物がどんどん少なくなっていく話というのがものすごく好きなので、できればこれは長編でも読んでみたい。さらに映像でも見てみたいし、漫画でも描いてみたいと思う。僕が平山作品を読むときに一番気持ち良いと感じるのは、作品世界の流れと自分が活字を追っていくスピード感がぴったりくるところだ。この作品では物語の展開も、人の減り具合も、僕の感覚にぴったり。小説というのは本来、自分で勝手に「間」を取りながら読むものであり、その間合いやスピードは読む人によって異なるはずだと僕は思っている。ところが平山作品の場合、こちらが興奮して読むスピードがどんどん速くなると、まるで合わせるかのように物語の展開も加速していくのだ。読みながら僕が恐怖を感じたり嫌悪を感じたりする感情のバイオリズムが、まるで平山さんに操作されているのではないかと錯覚してしまうほど、生理的に合う。

あらためて全体を読み返して思うのは、世の中の九割がちゃんと救いのある小説だからこそ、一割の「残酷」「恐怖」「絶体絶命」というエンターテインメントが生きてくるということだ。一人の読者として言うなら、九割のハッピーエンドを読んだ後で平山さんの作品を読みたいし、一人の作家として言うならば、救いのある作品を九割描いておいた後で絶体絶命のエンターテインメントを描きたい。

僕たちは、他者の目や社会を意識して自分を維持しているが、それを放棄した人間ほど恐ろしい者はいない。そういう「あきらめた人」は、たぶん平山作品を読まないだろう。そして、「あきらめた人」がいわゆる猟奇的な事件を起こし、別の「あきらめた人」

がその真似《まね》をして同じような事件を起こしている。本書『他人事』で描かれているような黒い影は、僕たちのすぐ背後にある。「あってはならないこと」が、実は僕たちのすぐそばで現実に起こっているという怖さ。平山さんが書いているのは、まさにそれだ。

だから、現実を読みたい人は、ぜひ本書を読んでほしい。

平山さんの小説が爆発的に売れて、どんどん楽しんで読まれるようになったら、それはむしろ平和な世の中だからだ、といえるだろう。

この作品は二〇〇七年一〇月、集英社より刊行されました。

集英社文庫　目録（日本文学）

集英社文庫　目録（日本文学）

集英社文庫　目録（日本文学）

古川日出男　あるいは修羅の十億年
辺見庸　水の透視画法
保坂展人　いじめの光景
星野智幸　ファンタジスタ
星野博美　島へ免許を取りに行く
干場義雅　世界のビジネスエリートは知っている お洒落の本質
干場義雅　色気力
細谷正充・編　時代小説傑作選 江戸の爆笑力
細谷正充　宮本武蔵の『五輪書』が面白いほどわかる本
細谷正充・編　時代小説アンソロジー くノ一、百華
細谷正充・編　野辺に朽ちぬとも 吉田松陰と松下村塾の男たち
細谷正充・編　新選組傑作選 誠の旗がゆく
細谷正充・編　時代小説傑作選 土方歳三がゆく
堀田善衞　若き日の詩人たちの肖像（上・下）
堀田善衞　めぐりあいし人びと
堀田善衞　ミシェル城館の人 第一部 争乱の時代
堀田善衞　ミシェル城館の人 第二部 自然 理性 運命
堀田善衞　ミシェル城館の人 第三部 精神の祝祭
堀田善衞　ラ・ロシュフーコー公爵傳説
堀田善衞　上海にて
堀田善衞　ゴヤ I スペイン・光と影
堀田善衞　ゴヤ II マドリード・砂漠と緑
堀田善衞　ゴヤ III 巨人の影に
堀田善衞　ゴヤ IV 運命・黒い絵
穂村弘　本当はちがうんだ日記
堀辰雄　風立ちぬ
堀江貴文　徹底抗戦
堀江敏幸　なずな
本上まなみ　めがね日和
本多孝好　MOMENT
本多孝好　正義のミカタ I'm a loser
本多孝好　WILL
本多孝好　MEMORY
本多孝好　ストレイヤーズ・クロニクル ACT-1
本多孝好　ストレイヤーズ・クロニクル ACT-2
本多孝好　ストレイヤーズ・クロニクル ACT-3
本多孝好　Good old boys
誉田哲也　あなたが愛した記憶
本多有香　犬と、走る
本間洋平　家族ゲーム
前川奈緒・深谷かほる・原作　ハガネの女
槇村さとる　イマジン・ノート
槇村さとる・キム・ミョンガン　あなた、今、幸せ？
槇村さとる　ふたり歩きの設計図
万城目学　ザ・万遊記
万城目学　偉大なる、しゅららぼん
増島拓哉　闇夜の底で踊れ
益田ミリ　言えないコトバ

集英社文庫

他人事《ひとごと》

2010年8月25日　第1刷　　定価はカバーに表示してあります。
2021年9月8日　第12刷

著　者　平山夢明《ひらやまゆめあき》

発行者　徳永　真

発行所　株式会社　集英社
東京都千代田区一ツ橋2-5-10　〒101-8050
電話　【編集部】03-3230-6095
【読者係】03-3230-6080
【販売部】03-3230-6393(書店専用)

印　刷　凸版印刷株式会社

製　本　加藤製本株式会社

フォーマットデザイン　アリヤマデザインストア　　マークデザイン　居山浩二

ISBN978-4-08-746604-1 C0193